フーガ 黒い太陽

洪凌 *Lucifer Hung*

櫻庭ゆみ子 訳

台湾文学セレクション ❶

あるむ

フーガ　黒い太陽

目次

フーガ　黒い太陽

玻璃《ガラス》の子宮の詩《うた》

あなたの手の届かぬところに逃げていくわ、ママ。

遠ざかりながらママの正体と、私の存在にとっての意味と、ママがママであるために欠くことのできない「存在の根幹」が知りたくて。狼女にとっての月とか、逆さまに映る影における水仙、あるいは文字にとっての書き手といった……。

けたたましい悲鳴を背後に秘密のノートを携えて外へと飛び出した私。焼けるように熱い怒りの炎とあなたの非難のことばで五臓六腑をはち切れんばかりにして。なぜこんなに下劣なのかって。なぜ理解しようとしないかって。ママ、なんて甘いの、全くわかっていないのね。ママは自分のやり方で抱き込もうとする。でもそうやって得られるのは冷酷な笑いを浮かべてあなたを踏みにじる私。

ママの最後の声は砕けちっていく花瓶。ガラスが液体に突き刺さるように、ママの悲痛な金切り声が私の骨を裂く――

――正気の沙汰じゃない、こちらも気がおかしくなった、愚の骨頂はおまえを生んだことだよ！

私はこの旅路で詩を見つけるつもり。少なくとも虚無の深遠から詩の核心となる語句をつかむのよ。符号《コード》が見つかりさえしたら、それを身体にインプットする。ハッカーがネットの迷宮を抜け出る暗号を見つけた時のように、素早くキーボードを打つ。そうしたら、何もかもがうまく回りはじめ、私は再び沼へと入り込み、止まることなく堕ちてゆける、そう、堕ちてゆける……

★

初めて水凌《シュイリン》に触れたとき、世界全体が濡れそぼった広大な沼へと変容していった。

彼女の指が私の五官をなぞる。ひんやりとした唇が首筋をゆっくりと往復する。まるまった私の身体は電気を帯びた吸盤となり、シーツをくしゃくしゃにする。

彼女にまさぐられているうちに愛情が体内からわき出てくる。彼女は中腰になりかかとで私の太ももを押さえる。ブルーの宝石を嵌めたシルバーの鎖が私の骨盤をこすってゆく。

どんな表情なのか確かめたいと思っても、乱れた髪のすきまから微笑む顔がかすかに見えるだけ。

彼女が唇をゆがめて笑うと、白くとがった糸切り歯と、ピンク色の舌先がちらちらと見え隠れする。

そして、いきなり私の耳たぶに顔を近づけ、そっとかむ。朦朧とした私の脳にチェロのやわらかいひびきが流れ込んでくる。

「貝貝《ベイベイ》、堕ちていくわ……」

声は鼓膜に通じる耳の中で行き場を失う。何も聞こえず見えもしない。まとわりつくのは私の胸元に散る水凌の乱れた髪。髪は沼底に生えた柔らかい水草のように、すくい上げてもするりと手から滑って流れ出し、底なしの私の子宮へと向かう。

★

ママ、私の独り言はママには聞こえないでしょ。でも私はママがこの皮膚の下に息づいているのをはっきりと感じるの。

もう真夜中、うんざりしながら島の南端に向かうローカル列車に乗っている。窓ガラスに映る月はまるで一口かじったピザ、黄ばんだ光沢を放っている。膝の上のグレーのバックスキンのダッフルバッグをしっかり抱きしめる。冷たい手のひらへバッグから温かさがじんわり伝わってくる。気がつけば膀胱がぱんぱんに張っている。痛くてますますきつくバッグを抱きしめる。

覚えている？　これは十九歳の誕生日にくれたプレゼント、くるぶしに巻いてくれたシルバーのアンクレットと一緒に。目を細めていたずらっぽく笑いながら、この野良猫ちゃん、首に巻いちゃおうかと言いながら。あのとき黙ってされるままになりながら、ママの魔女めいた得意げな表情を心に刻み込んでいた。

ママ、あの頃から私は詩を書きはじめたのよ。二十九歳の今はもう正真正銘の不良。あなたの口の中から主題をたぐり出し、あなたの膣の中でセンテンスと意象《イメージ》を探す。あなたが欲しくて、めちゃめちゃに傷つけてもやりたくて。でも今の、この「狂った状態」こそ絶妙な詩でなくてなんなの？　冬の夜に逃亡を企てた若い詩人、胸には盗んできた「秘密」、後から追いかけてくるのは血眼になり興奮した編集者、メディア、パートナーたち。

皆は私を広場につるして世紀末の変異体《ミュータント》として保育して展示してみせようとする。へんよね、妄想と背徳に満ちた面構えと文字が、昨今の台北の文壇でショーウインドウのディスプレイとして盛んにもてはやされるなんて。

例の「同性愛解放運動」を実践している者たちと私とのずれや愛憎、荒唐無稽な「新々人類別類会場」に私が入り込んだとか、男の警備員を殴ったとかいった逸話もすべて、彼らは「血腥《なまぐさ》いマリー」とか「天使のキス」とか台湾青島《チンタオ》ビールといった酒の肴にしてしまう。

でもね、そんなことは実はどうでもいい。いつも歯をむき出し怒りの形相で世間に身をさらしてきた私に、向こうは引き続き物欲し気な恨みがましい視線をじっとあわせ、歯ぎしりしながらこちらの赤裸々な文体と情欲、パーツと生身の肉体に探りを入れる。

「主流文壇の金字塔の高層建築との共犯」！　こんなちゃんちゃらおかしいタイトルが男同志《ゲイ》の「教父」が評語としてつけた札。これで私を腰から真っ二つにへし折ったつもりとはね。この異形の下半身が無性生殖してどんどん累乗していくとも知らずに……

でも、こんなお遊びはそうそうやっていられない。書き記すその端から死んでいくあのものを生み出さなくなってずいぶん経つ。この間《かん》、あなたとつるみ、口争い、愛し合うことに一身を捧げていたから。私には孤立し凍った空間が必要。血を滴らせ、創作し、あなたをどう呼んだらいいのか考え続けさせる空間が。

沈黙した文字が私の武器《ピストル》。あなたを離れている今、この意固地な声なきラブソングをよく聞いてよ。私の詩の言葉はあなたの体内でとぐろを巻いているはず。あなたは自分がもう屍だと思っているとしても。

★

とっくの昔から、自分がおぼれ死んだ死体、ただ訳のわからない力でとどめ置かれ、こそ泥のように人間界にかりそめに生きているもの、と感じていた。

この数年、私にとって唯一生きる意味が水凌だった。昔、自分が生きていた頃、絶望と虚無に抗するまともなものを何ひとつ生み出せずにいた時も、捨てがたい情欲は花が咲くように静かに広がっていた。音符がいったん瓦解すれば感覚も一緒に凍りついてしまうのだと昔は思っていた。死人に口なし、と誰かが言ったように。でも死人の私は音符を聞くことができない。かつてはグレゴリオ聖歌の高貴な楽章が今際《いまわ》の際のエクスタシーに導いてくれたもの。でも最終的には音楽の殿堂に入ることができず、音のない湿った世界に漂うしかなかった。

命の光は私から永遠に去っていった。あの娘が私の声と自分の命を持ち去っていったちょうどその時に。

彼女は沙沙《ササ》という名。名とは裏腹にビロードのようにつややかな声と肌をしていた。私たちの愛が災厄の瀬戸際まできたとき、もう耐えられないわ、生きることも私も、と彼女は言った。それでも私を放そうとしなかった……

彼女は接吻しながら水銀を私の声帯に流し込み、私たちの歴史と愛を、それから私の声をだめにした。最後に、アルコールとブラックチェリーの香油で沐浴しながらたっぷり盛り上がった泡にマッチで火をつけ、その自慢の美しい身体を黒こげにした。

沙沙が死んで、私は何もかも失った。子宮の中で死んだように眠っている胚胎だけが、私と一緒に氷のように冷たい音無しの沼に横たわっている。

★

台北からますます遠ざかってゆくわ、ママ。

私たちの家、私たちの記憶、共有した何もかもが私からますます遠ざかってゆく。

さっきの駅でようやく、ずっとまとわりついていたサラリーマンの男がばつが悪そうに離れていった。ガランとした車内で私はバッグを頭にのせて何かを聞き出そうとする。たとえば雨が湖沼に降り込む音……

それは「沈黙」の手前の音だ、とあなたは教えてくれた。あのときの私はたったの六歳。

雨水は湖面になんの跡も残さずに、無数の水滴からなる月の沼沢地にするすると滑り込む。その音は、愛を交わすとき、相手の陰唇に耳を寄せると奇跡のように耳に届く、闇に通じる穴が静かに吸い込んでゆく欲望の残骸。

「我が子よ、私の黒洞《ブラックホール》こそおまえを生みだした子宮」

戦慄に襲われ、私はあなたの下腿、私の故郷に入り込もうとする。でもあなたは哀しそうに、無理だと言う。あなたには私を元に戻すすべがないのだ。

すでに枯渇した湖が魚たちを泳がせることができないように。

★

陸に上がった魚のように、沙沙が火を放ってからの私の世界はずっと不毛だった。お笑いものだね。子宮にたっぷり水があり、そこに私の分身がいて、意識のないままに漂いながら、痛みの絶頂で感じる高笑いの衝動を私と分かち合っているなんて。

なぜ生きているのだろうか。沙沙がいなくなり、声を失い、何者でもなくなった今も……ちっぽけなバーで唱う青二才のバンドですら、こんなしゃがれ声のソプラノなど見向きもしない。それにあの子だって、実は欲したわけではない。

——貝貝《ベイベイ》、子供が欲しいわ、ふたりの。

——でも沙……。

——ねえ、おねがい、欲しいのよ、でも私じゃだめ。体内で蠢《うごめ》くものがいると思っただけで気が狂いそうになるから、でも、あんただったらできる……

エゴイスト、なぜ私ならできるのか。今でも人工授精の手術台に横たわっている悪夢を見る。ビニールの上着を着せられ、器具を操《あやつ》る医者や看護師たちの目に下半身がすっかりさらされている。何よりも恐ろしいのが、麻酔を打ってもらえないこと。それなのに身動きできず、白く濁った精液、そして沙沙の卵子がたっぷり入った巨大な注射器が、荒々しく体内に挿し込まれる……

幸いなことに、現実はこれとは違う。なにもかもが高度に専門化され、手早く処理される。第一恐ろしくてたまらなかった産道からの出産をしなくて済んだ。八ヶ月だった腹を自分で割こうとし、その傷口の深さが医者に帝王切開を決心させたのだから。

自殺のための切腹と帝王切開、こんな滑稽な組み合わせがあるだろうか。あのとき、意識を完全に失う直前、早くから睡眠薬とウイスキーを大量に飲み込んだ私は身体中からぬめぬめした液体が絶えまなく滲みだすのを感じながら、ただゲラゲラと笑っていた。そして残った枯れた殻。

★

暗闇の穴は乾いているから、だから絶えず飲み込もうとするのね、ママ。

後になってようやくわかったの。あなたが語ったお休み前のお話は、本当は恐ろしい詩だったってことが。

あの頃、私たちは天母《ティエンムー》にある別荘に住んでいた。当時あなたの周りにはミツバチのような喧しい情婦や情夫はいなくて、私がママ専用のお人形、ペット代わり。あなたはごくまれに気が向いたようにバッハのフーガを弾いてくれたし、毎晩私と一緒に寝て、なんてことないお話やおしゃべりをしてくれさえした。

はっきり覚えているのが黒洞《ブラックホール》の話。本当に奇妙、今思い返してみても、あなたが話したのか、それとも自分の記憶がいたずらをして、夢の出来事を実体験のようにねじ曲げて見せたのかわからない。

それはこんな話。星は内部のエネルギーを使い尽くすと、ゆっくりと内に向かって縮まり、質と体積がますます不均衡になっていって中性子星に変わる。それでも衰えた星の動きは止まらず、終いに全体が内部に陥没し、自分を平らげ、宇宙の最大の恐怖の、すべてを飲み込む黒洞《ブラックホール》となる。

★

私の水淩、私の水瓶、私の毒蠍《さそり》。胎盤と血に染まって私の体内からこの世に押し出されてきたのを目にした時から、私はあの子に夢中になった。

彼女は私の細胞が自己分裂し、育ち、私の身体を通路にして神秘的な領域からこの空間にやってきた。私と遭遇し、ともに愛し合う対象となった。この自分が母親だと思ったことなどない。そんなくだらない方法で愛しはしない。

思春期にはいったときから、私は愛の世界の反逆児。普通ならその道は薔薇《バラ》の花弁ととげの間を縫って走る茨《いばら》道のはず。けれども、早くから両親を亡くし、政界のピラミッドに蟹の横ばいよろしく勢力を拡張していった母方の親戚と一族の巨額の富が、宝くじの一等当選のような滅多《めった》にない幸運をもたらした。最大の御利益が、甘やかされた一人娘として、同世代の直系親族たちと一緒に自由と資産のたたき売りをしなくても済んだこと。

こうして、運命の女神が体制と渡り合うときの不愉快な状況の大多数を免除してくれたおかげで、制度と家の圧力のもとでもがく娘たちのように、あらゆる方法で偽装し、時には自らの体に咲いた奇異な花を扼殺することをせずに済んだ。

そう、悪魔の賽《サイ》が的に命中し、私は特権階級のガラスの宮殿に住まうことが許されたのだ。肉体が必要だった。違った肉体が。男も女も私の周りでのたうち回る。まるで生々しい肉体を陳列する館を有しているようだった。だけど、肌がすり合わさって電撃が走るあの一瞬が終わった途端、何もかもが一瞬にして崩れさる。魔法が消えシンデレラは相変わらずの灰まみれ、青蛙は井戸の底に引き下がり、飢えのあまり、えり好みできずに通りすがりのものと慌ただしくキスを交わす機会を待つしかなくなる。肉体はどれも同じ。触れたいという欲望を二度と引き起こすことはない。

沙沙だけが違った。彼女と一緒だったわずかなひと時に、命に新鮮さがみなぎる可能性を感じた——一緒にいさえすれば、異なる肉体に宿る微かな炎を求めて血眼になり、そして一夜の交わりの後に反吐を吐くほどの失望に襲われる、といったこともなかった。彼女がいさえすれば、この身体に潜むどん欲な悪魔は骨を貫くほどの戦慄に、永遠にうっとりと浸っていられた。

でも沙沙は死んだ。極端な反応が受け入れられず、私の究極の独占欲の中でおぼれ死んだのだ。

それから、もはや救われ得ぬ運命なのだとの思いが、とりわけ沙沙の葬儀が済んだ後に襲ってきた。そして沙沙の死に様に見合うやり方を必死で探っていたところが、切腹に失敗した結果、生きたいという願望に見舞われることになるとは何とも皮肉なこと。めった切りにした腹から医者が水凌を引きずり出した時、私は、唇を堅くすぼめ、何かを企むように真っ黒な瞳を大きく見開き、まっすぐに私を、私の見苦しい身体を、引き裂かれた子宮を見つめる彼女を目にしたのだ。

恐ろしいことだ。あの子を初めて見たとき、すべてを忘れた。傷も死への願望も。死にたいなんて二度と思うものか。両股の間でうごめくものが、その後の人生が奇怪な光に彩られた幻惑の舞台となることを告げていた。

けれどもあの底なし沼はすでに湖沼ではなくなっている。当時に帰りついたその時に、愛との決絶をモットーとした自分に戻ることになるのか？

★

あなたこそが「底なし沼」と呼ばれる太古より存在する大湖。

もともと肥沃だった水域は、遙か昔、太古の時代より小石混じりの砂に浸食され土砂に埋もれ、湖水の中心部に茂った水草や青苔さえも次第に種族を途絶えさせ、終いに誰もが勝手に開墾できる土地へと変容していく。こういった世界の意志の前で、あなたは妥協し、ハゲタカや獣に骨皮もろともがつがつ食べられるに任せてしまった。

この世界の過ちとばかりはいえない。世界はあまりに愚かすぎる。才色兼備の作曲家として、由緒ある名家の豪邸に一人住み、平凡な人間たち誰もがうらやむ地位と財産と才能に恵まれ、特定の恋人もなく、たった一人、黒人が肌の色を切り離せないように社会の掟破りをやめられぬトラブルメーカーの子供として。あなたの存在は、謙遜を規範として構築されたこの世界にぴしゃりと平手打ちを食らわしたようなもの。

でも私の存在はあなたにとって一体なんなのか。致命的な呪いなのか？

甘く美しくそして荒れ狂うああいった時間、黒い繻子織りシーツのつややかなベッドカバーに横たわったあなたの、焼けるように熱い身体は火山のマグマのように私の何もかもを覆い尽くした。あなたは私の耳元に口を寄せ、蛇取りがその獲物を慰めるように言った。おまえは私の命の光と水、おまえがいなければ私は干涸びて死んでしまう、おまえがいなければ、両目をえぐり取られたあの予言者のように、ただ一人空虚な砂漠をよろめきながらさまよっていただろう、と。

私がいさえすれば誰も必要ない、あなたは何度もそう強調したけれど、でも、ママ、皆がわかっている。女王様に使える騎士が一人ですむはずがないことを。

それに私は騎士ではない。現状に満足できぬ、血を好む飢えた詩人に過ぎない。

★

水凌がまだ幼かった頃から、あの子がわからなかった。それでもあることははっきりしている。あの子の虚無感と反逆が理解できなくとも、私がそういった気質に強く引きつけられていたということを。

あの子が書いた詩、撮影した試作の八ミリビデオ、つきあっていた身勝手な仲間、幼年期から成人するまであたった生活指導主任、クラス指導の教師、担任、相談員、警察との様々な激しい衝突、いずれにも口をはさむことはできず、理解もできなかった。

高校に進んでからは、ありとあらゆる特別な、いわゆるコネを使い、あの子がどれだけ授業をサボり、男の教官と罵りあい、台北一女の緑の制服をはためかせ改造した250ccのオートバイを乗り回しても——後ろに乗せる相手をどれだけ変えたことか、どの子もモンシロチョウよろしく、あの子に夢中の小娘たちだったが——何とか退学させられずに済ませてきた。

大学に入ると、あの子の猛々しいテロリスト張りの魅力はさらに研きがかかり、暴風雨の半径はますます拡大した。あの子の文字は瞼《まぶた》の上に生えた黒いサングラス。読み手や編集者たちは狂ったようにこぞってその文字の下、奥のプライベートな領域をのぞきこみたがった。驟雨を思わせるあの子の冷酷精緻な顔立ちがそれに拍車をかけてあまたの獲物をひきつけた。彼女たちは一口かじって捨てられる前菜のクラッカーに過ぎないというのに。

ある時はこういった獲物の一人が、捨てられる運命を受け入れることができず、顔を引きつらせて玄関先までやってきた。その娘があの子の全く動じない冷酷さの前で泣き崩れたその時、初めて私は幻滅と恐怖に襲われた。相手が泣き叫ぶ様に水凌は心地よさと恐ろしいまでの喜悦を感じているようだったから。

オペラ「ニーベルンゲンの指輪」を地で行くように酷く、残忍なさま。水凌の役柄は頑強な英雄と、無情で好戦的な処女、邪悪な魔の化身、そして自ら滅亡を選んだ北欧の神々すべてを兼ねていた。何もかも極端に処理するその理由がただ単に錐《きり》で刺し貫く痛みと粉々に砕ける苦痛、そして訪れる滅亡を味わいたいが為《ため》。

目を見張り口をぽかんと開けた観衆のように、私は呆然と傍らに立ち何もできなかった。あの子をとめようとしても返ってくるのはよりいっそう凶暴さを増した挑発と悪意に違いなかったから。

中でも最悪だったのは、少女がバッグから鋭い果物ナイフを取り出しヒステリックに自分の身体に突き立てようとしたとき、水凌の口元にふてぶてしい笑いが浮かんだこと。感情の無い、強いて言えば微かな嘲りとからかいを帯びていた。衝撃的なコンサートで霊感を得て書きつけようとする文字にふと興味がわいた、とでも言うように。

少女は何かを感じたのか自分を傷つける動作を止めた。絶望しきったのかもしれない。恋人が目の前で死のうとすることすら滑稽だと感じる人間に対して、これ以上何ができるというのか。その空白の一瞬に水凌は少女の持っていたナイフを奪い取りこともなげに自分の手首をすっと浅く切った。無慈悲な美しい雄猫、ロシアンブルーのように、水凌は傷口から吹き出る血をきれいになめ、にっと笑って、身も心もぼろぼろになったその少女に向かって言ったのだ。「ほら、これがあんたへの愛だよ。死に至るまでいかない愛、実際なんでもないのさ」と。

そのあとどう決着がついたのかもう覚えていない。忘れられないのがあの子の言葉と表情。本当にあの子がわからない。あの子が何を望んでいるのかわからない。

そら恐ろしい。もしあの子がある日私にも同じことをするとしたら、トレードマークになっている何もかも拒絶する微笑を浮かべて、死ぬほどなんて愛していない、と告げられたなら、そうなったら、死ぬよりもつらい。

★

古く薄汚いホテルで寝転がった。天井のシミがグロテスクに様々な顔へと変化する。最後はあなたの顔。まだらになったペンキが血の塊のように顔を彩る。急に手首の傷がしくしくと痛みだした。

あれから終点でしぶしぶ電車を降り、ひんやりとした街道をあてもなく歩いた。冬ではなかったが、島の南端はちょうど台風の気流に巻き込まれたところだった。てかてか光る店の看板があちこちで風にあおられ上下左右に動き、ガタピシと無様な音を立てていた。まるで欲情に駆られた良家の淑女たちのように。あなたにはわからない、どんなにあの手の輩が嫌だったか。とりわけ、気に入られていると自惚れ、チンピラを王子様と取り違え、はてまたこちらが大人しく嘘くさいウィンナワルツの相手をしてやると勝手に思い込んでいた女たちを。

全くの見当違い、誤解もいいとこだ。私の相手になりたいのなら、欲情に身をゆだねる犯罪者まで行かなくても、少なくとも雪衣《シュエイ》のように聖女と殺し屋を兼ね備えた役柄を演じきれなくては。

彼女、雪衣、を覚えているでしょう？　危うく道連れにされるところだった。私への最後のプレゼントがこの右腕の深く大きい傷、癒えてからもまだ鮮やかな赤い色が残っている。あの娘は冷酷になるほどに魅惑が増した。銅の彫刻刀で私の腕に切りつけてくる情景を思い浮かべるたびに、私は下半身の動悸を押さえきれず、自らの身体をまさぐりに手がのびていった。

あの時彼女の血と私の血は同時に飛び散り、真っ白な枕を桃の花に染め上げた。結い上げた髪がほつれて広がり、氷よりもさらに真っ青な顔と、ほっそりとした身体が激しく痙攣していた。彼女の二つの瞳は燃える炭のようだった。その眼が私を骨の髄まで貫いた。

今まで見た中で最も深く心に刻みつけられた映像、最高に痛快な交わり。傷ついた手で彼女の肌をそっとさすっていった。そこには私への渇望と恨み辛みがびっしりと書き込まれていたのに、私への欲望と愛を認めさせようとすると激しく否定する。

最後に、彼女は乱暴に私を押しのけた。私の唇はまだ彼女の陰部の体液で湿り、肩先の噛まれた傷には血がにじんでいた。堅く彼女を抱きしめ、必死になって揺すった。ひくひくと動く真っ白な喉元が弓なりに盛りあがり、絞め殺したいという欲望をそそる。めちゃくちゃに接吻を浴びせ歯形をつけ、瀕死の白鳥のみが有する、唯一絶対の、犯されざる尊厳を破壊してやりたくもなった。

いずれにしろ、彼女はもう死んでしまった。何もかも許し至れり尽くせりで彼女を守ってやると自称した彼女の夫がどうあがいても彼女を救うことはできなかった。その夫も心の中ではわかっていたはず、雪衣は男を愛しはしなかったことを。彼女が、何度も小説の中で、深く自己同一化させ耽溺して書き付けた「白鳥に似たまなざしをしたナルキッソスの運命にある少年が、蛇蠍の如き陰の魔性に魅入られ、永久《とわ》に堕ちてゆく」といった表現にしても、すべては彼女が自分では認めようもなく、また認めたいとも願わなかったその「魔女の愛」にはけ口を見出してやっていただけなのだ。

なんて愚かな、自分が本当に「少年」に変わりさえすればそれで事が済むと思っていたのか——でも……もしかすると、彼女が「彼女」でなかったなら、私を狂わせた女性でなかったならば、何も起きなかったかもしれない。私が男に究極のラブレターを書くはずはなく、ああいった味わい深い身体を味わいつくそうとするはずもなかったから。欲望がなければ危険も生じない。

それでも、彼女が「彼女」自身だったから、私は彼女を欲し、それだから彼女は自分に耐えきれなくなった。私を殺そうとして失敗したあとは、彼女の命は黒洞《ブラックホール》に飲み込まれていく白鳥の羽毛のように、肉体が本来の死を迎える前にもうばらばらに引き裂かれてしまったのだ。

これは私のせい？　私が彼女の人生を滅ぼしたのか？　私に出会ったものは皆ろくな最後を迎えないのか？　私は本当に呪われた存在、命への呪詛なのか？　雪衣の夫が葬儀の時にヒステリックに罵ったように。生まれてくるべきではなかったのか？

答えてよ、ママ、あなたしか答えられないこの問いに。

★

結局、あの子は絶えず暴力をすすっていなければ書けない詩人。書く行為を通じて、骨に滲みこんだ血への激しい嗜好を解放させている――もし文字領域の殺戮にすら満足できなくなったならば、たぶん、その時があの子を失うとき。

いく昼夜過ぎただろうか。身体を動かすことすらせず、ちぐはぐに並んだ様々な物の間にじっと横たわっている。――割れた陶器の茶具、枕の破れ目から飛び出してあたりに飛び散った真っ白い羽毛、果物皿の上の干涸びた梨の半分、燃え尽きたランプ、細かく引き裂かれた日記。

気が付けば堂々巡り――あの子はどこにいるのだろう、また誰かと衝突してやしまいか、自分の面倒がみられないのではないか、このまま戻らないのではないか、思いは堂々巡り。

私とあの子がそれぞれ使っている二つの受話器の留守電がぴかぴかと赤い光を放ち続けている。頭蓋骨が割れたオウムのように、そこから独り言がぶつぶつ漏れている。しばらく聞いていても、それが何を言っているのかほとんど聞き取れない。

――こんにちは葉貝《イエベイ》女史、「女性作曲協会」、総務秘書の蔡秀儀《サイシウイ》です。私ども主催の座談会のご招待状、お手元に届きましたでしょうか。ご面倒様ですが、このメッセージをお聞きになりましたら、できるだけ早くご連絡頂きたく――

――ハイ、小水魔、老歪《ワイ》だ、『島嶼地底洞』の今月の原稿は仕上がったのかい。一体どこに行っちまったんだ。姉さん方や年下とつるむのに忙しいってんじゃないか。ははは、身体に気をつけろよ、あんまりやって精力なくすなよ。いざ出番ってときに血を吸う力もなくなったんじゃもともこもないぞ。ハハ。

——もしもし、どなたかいますか。F楽団のバイオリン、楊建《ヤンジエン》です。ミス葉《イエ》がお戻りになりましたら、ご面倒ですが電話を頂けますか……この前一緒に演奏してから、ずっと葉さんとお話ができればと思っていますので……

——ああ、凌凌《リンリン》、なんで無視すんの？　あんたが恋しくてたまんないよ、どこにいるんだよ。後生だから受話器を取ってくれよ、あたしだよ、小蘋《シャオピン》だよ！

——誰かいないのかよ、受話器をとれよ！

——

——

何回か、横になった状態から起き上がってベッドを降りたようだ。トイレに行き、無意識に水を飲む。冷蔵庫から半分凍った胡瓜を取り出し、のろのろとかじる。最後にもう一度、あの子のイヤホンを取り、「死亡金属」とか「異教工業音」といった類の、彼女のお気に入りが選曲されたCD——なんでもよかったのだが——を適当に選びデッキに差し込む。

やかましく耳障りな金属音で聴覚を麻痺させ、ひっきりなしにしゃべり続けるメッセージを遮ろうとする。愚かな行為。電話線を引き抜くか留守電の音を消してしまえばそれで済むことなのに。でもそれができない。万が一、億万分の一の可能性だとしても、あの子の声が入っているかもしれないからと——

宇宙人の頭部に似たイヤホンを装着しPlayのキーを押す。立ち上がったとたん、絨毯に転がっていた掃除機を蹴っ飛ばす。ぼんやりと思い出す。けんかが起こる直前、掃除機をかけていたのだ。

——もうがまんできない！　聞いてんの？　質問に答えろよ。沙沙、あの化け物、あいつの卵子ってどういうことなんだよ。あんたとあいつは一体何したんだよ。話せよ。

——何のこと言ってるんだい。何を知りたいのか、わからない。

——わかってんの？　そろそろわかってもいいんじゃない？　あんたのその「わからない」の呪文にもう我慢できなくなってんだよ。もう一度言ったら出てってやる！

おそらく気が利かずに、もう一度「わからない」を口にしたのだろう。そうでなければなぜあの子が飛び出していったのか。でも本当に思い出せない、一体自分が何を言ったのか——

掃除機の吸収口のブラシに、真っ黒な直毛が絡まっている。私のものではない。私の毛は軽く縮れている。水凌の髪だ。

「メデューサの蛇の頭髪で絞め殺しておくれ——」

髪の毛と言葉が目に突き刺さり、その瞬間、二十数年来つきまとっていた麻痺したような感覚を一気に押し流した。そして音符についた歌詞が耳に響きわたり、本当に音楽が「聞こえ」た。強烈なアルコールが喉を伝ってどくどくと血液に流れ込み、音が体内の奥へと突き進む。あの時、充血した子宮内で激しい胎動を聞いた時と同じように。

本当に聞いたのだ、自分の欲望の音を。

★

そのバーで私は「彼女」の声を聞いた。十字架に打つ釘のように、高らかな響きと共に私の血管に入り込んでくる。

ちっぽけな店、それはコンビニと古びた本屋の間にあった。狭い階段が地下室に通じ、厚く重々しい鉄のドアにはピンクの蛍光インクで「迷宮」の二文字が吹き付けてある。これが看板というわけだ。くねくねした文字がまるで砂漠の中をのろのろ這い回る蠍《さそり》のように、あどけなく挑発的だ。

ドアを押し開けたとたん、龍舌蘭《リュウゼツラン》酒の濃厚な香りがつんと鼻腔を刺激する。空気は奇妙に乾いてすがすがしく、地下建造物について回るじめじめとしたかび臭さはない。私が立っているドアから始まって、薄暗い空間はたくさんの小さな洞窟に仕分けられ、バーのカウンターを中心に、中二階の舞台と、もう一層下の階もしつらえてある。なるほど、確かに堂々たる迷宮だった。

舞台に向き合ったバーのカウンターのスツールを選ぶと、だるくてたまらない両足を横の空席に伸ばす。

不意に、背後で細い声が響いた。

「迷宮のなかにはなんでもあるよ」

振り返ると、髪の毛を真っ赤に染めた背の高いがっしりした女が笑っている。グラスとシェーカーを持っている。長くてしっかりとした指だ。

「特別な味を作れるよ、ためしてみるかい？」

彼女をとくと眺める。たいしたものだ。眼球までも赤い。このコンタクトレンズは実に効果的だ。思わず口元にかすかな笑いが浮かぶ。相手をぎょっとさせる言葉も口をついて出た。

「できるの……貪婪に呑み込む子宮の味でも？」

意外にも彼女はいささかも動じなかった。からかうように笑って答える。

「やってみるよ、でもアルコールが原材料じゃないからね」

九寸鉄《ナインインチスチール》というのが彼女の名前だった。といってもその声は粘りつく鉄くぎ音だけでなく、どんな鉄釘も誘い込んで引き落とす底なしの穴の、その奥底のビロードの絨毯に突き立てられたきらきら光るガラスの破片。髪の根元から逆立った真っ赤な髪、きらりと光る赤い瞳を見ているうちに、喉が渇き、胃のあたりで竜巻に巻き込まれた砂が舞い踊る。

あの声を私は知っている。幼いとき小部屋で漫然と物入れや衣装箱を探っていたとき出てきた録音テープ。それは私がまだ生まれる前の、国際的に名声のあったソプラノ歌手、葉貝《イエベイ》の、希少な録音テープの声だった。当時は繰り返して何度も聞いた。そして椿姫が死に臨んで唱う最後の曲では、身体を小刻みに震わせて快感の部位を探っていた。

九寸鉄は貝貝ではない、ジーンズの上着を両手でぎゅっとつかみ、こう言い聞かせては無駄に抵抗を続けた。ところが、耳障りな重い金属音のなかに、「彼女」の亡霊、私が永遠に捜し当てられない甲高い女性ソプラノを私は聞き取った。もし「彼女」が引き続き存在しているのなら、それは、彼女の恋人の沙沙——死んだもう一人の母親——は死んでおらず、「彼女」の声も持ち去られていないということ。それならば、「彼女」の命に私が入り込む余地はないはず……

私がいなければ、どうやって乾きをとめるのか
私がいなければ、この世界はおまえにとって砂漠にすぎない……

太ももの間が、何か、でふさがれてくる。熱くて甘いもの。これが転換点《ターニングポイント》なのか、それとまた別の謎なのか、わからない。
九寸鉄が舞台を下りてくると私の前髪を持ち上げた。まなざしで問いかける、私の獲物かい？
そうかもしれない。無言で答え、彼女の血走った眼球を見つめる。そこには真っ赤な底なしの穴があった。

★

あの子はどこにいるのか。今ちょうど農暦閏月の八月が始まったところ、月が鋭利な鎌の形になる

頃、あの子の月経が始まる頃。

あの子を抱きしめ、その肉と血をなめてやりたい。月のものが来るたびに、あの子はか弱くかわいらしくなった。地の霊気で沐浴した美しく物憂げな子猫のように、愛さずにはいられなくなる。ああ、間違っていたのだ。最も憎むべき過ちは、挑発でも荒れ狂うことでもなく、無邪気で世間知らずを装った無理解。

でも本当はあの子のことをわかっていた、はじめから。あの子の常識外れの振る舞い、渇望と痛み……皆わかっていた。どんな思いで振る舞っていたのかも。ただ認める勇気がなかっただけだ。

認める勇気がなかった。自分が世界の回る角度とずれていることを早くからわかっていたのに。あの子の激しい反抗を、自分の魔方陣の仕上げの最後のひとマスとした。あの子が存在しさえすれば、及び腰に正義を振りかざしてあの子の残忍さを責める口実ができたし、いかにも悟った風な皮肉な口調で、あの子がこの世界のシステムとは全く相容れないでいることをあざ笑うことができたから。あの子のことをわからないと声高く叫びながら、実は陰険にも安全弁をつかんでいた。その通り、あの子がいれば、外界の炎や手榴弾がこちらに飛んでくることはない。やつらが執拗に追い求めるのは、自らを引き裂く行為をものともせず、極地をまともに突き進もうとする叛徒だったから。

この叛徒を、私は早くからそれと認めていた。二十九年も前に、あの子が暗く湿った私の体腔から産み出されたとき、この現実世界に出現すべきでない青い薔薇が私の血肉の奥深くから現れたそのときに、私はこの子の生命の図案を見て取ったのだ。

そう、あの子がわからないわけがないのだ。私がそのように育てたのだから。

★

慌ただしい夢の境地から逃げ出したところが、なんて身体が重いのか。こんなに長く眠っても、九寸鉄と身体を交えた行為の後よりも虚脱感が強い。

太ももの間がべったりとぬれている。甘い血のにおいが眠っている私の中にじんわりと広がり一面を覆う。布団をまくると黒いショーツの内側にどろりとした血がにじみ、太ももの間で固まって下半身をくまなくぬらしている。血の塊のうちのいくつかは鮮やかに赤みがかっている。指ですくって口に持っていく。涙よりももっと欲情をそそる塩辛い味。

現実離れした赤黒い模様の広がりを見ながら可笑しさがこみ上げてきた。お腹が空いたということか。

私の多くの「嗜好」に我慢ならない、といつだったか、あなたは面と向かって私に言った。その言葉には驚愕の響きがあった。いくら何でもひどすぎる、と。私が何を欲していたのか、わからなかったの？

私はまともに視線を返し、ずる賢く笑うとあなたの乱れた髪をたくし上げて、あなたの最も敏感な耳たぶのところでそっとささやいた。

――なら私が嫌だってことね、貝貝。

ほどに。

——馬鹿な子、こんなに愛しているのに。愛しすぎておまえの方が耐えられなくなるかもしれないほどに。

結局あなたはわからなかった。なぜ私がこんなに猛々しく極端にこの世界を嫌い、すべてのことに執拗に抵抗しようとしたか。

私だってはっきりと言えない。それは抗うことのできない欲望——もし人生のなかで快楽や美しいものに行きあったならば、私は自分を取るに足らない存在にはしない。妥協もしない。それればかりかこの地球と一緒に歓喜の中で踊り狂い、あらゆる制度と廟が崩壊し瓦解するのを見届けようとするはず。

あなたを愛しているとき、心から肌のさきまで全身であなたを愛しているその時に、この世界から、おまえの意識の枠組みは陽光に耐えられぬ変態した昆虫のそれだ、強大な家父長の権力システムがおまえの存在を黙認しているだけでも御の字だと知れ、と宣告されるがままになれというのか。

あなたは理解しないだろう。なぜこんなにこだわるのか、うまくやっている時に、何に抗っているのか、何を打ち壊そうとしているのか、と。

うまくやっている、確かに。でも十分ではない。永遠に十分ではない。誠実な告白をするなら、友人のKが献血したときの情景を話しておこうか。特製の太い針が宙を舞ったかと思うと、「彼」の薄く青白い皮膚の下で躍動する青い血管にずぶりと刺し込まれ、そして、血液が、駆逐され境界を越えた液体《ゾル》生物のようにゆっくりと半透明の血液保存袋へと流れ込んでいく。

——なぜ献血なんかするのさ？　混世魔王《ワル》のボスもついに救いを得たくなったのかい？

からかうように私は彼女に問いかけた。K、黒の革ジャンが定番の出で立ちのプレイ「ボーイ」が、Tバーで少女たちをハントするときのお好みの手口は、彼女たちの柔らかいピンクの首をたぐり寄せ、吸血鬼の恋人よろしく「血を嘗めさせてくれない？」と言うこと。こんな思い上がったのぼせ野郎が献血につきあわせたのだ。

Kがかすかに笑うような意味ありげな顔つきでじっと見つめる。傲慢な自信家、無理矢理500ccを採るとは。これでいい、唇も真っ白さ。

——真面目な話、吸血鬼の最大の楽しみは、獲物の身体から血液を得ることではなく、暗黒界の祝福を受けたその呪われた血をこの世にばらまき、伴侶を増やすことかもしれない。

あなたは知りたいと思わないだろうけれど、貝貝、あなたの身体に流れる血液の一滴一滴すべてが形になっていない私だった。私はずっとその自分を取り戻そうとし、そして、あなたが明らかにしたがらなかった「彼女」を見つけ出そうとしていた。——本当に私を受け入れ、私と一緒に痛みも喜びも分かち合うつもりなら、正常な世界の枷をペットの合法的な首飾りにして私を馴らそうとすることなどできないはず。

★

そう、これでわかった。

これまで執拗《しつよう》に抵抗してきた。哀悼と誠実を示す仮面をずっとつけたまま。最後の一握りの愛がぼんやりとした記憶の渦に巻き込まれ、「過去」の輪廻に組み込まれていったときも、それでも水のなくなった沼を演じ続けていた。

沙沙への愛は実はすでに失われていた。あるいは「彼女を愛した私」はすでに彼女と一緒に死んでしまった。私が愛したのは、彼女よりももっと悪辣でもっと魅惑的なあの子。彼女の一部が受け継がれているとしても、水凌は沙沙ではないし私でもない……

けれども、これを認める前は、水凌は私の口実だった。いつも悲壮感とともにこう思っていたのだ。この子の為ならば、この人類社会と相容れない変異体のこの子の為ならと、私がいなければこの子はだめなのだ、だからこの子の為に、私は存在し続けよう、と。

なんと馬鹿げたこと、一体どちらが相手なしではいられないのか。

私はあの子が必要なだけでなく、愛している——母親としての、そして恋人が恋人に対するこの上ない欲求とともに。

ヘッドフォンから流れる音楽はすでに終わっている。もっと聞こうと別のCDを取りに彼女の部屋に入った。突然、あの子が棚の上に置いておいた録音テープに私の喉がぴくりと反応した。

ずいぶん昔に録音した選集をデッキに入れキーを押す。熟知した音符がまるでパンドラが箱を開けた途端ひらひら飛び出す精霊のように。私の体内に流れ込んできた。『椿姫』の前奏部分。私が歌いだす。「愛しいあなた、死ぬまで愛する……」。

★

午前三時を回ったところ。ぐっすり眠っている九寸鉄を起こさないように、注意深くまたぐ。彼女のたっぷりとした赤い髪が青い枕の上になめらかに広がっている。抜き足さし足で下着、ジーパン、上着を身につけるとバッグを引き寄せる。そしてメモを書いているちょうどその時、彼女の手が私をつかんだ。

「ごめん、やっぱりおこしちゃった」

彼女の眼球の奥が血のように赤く光った。「いいよ、どっちにしろ夜は眠れないんだ」

「てことは……」

彼女の手が私の首をなで回し、下へと下がっていく。感触でブラジャーをしていないことを知ると、うっとりとした表情へと変わる。もう一度ベッドをともにしたいのだ。

「かえしたくない」

ぐっとくる言い方、これ以上しっくりはまった別れの言葉はないだろう。

「また飛び出してくるよ、たぶん」

彼女の左ほおにいたずらっぽいえくぼが浮かぶ。

「いつでも道に迷いたくなったら「迷宮」に尋ねてきな」

暗黙の了解のうちに私は言葉を継ぐ。「それで、あんたが手伝ってくれて子宮に通じる道を探してくれるんだ」

★

受話器の音をとめ、イヤホンを外す。

何日も眠っていない気がした。身体の細胞の一つ一つが休みたいと懇願し、体腔と血管から立て続けに睡眠状態の気泡が立ち上ってくる。

部屋に戻り、ベッドに倒れ込む。水から出た魚が再び沼に投げ込まれたように。

何かを考えるまもなく、私は深い眠りへと落ちていく。

★

これが最後の告白になる。私は行く先を探しあぐねている旅人だ。

本当は、もうとっくにあなた——私の詩、私のキーワード、を見つけていた。私はずっと「彼女」を携え、「彼女」を葬りたいと思っていた。結局「彼女」をあなたの元に持ち帰ったのだ。

うちに戻りたい。以前は繰り返しあなたの夢の中にあらわれていたけれど、今あなたが目を開けたならば、疲れ切った私の身体があなたに向かって倒れ込むのが見えるはず。

ママ、愛しいママ、私が戻ってくる足音にじっと耳をそばだてていてよ。

★

夢の最後は真っ赤な新月。鎌状の切っ先にあの子がぶら下がっている。私が悲鳴をあげると、あの子の口元にはほくそ笑むような笑いが浮かんだ。悪ふざけを成功させたときのあの笑い。腹部にはぽっかりと穴が開いている。血も流れない水晶のような透明な穴。

わかっている、あれは夢、そして真実を示す寓話。

声の出しようがなかった。喉一杯に水銀が詰まっていたから。

あの子の身体は空っぽだった。そこには内臓もなく薔薇の花もなく、私につらい思いをさせる、だが読まずにはいられない……文字、文字、だけがつまっている。文字たちはあの子が書いた詩、どの詩も見知ったもの、そしてあの子をきつく抱きしめ、大声で、私はここにいる、私にはわかっている、といってやりたくさせる詩。

私の娘は、身体からガラスの瓶を取り出した。瓶の中には透明な黒みがかった青い液体が揺れている。生暖かくきれいな幻の羊水。沼の水、永遠に干上がることのない湖沼の水。

あの子が笑いながらガラスの瓶を私の腹部においた。


と、突然、私に声が戻った。私は叫ぶ、「水《シュイ》……」

そして目が覚めた。口元に微笑みが残っている。

★

貝貝、家に戻るわ。

あなたに教えたくてたまらないの、見つけたわ、私の物語、私の詩を。なんてことはない、私たちの共有の故郷だったの。それは沼、私たちの世界全体が沈み込んでいる沼。あなただけが私をこのようにしぼ濡らせる。そこで思い切り泣くことができる。あの瑠璃《ガラス》の瓶の沼の中で、私たちはあの世界に入っていく、私が焦がれていたあの世界に。

私のキーワードは、私がどこにいようと、いつも私と共にある。それは私の故郷、あなたも決して失うことのないもの。

★

彼女がまもなく戻ってくる。

彼女は私の娘、私の恋人。私の子宮と、私の声と、そして旅の途中で書いた詩を携えて私のもとに戻ってくる。

月で《ダンシング》の《オン》舞《ザ》踏《ムーン》

何の映画だったか、あるいは本で読んだのかもしれないが、月の出ない晩、人々は終末が到来したと思い込み、狂乱状態でセックスし殺し合ったという。こんなおぞましい寓話にぞっとして、思わず顔をあげしばらくどす黒い空を眺めるのだが、月はどこにも見えない。妄想に取りつかれているのか、夜に月が見えないと、まるで毛穴の一つ一つがふさがれ呼吸が苦しくなり、月と一緒に宇宙の彼方、深い穴の中に監禁されてゆっくり死んでいくような気になってくる。

今夜もそうだ。床まで届く窓のむこうに広がる空は威嚇するような熱気を帯び、暗く重々しくこちらをねめつけてくる。上弦の月は完全に隠れている。陰暦の始まりだ。満月まであと十三夜。月のない晩が怖い。狼男だったら満月の呪いを恐れるのだろうが。

でも、ことが起こる前はわからなかった。このうえなく深い悲しみというものは恐怖の味だということが。

身体にかかっていたシーツをめくり、半乾きになった血糊と乳首にこびり付いた涙の痕を舐めて拭う。違った塩辛さと苦さだったが、二種類の体液はいずれも強烈な飢え——それは腹部の空虚さと欲望を満足し終えていない焦燥——を呼び覚ます。「焦燥」では現在の状態を十分に説明し得ていない。CDプレーヤーはすでにデヴィッド・ボウイの曲を十数回繰り返して流している。「レッツ・ダンス」の歌になるごとに、ベッド上の屍に笑いかけてしまう。本当におかしい。くっくっと笑いはじめると、屍の唇もあわせるように少し開いて、意地の悪そうなくぐもった音を微かに立てはじめる。最終的には恐らくホラー映画のシーンのように、身体の各部分がすべて消え失せたあと、巨大なずるがしこい笑いだけが残るのかもしれない。

気がおかしくなったのか？　恐怖が笑わせるのか？　よくよく見れば、死体の顔の表情はもとのままだ。よくできたアニメーションのように、満月から月食までの全過程を極端にデフォルメして見せられているようだ。見ているうちに頭がむずがゆくなってくっくっと笑い出したくなるしろもの。話を戻そう。その気のふれた者はいずれも月と親密な関係にあるのだろうか？　だからこそlura（月）の語源から Lunatic（気違い）という語彙が創り出されたのか？　ということは、今のこの状態こそlunatic、月のように狂っているということか。

（月には陰と陽、満ち欠けがある……女性の身体と同じように……十三月、は一回の周期を二十八日として計算された陰暦、つまり揺れ動き循環する月経が体現されたLunar calendar, lunarbody……それは繊細でふくよか、抑圧的かつ狂気なるもの……）

持ってきた布製のリュックは昨晩の暴風雨でひどい状態になり、部屋の隅で生まれ死んでいくみすぼらしい身体のようだった。縦横の長さがほぼシェイクスピア全集一冊ほどのノートパソコンを取り出すと、空っぽのリュックはへなへなへしゃげていく。電源につなぎ、USBを差し込み「ムーン・ダンス」と名付けられた履歴を探し出し、マイクロソフトの中文ソフトに変換すると、切れ切れになったテクストがたちまち目の前に現れる。よかった、パソコンはまだいかれていない。音符がひとつずつ画面の下の文字列の上に現れてころころ転がっていく。引き続き書きつけていかないともう時間がない。

キーを叩き続けて間もなく突然、胃の痙攣が始まった。上着の前をひろげ、スカートのジッパーを下げる。そしてみぞおちからへそに沿ってぼんやりと下半身をマッサージする。両股を広く開いた姿勢でタイトスカートがぴんと張り、ヒップとウエストの間は人造皮革にこすられて不快だった。でもスカートを脱ごうとは思わない。少なくとも今はまだだ。

（衣服が身体を形作る、そうではないか？）

書き疲れたので、傍らの男に話しかけようとしたが相手は答えない、というか語る能力を失っていた。話すことも見ることもできず愛を交わすこともできない。口元はかすかに開いてはいるが。こちらと彼は殺し屋と死者の関係。蒸し暑いマンションの屋上階ではクーラーは絶えずため息をはく弱々しい生き物かのようで、六月初旬の猛々しい熱を鎮圧できずにいる。

もっとまずいのは、屍が話すことができないだけでなく間もなく臭気を発するぐにゃりとした細胞の塊になるということだ。深いため息をつき、幾分苦しみを感じながらも相手の裸の太股をさする。無意識に下半身の例の大きな穴に触れてしまう。ほのかな温かみの残った湿り気に思わずぞっとして飛び退く。

手のひらをこすりあわせると、どきどきしながら彼の顔をはさみ、その硬直した死の表情をのぞき込んだ。透き通るような空虚な微笑。うっとり自己陶酔したような笑い、思わずつられて微笑みを返す。Sが傍らにいればおあつらえ向きだ。機転の利いた例の調子でこう言うだろう。「妖女の笑い、死にたがっていた男を殺したね」残念なことに、あたりにはこの特別な言葉の脈絡を理解し得るような生物はいない。白いタイル張りの床を這い回る蟻が数匹いるだけだ。蟻が笑うはずがない。彼女たちが見回りにやってきたのは、Kの肉体の一部を運んで、蟻の女王やその娘らが蓄えが底をついたために精神分裂を起こさないようにするためだろうか？

彼の顔を放し自分の額に軽く手を当てる。反射的に感じる熱の感触が、相当ひどい発熱状態にあることを告げていた。口の中が乾いて痛み、首と脇から絶えず汗がにじみ出す。両手足が冷房で一日冷やされていた死体よりもずっと冷たい。

話を戻せば、毎度気分が落ち込み、自立神経失調状態の時はいつもこんな感じだったではないか。四肢に力が入らず、高熱で頭はぼんやりし、寒気でがたがた震えるあの感じが皮膚の奥からじんじんと滲みだしてくる。肘でKの肋骨を押すようにして、できるだけ移動距離を少なくして消耗を防ぎ、ベッドの右手にある小型冷蔵庫のふたを開ける。賞味期限の切れたドレッシングの残り、干涸びたオレンジがいくつかと、安物のウイスキーのほかには食べ物は何もない。ただ霜でふさがりかかった冷凍庫の中に氷の大袋が入っていた。ジーンズのポケットからハンカチを取りだして臨時の氷嚢を作り、胸口から額を拭う。太股の両側の部位はことさら熱い。先ほど力を使って遺体を切り分けたからか？　あの行動によって思わず興奮状態になっていたのか？

好奇心に駆《か》られて手を伸ばし彼の下半身をつかんだ。睾丸と陰茎が切り取られても陰性花の開く道は形成されず、半分乾いた血糊と収縮して内側にしぼみこんだ傷口がしっかり癒合していた。あきらめたように手を引っ込める。恐らく、それは彼が男、だったからか？ 誇らしげにしていた男性性器を切り取ったとしても、彼はずっと男性だった。でも、こちらは彼とは違うはずだ。

（マイ ボーイ《Mon cher》 ヒステリック《hysteric》 ドーラ《Dora》、オマエの体内を味わってみるがよい。それができるなら原始の受けた傷の味を味わい得る。それはじわじわとした痛みと熱を持った骨盤から生まれ、卵の残骸と、それからオマエ自身の一部を含んでいる。オマエを狂わせるこういった神秘的なものどもは体内の穴からゆっくりと流れ出てくる。その狂おしい血痕は、オマエが心から追い求める欲望と自己《アイデンティティ》を引きずりだす……）

■

ディスクールを行う者として追い求めるのは、この欲望と自己のアイデンティティをくまなく示しながら、もてあまして耐え難くさせることのない、ひとつの声、ひとつの言葉。

唯一肯定できるのが、「ワタシ」は「オトコ」ではないということ。そうであった例しなどない。でも、最も真なる自己を示そうとしたり、暴露しようとしただけで、言葉の合法性が忽ち離れていってしまう。クラスでの理論的訓練や文字の綴りの過程でも、ひとりの女性を愛したときの動揺を釈明するときですら、「ワタシ」をそこに入れることのできる完璧な言語システムを見つけることができなかった。終《しま》いには、言葉の意味と符号の間に亀裂が入り、テクストの迷宮の中で文字は、飛び込んで死ぬ海を見つけられずにいるレミングの群れのように、永久に、テクストの迷宮の中をのたうちまわる。

長い間、ワタシは自分のディスクールと己の身体の間をうろついては、適切な叙事構造を見つけ出そうと試みた。でも今やそんなことは必要ではなくなった。失語症に対する策略を見つけたから。つまり何も釈明する必要などなく、何も述べなければいいのだ。かつてKは、口を割れよ、吐き出せよ（何を吐き出せというのだ）、と詰めよってきた。話をしさえすれば、ワタシは治癒し、そしてこれ以後、世界との戦争に終止符が打たれると考えていたようだ。つまり、自分は女、しかも女を愛した女だなどと「狂気の沙汰」で意固地になりさえしなければいいのだと。

「狂気」の要素が一体どこで生み出されたのか誰も答えられない。でも特定することはできる。Sに出会った後、ワタシの体内の一部が密かに変化しはじめたのだ。赤いバレエ靴を履いたあの少女のように、自分ではどうしようもないままに。時には自分を殺してしまいたいほどの快感に襲われることもあれば、挫折と心痛に覆い尽くされ表現しがたい陰湿な落ち込みと熱帯高気圧による枷《かせ》にがんじがらめになることもあった。

最初にSを見かけた場所は、文学院。古びた空調が時折甲高い音を発する研究室だった。学期はすでに三分の一が過ぎていた。この授業はとっくに捨てていたが、それでもときどき衝動的に聴講しに行くことがあった。

ドアから入ったところで、まずはほっとする。Kは今回来ていない。その空間には彼の持つ独特の雰囲気はなかった。彼のまるで鬱血したような目つきがないことで、心なしか皆もずっと気楽に振舞っているようである。教師にそそくさとした笑いを投げかけ、素早く座席を見つけて座る。そのちょうど真向かいで、発表者の声が響いていた。

「……血液、特に月経という淫乱なメタファー、色情の象徴と陰のエネルギーは、従来権力構造に於いて上位にある男性に抑圧されてきた」

それは「女の身体と生殖、非異性との情欲の構築」を検討する論文だった。報告者の得意領域なのは明らかで、彼女は手元の注釈やメモに目を落とすこともなかった。黒く輝く瞳が射すくめるように皆の間を移動していく。と、こちらの突然の進入に、まつげをぱちぱち動かしたかと思うと、思いがけず埃に触れたかのようにいきなり大きく開けていた丸い瞳を新月のように細めた。この瞬間、下腹がさっと冷たくなった。何とも形容しがたい感覚だった。

のちになってようやく、欲望は内臓に同居している野獣のようなものだと知る。そいつが飛び出してきたとき、過度の愛慕の情が呼び起こすのは快楽ではなく、いわく説明しがたいなじみのなさなのだ。

自分の物語を記録するのにこんなに夢中になるとは、思ってもみなかった。時の経過と共にゆっくりと溶け出してしまうように思えた細部が、指のタッチに駆り立てられて、タッタタッタタッタと流れ出てくる。隠喩やシンボルでは表し得ないありとあらゆる事柄がいきなり語り出され、もうたくさんだというまで続く。

でも、気をつけなければ。急がないといけない。すでに二十時間が過ぎている。Kの遺体はこれ以上置いておけない。まもなく真夏の毒素が彼の容貌、風采を崩していくだろう。身体をきちんと処理しなかったならば大いに恨まれてしまう。そう、たしかに彼は言っていた。おまえのために死ぬことができたとしても……

(死はとるにたらないこと。だが、身体の風格とイメージは崩されてはならない。自己を異化しようと霊薬を渇望して肉体の錬金術に陥ったオマエこそ、それを何よりもはっきりわかっている、そうだろう?)

■

その後、針のむしろに座っているような心地で一時間半を耐えたあとに、教室から抜け出すことにした。当時はなぜか全くわからなかった(彼女なら、知ることを拒絶した、というだろう)が、彼女の姿を目にしただけで苛立ちと虚脱感から来る挫折感がわき上がってきたのだ。原因を寝不足のせいにして、ともかくこの授業は選択してないのだし参考書目のリストも手に入れたのだから、と自分に言い聞かせ教室を抜け出た。

ふさ飾りのようにびっしり生茂る白い花の茂みをぶらつきながら、のろのろと校門を出る。住まいには戻りたくなかったので、「ストックホルム・スプリング」という喫茶店に逃げ込んだ。入り口を背にした隅に陣取り、デイバッグから本を取り出して読む。無理矢理一字一字声を出して読んでいく。どのくらい経ったかわからないが、肩がごりごりに硬くなって感覚が無くなってきたので、本から目を離し、立ち上がって身体を動かそうとした。そして後ろに向けて身体をひねった途端、彼女の姿が目に入った——壁を隔てたすぐ横にすわっていたのだ。互いに背中合わせだったわけだ。テーブルにはダブルエスプレッソのカップ、灰皿にはラークのメンソールの残骸が一本乗っかっている。彼女は見られたことに気が付くと再び目を細めた。まつ毛が少し湿っていて、目の奥で何を考えているのかタバコの煙と同じように窺《うかが》い知れない。

彼女は手を挙げ、ゆらゆらと振った。こちらがまごついているうちに、すべるようにやってきて、さも当然というように真向かいに座った。

「勉強してんの？　頭痛で早退したんじゃないの？」

もごもごとつぶやくしかなかった。彼女とこんなに近づいたために、気の利いた言葉を発することがますますできなくなった。彼女は気にも留めず、こちらがまだ読んでいないページをめくって読みはじめた。それは人類学、原始神話およびフェミニズムの視点から月経について検討した論述だった。

「血痕、パン、そして薔薇《バラ》」彼女は一字一字区切るように読み上げはじめた。「Blood, Bread, and Roses」。コーヒーカップを手にしたまま飲むのも忘れ、傍らで呆然と彼女を眺めていた。彼女の態度はまるで一連の呪文を唱えるかのように、余裕たっぷりに語彙をつかみ取り、あるいは語彙の背後にある記号としての表現とイメージの関係をつかんでいたとすら言える。小ぶりで柔らかな唇を開けたり閉じたりさせ、くすんだ紫に染めた一握りの前髪が日じりにかかり、顔に生き生きとした陰影を与えている。ダンスの前奏曲を暗示するかのように、ふっと「ピンク・フロイド」の「ザ・ダークサイド・オブ・ザ・ムーン」が頭の中で響く……

(それは収録された最後の曲「日食」……今この瞬間にあるものすべて/すでに消え去ったものすべて/来臨せんとするものすべて/そして太陽の下の万物すべてが調子を合わせる/だが太陽はもう月に呑みこまれてしまった)

おそらくあの時に、のっぴきならぬ事態に陥ったのか。早くから持ちこたえ難くなっていた、つかず離れずにいた現実と完全に断裂しはじめたのだ。

(錯乱した月狂いはオマエの頭の中だ)

続く午後から晩の食事まで、二人は互いの現状やバックグラウンド、アイデンティティなるもの、欲望の法則やら文化研究課程におけるジェンダー政治学、そして最も口にしがたい欲情幻想をも熱心に語り合った。レストランから出てもまだ話がやまず、そのままお茶を飲みに彼女のところに行った。

彼女が住んでいるのは整然とデザインされた東地区のビル、一人住まいだった。三年前に両親と姉がカナダに移住している。彼女は胡坐《あぐら》を組んで絨毯の上に座った。霞がかったような視線はこちらを射抜くようだった。デヴィッド・ボウイに似たユニセックスの声がバックミュージックに響いている。彼女に今の状況、執筆生活の疲れやKと知り合った時から別れまでの経過、あの男に対する愛《いと》しさと疎ましさを大まかに語る。そして最後に、ずいぶん前から君のような人になりたいと思っていたのだと、しどろもどろに告げた。

「どんな風な？」

おのれと類似した身体を自由に愛し、女性を愛する女性。体内に月を抱えながら、生殖器の器にはならぬ女性。それは母が死ぬ前に言った言葉だった。母は大学時代の女友達から離れたことを後悔し、結婚を後悔し、そしてこの自分を産んだことを殊更に後悔していた。どうしておまえはドリアンなのかと。英文学科を卒業し中国語で名前を呼んでくれなかった母はこちらの髪の毛をつかみ、生きているのはドーラであるべきだったのに、と言ったのだ。生まれ出ることのなかった双子の妹は、おまえのために死んだんだよ。母は陰鬱な声でつぶやいた。

「だから、それで後で名前を変えたの？」

何もかもが変わることを望んだ。それから自由自在に、ジェンダーも性の束縛も受けずに踊りたいと思ったのだ。デヴィッド・ボウイだって言っている。レッツ・ダンス、君ノ赤イ靴ヲ履イテ　サアブルース　ヲ　踊ロウ……

感情が激しく波打つと同時に困惑していた。彼女が正視できず、血のように赤いサンダルに目を走らせた。柔らかそうな赤い革のサンダルの一つ一つのラインが行き場のない自分の視線に絡みつく。ところが、彼女の指が共謀者のサインを発し、滑らかで細長い爪がこちらの髪の毛に触れ、唇をさすっていく。彼女は静かに言った。「大丈夫よ、アンタはどんな自分にもなれるわよ。魔法の薬瓶をあげる。忘れないで、私はサロメ、魔女よ」

■

「サロメ、あいつはおまえの頭を欲しがっている魔女だ！」彼女を愛してしまったとKに告げた晩、Kはしばらく歯をかみしめ、濃褐色のウイスキーを一杯また一杯と流しこんでいった。恐ろしいことに、飲めば飲むほど顔が白くなっていく。回転灯のカラフルなライトが当たらない部屋の暗がりに引っ込み、誘いに応じて飲みに出てきたことも、二人の緊張関係がようやく緩みはじめた矢先にSを愛したと思わず宣言してしまったことも密かに悔やんだ。

実際、Kは自分より賢く自信がある彼女の態度も、アカデミックな実力があることも気に食わず、そのうえ異なる飲料を選ぶように恋人をとっかえひっかえするやり方を忌み嫌った。こういったことをKに非難されて言葉に詰まり、釈明しようとすればするほどますます見当違いのことを言った。しどろもどろの釈明ではKの怒りを鎮めることなどできず、ますます陰気な怒りを増長させるだけだった。

あの時の「談判」は慌ただしく終結した。原稿に追われていることを口実にしたものの、過度のアルコールが注ぎ込まれ、暗闇で切迫したように追い詰める彼の目をまともに見ることができなかった。恐怖だった。当時それはまるで、太陽が敏感な皮膚を火傷させるようで、受け入れることがただできなかった。

一言、バイバイと言い捨て、背後に何かを探し求めるような彼の視線と、のちのやはり起きてしまった予言「行くな、死んだ方がましだ、おまえが去っていくのなんて見たくない」という言葉を感じたまま、思い切って振り払うように「猫　巣《キャッツ・ネスト》」を出た。

どうしてKが後に本当に死んでしまうなんてわかっただろうか。（あるいは、彼こそオマエを挑発し、促し、招きよせて自分を殺すように仕向けたと言うべきか？）

もしかすると、彼の方がその瞬間を待っていたのかもしれない。あの匕首が胸に差し込まれたならば永遠に二人は離れられなくなる、と。なんと賢い策略。匕首（象徴的なペニス？）が彼の身体に差し込まれたならば死の中でこちらを占有できると思ったのか？

だが、彼にも誤算が一つあった。その匕首は、丸みを帯びた危険な曲線、三日月形に反り返った形をしていたが、それはSとの関係の証だった。Kがどんなに願ったとしても、それがペニスの化身になることは永遠にあり得ない。それはこちらの欲望が転移し異化したもので、それに切断と改造をしてもらったことで、ワタシはワタシとなることができ、そして月でダンスを踊る女性となることができたのだ。

「ダンスは好き？」

その晩、何かが起こりそうだと感じていた。Sとの恋愛攻防戦は数週間にわたり、そろそろ刈り入れ時が来ていた。彼女に連れられ幻惑的なロックが夜通し流れるパブに行く。ホールはそれほど広くはない。だが、そこは薬で最高度にハイになり、脳が幻覚を起こし攪乱して醸しだす鮮やかな色彩の灯りが充満していた。七十年代のヘビーメタルからここ一、二年流行っている環境音楽《アンビエント》やレイヴ等、幻想的な電子音楽のダンスミュージックは本格派。英国趣味のクッキー、ケーキ、キャンディー等々何でもござれだった。夜十時に開店すると、ホールを浮遊する身体はちらつく光線で様々に切断されて変形した部位となり、無重力状態のカプセルの中で様々に形を変える酵素の塊の様相を呈する。

Sは黒みを帯びた紫の口紅を塗っていた。艶やかな髪と冷厳な化粧が光線でまばゆく光っている。彼女は美しい猛獣使いに扮し、憶測しがたい表情はさながらヴェニスの仮面舞踏会で被る精巧なお面だ。黒の皮手袋をはめた両手を肩にまわして、ワタシの腰まで達する髪をたくし上げた。空調が常に冷気を送りだしてくるものの、身体全体が熱い。

彼女の舌先が耳の穴をまさぐっている。「踊りたい？」

――踊りたい、ダンスをしたい、でもこのままの状態で彼女とずっと踊り続け、世界の果てまで行き、地球の重力圏から飛び出したい……

一歩空を踏み、足下に一瞬冷気が走ったかと思うと深い縁に転がり落ちたような錯覚を覚える。あたりが真っ暗になり、自分が見えず、Sがどこにいるのかもわからず、互いの境界線と領域が暗闇の中で麻痺状態にあるようだ。瞳が暗がりに慣れるにつれて、Sのシルエットがおぼろげに浮かんでくる。前屈みになった彼女の革のふさが跳ね上がり、時の止まった定点にじっとぶら下がっている。

魔法が効きはじめた。彼女の腕に身を投げかけ、ぐんなり身をもたせかける。

「連れて帰って」

「どこにさ?」(彼女はあざ笑っているのか、それとも最終的な屈服を欲しているのか?)

「どこでもいい、連れて行ってくれる場所なら、どこでもいい……」

(暗い夜が、月のダークサイドでオマエの体内に溶け込む。狂気がオマエの頭蓋骨の中に居座り、わたしは月のダークサイドでオマエを目にするだろう……)。

■

彼女の住まいに戻り、ベッドに横たえられても、彼女はすぐには行動に移らず、きびすを返して寝室を出て行った。虚脱状態で横たわる。左足のふくらはぎがひどく引きつる。再び部屋に戻ってきた時、服装こそ変わっていなかったが彼女は手に装具一式を抱えていた。黒のガーターストッキング、レースの縁取りの付いたパンティ、針金入りブラジャー、Mサイズの黒のレオタード、それにメープルシロップ一瓶と奇妙な形をした小刀。

「これを着《つ》けな」

だしぬけに一言、何の説明もない。

考える間もなく、断ろうという気にもならなかった。装具がベッドに置かれ、上着を脱ぐ。その下は汗でぐっしょりとなったランニングのみ——

「そんなやり方で装うなよ」彼女は傲然と言い放ち動作を押しとどめた。

そして、身体を伸ばして仰向けに横たわらせると、動かぬようにさせて両手でベッドの支柱をつかませる。そして、こちらの身体にまたがり、黒っぽい緑の柄をした骨董品まがいの精巧な小刀を手にした。刀の刃は異様に鋭く滑らかである。彼女が服の上を何度か滑らせると忽ち布切れの山ができあがった。彼女になすがままにされて、形態と属性を同時に改造される人形となる。女性用の下着を身につけさせられ、メープルシロップを唇、乳首、へそ、そしてビキニのパンティの下の部分に塗りつけられると、絹の布から甘く濃厚な香りが立ち上った。

まず第一歩は美味しい女の子に変えることだよ、と彼女は言う。そしたら味わうことをはじめられるからね。

こちらの仮想の陰部めがけて彼女の指が伸ばされ、力を強めたり、そっと優しく丁寧になでたり、と思うままに弄《もてあそ》ぶ。いくらも経たないうちに身体が意志の言うことを聞かなくなってくる。彼女の指に感覚器官を支配され、意識も、太股も自動的にぴくつき痙攣し、全身を覆っていた皮が脱皮しはじめ、しわの寄った古い下半身がぼろぼろと剥げ落ち、荒れた痕跡の上にしっとりと生い茂った茂みが誕生し、馥郁とした黒いチューリップが艶やかに咲き誇る……

撫でられ叩かれ、嗚咽がはじまり、ヒステリックな悲鳴があがり、繰り返し襲ってくる快感の潮流に涙と体液まみれになって溺れていく。気を失う前に、何かを産み落としたような気がした。長い間夢見ていた何かを。

■

書く作業をしていると錯乱状態に陥る。一番直接の原因は、書き綴る行為によってもともと自分のものではなかったものを生み出すからだ。書いている最中に恍惚状態になるまで興奮してくると、下腹から股間にかけて異物が幾度となく流れていく。あるはずもない産道から何かが通り抜け、血にまみれて無理矢理押し出されてくるようだった。そういうときは、身体がエビのように折れ曲がり、口腔と指先からは胚胎の遺物が躍り出ると巨大なテクストの巣窟へと吸い込まれていく。書きながらしょっちゅううめき声を上げては、産み出されたものを呑み戻そうとする体内のあの力と張り合う。今だって指をのどまで突っ込めば、互いに噛みつきあおうとする二つの衝動、一つは外へと流れ出そうとし、もう一つは内部に引き入れ合わさろうとするその動きに触れることができるのだ。

膝を抱え、ノートパソコンを太股の上に置き、必死になって叙述する。恐らくとっくの昔に消え失せている当初の本質的な記憶をねじ曲げ、本来の時空軸には並び得ない対話や場面、内在的な意識の流れを錬磨する。さっきのげっぷが激しすぎたのと、それにKから切り落とした生殖器の映像がどうしても頭から離れないために、自律神経系統ががらがらと瓦解していく。便器をかかえ、野菜や肉の粘っこい残滓、リットル単位の胃液、それから二十数時間前に注ぎ込んだ大量のアルコールを吐き出す。

半時ほど前に、Kの死体はシュールレアリズムの様相を呈しはじめていた。皮膚がだらんとゆるんで毛穴が拡大し、全身から熟しすぎた苺のようなむっとする臭いを発している。空調によって散らされた臭いは逆に部屋中に拡散していく。窓を開けることがはばかられ、それで、気休めていどに死体の周囲に氷を浮かべたグラスをいくつか置き、腐敗の進行を少しでも遅らせることができたらと願うしかない。

死体と食べ物のほかに腐敗を止めようがないものがあるとしたらそれは愛欲だろう。運が良ければ、二人の好敵手は、カップルのための豪勢なディナーコースに向き合うにちょうど良い塩梅まで互いに相手の情熱とエネルギーを食いつぶす。だがそれは一万分の一の確率。食欲も時間もちょうどぴったりでなくてはならない。仮に残りがでたとしても優雅に処理できるレベルでなくては。

Sと愛し合った幸せな生活は最初から問題があった。前菜のキャビアが腐っていたため、続く食事の過程もステップがずれたまま互いに相手を踏みつけるように。最もうまくいった時、残念さと不満を伴った甘い思いに二人は酔いしれ、最悪の時、彼女はこちらに向かってものを投げつけ、女の召使いの装いをするよう命じて、落ち込みと欲望を処理した。

一番悲惨だったのは春休みのある一日。ふと思いついたように彼女は女性専用の薬を楽しむサウナに行こうと言いだし、そこには行けない——彼女たちは裸にならない参加者を受け入れるはずがないのだから——とわからせるまで、浮き浮きしながらタオルや洗面道具、セクシーなパンティを用意させようとした。それからぽかんとすると、ふーっと大きなため息を吐き、失望と同時にいわく説明しがたい悪意を浮かべてねめ返した。

そして、その晩は相手の満足いくまで体をいたぶられ続けた。中央の照明を消し、特殊な香りのする黒いろうそくを数本ともした彼女から、ブラジャーとパンティを身に着けるように命じられ、金髪のかつらを頭にかぶせられた。実に無力で孤独だった。ますます深みにはまっていくこのゲームからも彼女からも逃れるすべがないのだ。向こうは仮装舞踏会用の仮面をつけ、じっと見つめる冷酷な二つの目と硬く食いしばった口だけをのぞかせている。麻縄で体を幾重にも巻きつける彼女の為すがままだった。首、腕、腰、太股、くるぶし、といくつも堅い結び目がつくられ、大の字型にキングサイズのダブルベッドに固定される。ほしいままに残忍に使われるこの身体は彼女の怒りを吐きだす人形だった。

——よい娘《こ》になんのよ、あんたの口で仕えなさいよ。

彼女は冷酷に言った。

こちらを全く身動きができないように縛り上げると、黒いバスローブのみを身に着け枕元の台においた果物皿をすくい上げるように持った。赤紫のブドウが転がり、ぴんと張ったブラジャーの間に落ちたり、太股の間のシーツの上に横たわったり、あるいは、太股や腹の上、頭髪の上に落ちた。満足げに頭をかしげてこちらを見つめる。緊張した肢体と、屈辱または飢えで紅潮した頬を算定しているかのようだった。次の瞬間、いきなり跨ってきた。クリトリスがいつもの濃厚なにおいを発散する。彼女の陰毛が頬をチクチクと刺激する。めまいに襲われながら彼女の命令に従って、自由の利かない身体をくねらせながら、そのもっとも猛々しく激しい部位を舐める。

当時どのくらい長く続いたのか覚えていない。まるで満足することを知らぬ騎士のように、絶頂の震えがまた次のそれの序曲となる。高まりから静まりへ、静まりからまた高まりへと繰り返し押し寄せる波の中で、身体は自動的にリズムとメロディーを掌握し、押しつぶされたブドウの汁が二人をどす黒い紫に染める。ふと気づいたように瞼を開くと、彼女の身体の背後にある巨大な鏡が二つの絡み合った身体を映し出し、半透明の体液とねっとりと甘いブドウの汁が混ざり合って、何よりも荒々しくもっとも殺意に満ちたペアのダンスが繰り広げられている。口内は彼女の狂ったような怒りと情欲にふさがれ、外界の宇宙が彼女の充血した体内へと押し込まれていく。そこにずいぶん前に臨終を迎えた母の姿が見えた。母は裸のままバスタブに浸《つ》かっている。両足を大きく広げ、ぽかんとした顔に無意識の笑いが浮かんでいる。彼女の手首から赤紫の血液が吹き出し、こちらの子供スカートの裾とパンツにふりかかっている。悲しみと激昂した感情でワタシの乳首が異様に、まるで破裂しそうに膨らんだブドウのように硬くとがる。

組織が軟化したためにKの顔が腫れ上がり変形している。元来は鋭くとがって退廃的だった容貌が、さながら色褪せた写真が無残に崩れかかった顔のうえにコピーされたかのように、完全に消失するのを拒否する化け物のようになり、まるで……

あわててタオルで彼の顔を覆い、突然やってきた連想を消し去ろうとする。だが遅すぎた。彼の今の様子がもう一人の男を思い出させたのだ。母親が自殺してから、その男はいつも衰えをみせたむくんだ笑い顔を浮かべ、金門高粱酒や薔薇葡萄酒《バラワイン》を流し込みながら、あの時何が起こったのかと時折問い詰める。なぜだ、なぜあいつはあんなことをしたんだ、と……

――女の子を、もう一人の自分を産みたかったからだ。そしてあんたと一緒にいた過去と記憶を何もかも消去して時間の外のごみ箱に投げ入れたかったんだよ。

今ようやく答えがわかった。ただこの言葉を無精ひげが伸び、迫るようなあいつの顔に投げつけてやるのが間に合わなかったけれど。Ｋの死んだ顔に埋伏した賤しく悲しい父はそれでも詰問し続ける。売り物がとっくに腐り死に囲まれているのにそれを理解しない無知な屋台の果物売りのように。なぜ彼女は真新しい出刃包丁で静脈を掻き切ったのだ。しかもその直前に、ピンクのワンピースをオマエに着せて遊び、愛撫し、一緒にウイーン式の午後のティーを楽しんでいたというのに。

ずいぶん後になって初めて、最期の時に母は、真っ白な薬を混ぜたワインを続けざまに飲んでいたということがわかった。めくるめく感覚の中で、宇宙船が地球の斥力メカニズムを離れたように、彼女の精神は火星まで吹き飛んでいたのだ。このようにして、はじめて母は彼女の愛する娘、生まれ出ることの無かった娘として、最初で最後にワタシを愛してくれたのだ。

愛しはしたさ、とSは語った。こちらがもう救いようがないほどに崩れ落ちようとしていた時、井戸に石が落ちる寸前だったその時にそう言い放ったのだ。とっさに黒みがかった深い紫の薔薇の巨大な束と、分厚く重い本、それから買うのを頼まれた黒のガーターストッキングをいっしょくたに彼女の裸の上半身に投げつけた。横にいた少女が悲鳴を上げ、一目散に浴室へ逃げこんでいく。後に残ったのは、雨と汗でずぶぬれになった自分と、欲望の象徴物にかこまれてことさら残酷かつ魅惑的に映る彼女の面構えだった。

彼女はもう飽き飽きしていた。繰り返されるストーリーと徒労に終わった努力は、一瞬にして消え去る感情がさらなるスピードで消えていくように促すだけだった。彼女がミニシアターの役者の口調で冷たく言葉を発した。観衆でもあり役者でもあるこちらに語っているように見えて、あらゆる声は実際には清潔で真《ま》っ新《さら》な四方へと精緻に美しく屈折していくだけなのだ。

いい加減わかったでしょ？　彼女は人差し指を伸ばすとこちらの顎をさすり喉のところで止めた。とがった指がまるでサボテンのとげのようだった。必死になって口内に溜まったしょっぱい液体を飲み込む。目の前の彼女とは目に見えず名付けようもない境界に隔てられていた。とっくの昔に気が狂っていたのだ。そうでないとしたら、その時に部屋が二つの世界に分裂したのだ。永遠に彼女の世界に行くことはできず、向こうでも境界を越えて来て欲しいとは思っていない。

(そうだろう? 小賢しく精緻な理論がどう解釈しようと、生理上の男でもレズビアンと「なり得る」と力を込めて説明している者の、その限界は、オマエがタブーを破ったとみなしていたその内部にあったのだ。致命的なのは、喉仏とオマエの関係がこんなにはっきりとしていることだ。予言がすでに実現したかのような災厄だ。化け物の器官と性徴とがオマエの身体についており、しかも幾度も暴風雨が襲ってくるように、あちこちに蔓延する)

彼女が指を引っこめた途端、身を翻《ひるがえ》しマンションの外へと飛び出していく。たちまち豪雨に取り囲まれる。夏の激しい雷雨、土砂降りの雨が毛穴にまで染み入り、どす黒い天空が一緒にはげ落ちてきそうな勢いだった。どしゃ降りに打たれながら、自分が少しずつ溶け出していくような気分だ。一体雨粒が身体に浸み込んできているのか、それとも肉体が空っぽになるまですべての体液が出ていっているのかすら定かではない。

結局、学校近くの通りの角でKに行き逢う羽目になった。Kは、塩素に蝕まれて形をなさなくなった人形がガラクタの山に投げ出されているのを見たかのような表情をした。忌々しそうに、以前の持ち主だけが唯一その正体を、いったいワタシが誰なのかということを確認できたとでもいうように。

Ｋの部屋の姿見に全身が映った。不釣り合いに大きい白い長袖のワイシャツを引っかけ、下半身は頑固にもまだ生乾きのジーンズ牛地のミニスカートを穿いている。髪の毛から水がしたたり落ち、ねじ曲げられた笑いなのか、ひどく泣き叫んだ後の痙攣なのかわからない曖昧な表情をしている。鏡には、骨に付くウジ虫さながら彼が映り、すぐ背後にいながら遙か彼方の方から響かせるような声が響く。

「正直に自分に言えよ、一体自分が誰なのか」

猫がネズミを捕らえたように背中をじっと見つめている。いつもの数倍巨大になったように見える。呆然としたままなのに気がつくと、肩をぐっとつかんで揺する。大量のアルコールを摂取したために胸がむかむかする。彼の表情は素っ気なく冷淡だった。薬をやったのだろう。くぐもった声は追い詰められ逃げ場のない臨終のあがきをにじませている。

(彼はオマエの皮を剝《は》ぎ、オマエの堅いガードを押し開いて、一気に呑み込みたがっている。オマエの身体もアイデンティティも)

「はなしてよ、アタシが誰だか知ってるでしょ！」

「本当の、正体を言えよ、はっきりと言えよ」

「ふんほんとに酔ったのね、ワタシ、ダッテバ、ドーラ、わからないの？」

彼は目を見開いたが、焦点が合わないまま、ますます強い力で肩を揺らし、意味不明の単語をアルコールで熱くなった舌から次々と繰り出す。

——いやちがう、おまえはドーラなんかじゃない、オーストリアの、あの老いぼれ精神分析の世界でなけりゃドーラなんて存在しないのさ、よく自分を見ろよ、この大きな鏡で。化粧を落とせよ、服を脱いで、こっちを見ろ、自分の目を見ろ、言いながら見てみろよ、おまえは、だれ、なんだ？

（だめだ、耳を貸すな、このままいったら、オマエはばらばらに分裂してしまう――）

――やっぱり自分と向き合うことができないのか、まったくおまえってやつは、言ってやろうか。わかってるのかよ、事情を知らなければ皆おまえをきれいな女だと思うだろうが、わかっている奴は、笑いものにしてるだけなんだよ。奴らが本当におまえのことを気に入ってるんだと、受け入れてるんだと思ってるのか？　ならどうしてサロメからふられたんだよ。おまえが勝手に「ガールフレンド」だと思っても、むこうは別の女、正真正銘の女を選んだじゃないか。

（違う、ドーラ、脅かされてはだめ）

――答えないなら、俺が代わりに答えてやろう。おまえの名前はドーラなんかじゃない。おまえがなりたがっている「女」になどなれるはずがない。ドーラには膣があり、子宮も乳房もある。ドーラというのは、本当の意味での女の名前だ。でもおまえはちがう――

唇が荒々しくふさがれ、骨ばった指で髪の毛がつかまれ、頭蓋骨に指の骨が押し当てられる。薬物とウオッカのにおいが、隙間のない網が覆ってくるようにけたたましく口腔いっぱいに注ぎ込まれた。

――わかんないのかよ、おまえを愛してるんだ、おまえはおまえだ。おまえが自分をどう定義しようが、女だったことなんてないんだよ、わかってんのか、おまえは男だよ！

ゆらゆら揺れる上弦の月に細くたなびく真っ黒な雲が次々と覆い被さっていく。彼の胸に抱きすくめられると目の前が真っ黒になり、相手の身体からつんと立ち上《のぼ》る力強い雄のにおいに窒息させられる。言葉は急所を突いた。彼は巧みに「ワタシ」を殺したのだ。

彼の腰に片方の手を回すともう一方の手をデイバッグの中に差し入れ、Sからの唯一のプレゼント、刃がカーブを描くあの精巧な匕首をすっと取り出す。彼の肢体の動作はますます激しくなったが逆らわずにそのままダブルベッドへと倒れこむ。彼は片膝をつき、もう一方の脚をこちらの膝の間にむりやり押し入れ両足を開かせる。そして覆いかぶさるようにして見下ろしながらゆがめた口からぶつぶつと何かを語ろうとしている。スカートがまくられギュッと抱きすくめられたとき、この男の哀愁と歓喜を肌がしっかりと感じとる。彼のズボンの中央にはぶるぶる震える小鳥が隠され、それが今にも飛び立とうとしているかのようだった。

「おまえを愛しているんだ、ドリアン」

(ドリアンなど、とっくに存在しなくなっている。ドリアンは母親と一緒に行ってしまったのだ。生き残ったのはドーラだ)

目を閉じ、きつく彼の背を抱きしめる。手にきつく握った刃の切っ先が引き込まれるように彼の心臓に押し込まれる。

■

ようやく我に返ると、彼が神経質な例の甘い笑いを浮かべながら、永遠に逃れることのできない無生命状態にとどめ置かれていた。彼を殺したのだ。

傷口は実に不思議だった。血液がまるで絡まりあった生き物のように、乳の間からどろりと湧き出してくる。傷口以外にも、とぎれとぎれ何かが流れる音が聞こえ、下半身から吹き出るものがある。彼の身体をまっすぐにすると、ぶるぶる震える手でシャツを広げ、ジーパンをひざまで下げ、歯を食いしばってもう一枚の皮かのように身体にぴったりと張り付いたカルバンクラインのパンツをはぎ取る。肉体がむき出しにされると勃起しているそれが露わとなる。こちらに向けられた赤く膨れたペニスは相変わらず張り切り豆乳のような精液をたらたらと垂らしている。あきらかに絶頂がまだ持続しているのだ。

(それは最後の生命、最期の嘲笑だ)

数秒間余計に生きているペニスを通じて彼が執拗に語りかける。

「おまえは男だ……」

両手から力が抜け、号泣が始まった。手にした刃が上下する。あたりの空気は薄く血腥《なまぐさ》くなる。男性性器が彼の身体からバラバラと手に落ちる。けれども彼の笑顔はますますはっきりと、ますます甘くなっていく。すべては終わったのだ、と慰めているかのように。

■

本文の終了は叙述の終結を意味するものではない。作者は我慢できずに後書きや注釈、はてまたいかにも物知り顔に続きの予告などをするものだ。だが、続きはない。そしてワタシの後書きは、わが行動によって完成される。

時刻は朝の四時だった。蹴られてひっくり返った受話器を取り上げ、電話線をつないでSの電話番号を打つ。メッセージの録音機能が、何日の何時に旅行に出かけ、二日後でなければ台北には戻らないと告げる。メッセージか、そうでなければ身体の一部を残してください。バックミュージック代わりのくすくす笑いは、新しいガールフレンドのものだ。

時間を計算してみると、今から彼女が戻る時刻までまだ二時間ある。理論整然と受話器に向かって話す。ワタシよ、話があるの、返すものがあるから三十分後にKのマンションに来て。鍵は入り口の植木の土の中に埋めてあるから正面の玄関から入ったら六階に来て。待ってるわ。

彼女は来るはずだ。ひどく冷淡なこの口調をいぶかるだろうから。好奇心の強い彼女のことだから、我慢できずにいったい何を企んだのかと見に来るに決まっている。それほど遅れなかったなら、こちらの新生の体を目にするかもしれない。彼女ににっこり微笑んでやれるかも……

自分を処理する前に、Kの身体をシーツでくるむと、ベッドのマットレスの上にきちんと横たえた。太陽の光にさらすのはどうしても忍びなかった。あとまだ過酷な十二時間が待っているのに、身体からはクリーム色の肢体の水分が染み出しはじめ、ますます多くの蟻をひきつけている。まだいい、切り取ったペニスと睾丸は安全にビニール袋に収めて冷蔵庫の冷凍室に入れてある。

浴室の水がいっぱいになった。スカート、上着、ブラジャー、パンティを注意深く脱ぐと広々としたバスタブにざぶんとつかり、素っ裸の肉体を透き通った生暖かい水で覆う。新月の弧を描く刀は手の中にある。薬瓶半分ほどになる睡眠薬と鎮静剤も十五分前に飲み下している。ふわふわして肉体がない気分、でもまだダンスは踊れるわ。

ナイフを水の中に沈めるとそれは分裂していくつもの欠けた月の破片になった。さらに下に沈めると、陰毛の奥から頭を出した異物にぶつかった。それをつかむと意外にも小さく、ぐにゃりとしたビニールのような感触。止痛剤が効いているのだろう、何の感覚もなく、まるでいつでも身体から取り外せる、神経のない玩具の肉の棒を捧げ持っているみたいだった。

最初の一刀を振り下ろした時たまっていた尿意がわき起こった。熱い湯がシャワーのノズルからバスタブに向かってちょろちょろと流れこんでいる。股間がジンとし、何かが余計に出ているようである。その後は簡単だった。精一杯力を込めて身体とそれの最後のつながりを断ち切る。それは触角のようにぴくぴくと震え、滑らかな柔らかい肉片となってバスタブの底へと沈んで見えなくなった。もうこれっぽっちの力も残っていなかった。ナイフが手から落ちる。あたりが赤くぼんやりとかすみ、股の間からは相変わらず何かが飛び出ていこうとするかのように微かにこぽこぽと気泡が音を立てている。これこそ生まれ出ようとしていながら、実はすでに体内で早くから苦しみもがいていた生命ではないか？これはワタシ、二十五年前に母の膣を通って生み出されるべき女の嬰児、この「ワタシ」がここに隠れていたとは。

（そのとおり！　ようやく見つけてくれた。ワタシはここにいる。「ワタシ」、すなわちオマエは、生まれ落ちるのを待ち続けていた女の嬰児だ）

幾度となく体内に入り込もうとする甘美な眠気と戦いながら手を伸ばし、絶えず膨れ上がり分裂する新たな生命に触れようとするが、感覚が次第に麻痺していく。最初で最後の月経と共に、生命が真新しい産道からゆっくりと外に漏れていく。ついにどこか懐かしい眠気に身をゆだねざるを得なくなり、目を閉じる。奇妙なのは、暗闇に呑み込まれることはなく、光と影が交差する中を、猛烈なスピードで踊り狂うシーンの中にSの容貌が浮かびあがってくる。彼女が迎えに来た？

でも、場面はKの部屋ではない。彼女が月の上で狂ったように踊っており、その横に「ワタシ」が一緒にいる。裸のままリラックスして白いハトのような胸と、豊かに生えた下半身の茂みを惜しげもなく見せている。「ワタシ」の長い髪は蛇のようにくねりのたうっている。リズムに乗ったシルエットがあの聞きなれた音楽に溶け込む。それは「レッツ・ダンス」――

レッツ・ダンス、赤イ靴ヲ履イテ ブルース ヲ 踊ロウ
レッツ・ダンス、恐怖を通レバ全テガ 輝ク
レッツ・スウィング、彼女ノ瞳ヲ 見ツメテ
レッツ・スウィング、月光ノ下デ

Sがあんなに有頂天になって「ワタシ」に恋のダンスを披露する。その世界には父親はいない、タブーもない。音楽と女性と、そして途切れることのないダンスがあるだけ。渦巻く暗闇に巻き込まれてゆく、何も怖がることはないと身体の内部でか細い声がつぶやいている。(目を閉じれば、オマエがすぐに新たに生まれ出てくる、月が間もなく出てくる。オマエは赤い靴を履いて、小鳥のようにぐるぐると旋回してもいい)

こうしてバスタブの中でふわふわと浮いている。バネをまかれたぜんまい仕掛けの小鳥が、電力が次第に消耗していく羽をパタパタ鳴らしながら、いつまでも踊っていられるものと勘違いするように。ピンクの光の暈《かさ》が周りを染め上げている。ようやく名が身体と折り合いをつけたのだ。ワタシは私であり、ワタシはオマエ、ドーラ……

こうして、最期の結末を書き下ろす時が永遠に来ないままに、「ワタシ」はぐるぐる回りながら自分の性も、自分が地球にいることも、死も、そして忘却そのものも忘れていく。

星光《スターライト》が麗水街《リンシュイ》を横切る

01

はい、そうなんです。手短にご報告いたします。今までのところ「血文字謀殺事件」は同一犯による連続的な傑作だとみなされています。昨年の「聖夜の十字架逆さ吊り事件」から、つい先日、六月十三日金曜日の「亜熱帯妖姫の狂宴」会場での「ペニス切り刻み事件」まで、申し分なく素晴らしい創意に満ちた計十二件の男性強姦殺人事件が連続して発生しています。関係者を震撼させ、というかひそかに喜ばせたのが、犠牲者――「最後のプレイボーイ」というあだ名を持つ立法委員から、男児虐待の習性を隠し持つ警察署長までがいずれも権勢を誇る中生代軍事政界の男たちだったことです。ええ、特殊情報局のメインコンピュータは自嘲的なユーモア感覚をたっぷり備えてますよ――「紀涅《ジュネ》非常資料処理局」のネットに接続《アクセス》する際、わざわざこの一連の記録にどんぴしゃりの、雄豚ブラッド定食《コース》、とペットネームをつけているのですから。

そんなことは荒唐無稽、変態だと非難されることを承知で言わせて頂ければ、殺人犯の目的は、殺《や》られたショービニストたちの血肉そのもの。うそではありません。事件が「紀涅非常資料処理局」（略して「紀涅《ジュネ》」）に回された理由の一つがそれなのですから。

死体はどれも例外なく切り刻まれ、大半がシュールレアリズムの絵画なみの状況を呈しています。例えば第七番目の「天使の心」、これは「ヴィトゲンシュタイン男性ロジッククラブ」（本市「ワーグナーキッチョ吹奏楽団」の後釜の、流行の最先端を行くフレッシュな男体の販売工場です）で起きた、同名の映画に敬意を表してのリメイク版（ハッハッ！）の事件です。被害者は、当時四十八歳、妻へのひどい虐待を幾度にもわたって行っていた（いずれも不起訴）市議会議員の程甓盛《チェンピイチェン》。まったくお見事、腸詰状のアレが誰も手をつけない残飯さながら、ヨダレが垂れたでかい口に差し込まれ、悪臭の漂う糞尿がぐしゃりとつぶされた肛門からじわじわと滲みだしていました。両手はキリスト教徒が祈りを捧げる姿勢、ただし、組んだ両手が捧げもっているのは十字架でもロザリオでもなく、奴のよく肥えた二つの睾丸。割かれ解体されたこの性器が被害者の血液が唯一残されていた箇所です。その他の血は……牡豚が屠殺され血が抜かれた後の状況をご想像下さい。脂身と脂でギトギトの山盛りになった死肉、優に二百五十ポンドはありましたよ。

こんな微にいり細にいった牛臭さ話を聞かされたら、尾ひれをつけ、わざと面白おかしく見せようとしているのだと思われるでしょう。もしそうなら随分見くびられたものです。機会があればこちらの事務所のコンピュータ変換装置《マトリックス》「サロメ」に調教してもらうといいですよ。適当に指令（例えば Venus in Furs《毛皮のヴィーナス》

は「マゾヒズム」を意味する）を出せば、自分たちがオリジナルだと大見得を切る台湾ポルノ作家の男どもなど集団去勢に追い込むような、生き生きとして鮮やかなデータが続々と吐き出されますから。そのうえ、我らがシスターズの組織である「ゴモラ全方位光ディスク出版公司」刊行の、本事務所最高級のデータ現像スタッフを終結して編集した「電子性愛百科」が大いに開眼してくれると思います。当初「政治的正しさ」にこだわり過ぎていた前任者、我がガールフレンド汪瓶《ワンピン》——この事件に回された検察官ですが——彼女など、この百科事典に目を奪われてわきが甘くなり、そのまっとうな異性恋愛女性から「サッフォー魔女団」の一員へと大転換ですよ。

ですから、委託された指令を汪瓶がこちらのプライベートネットに打ち込んできた時は、周期性の職業怠症状のただ中にありましたけど、たちまち興奮して小躍りしましたね。なんといってもこのスーパー難度の手ごわい案件は、わたし、こと「特殊異次元空間少女」しか解決できない事件ですから……ほら予想通り、命がけの挑戦がしかけられてきましたよ！

02

【早くリセットを待っているデータのかすをインプットしてよ、悪い子ね、のろのろして、昨晩遊び過ぎてほとんど眠ってないんじゃないの？】

駄弁りが好きなこのホストコンピュータがわたし専属の相棒だ。「紀涅」に入って以来、わたしとその交流モードは「しっくりいっている」と言っていい。第十三代の微感《マイクロ》交感「魔獣《beast》六六六号」ホストコンピュータは処理能力が高いとは言えないが、わたしみたいな終日際限なく事件が押し寄せる業界でアウトプットとインプットを繰り返したり、異次元空間をあちこち飛び回ってデータの洗いをやっている整備員は、作業協力者に対しては、無機的な効率だけじゃなく、ユーモアをも備えていることを渇望するものだ。共感する時のぞくぞくした感じを味わいたいからね。

（曙の女神、ともかくまず幼稚園の保母のようにせかさないでよ。今日はいつにもまして面白い仕事がはじまるところなんだから。あっちのかすはちょっと脇に置いておこう。まずは新たに入ってきた委託事件をインプットしなければならない。これはレベルゼロ《最高》のbloody《べらはうな》級事件だ。わたしが全権を任された謎解き人。さあ忙しくなるぞ）

黒緑色の光が、つるりとした機体の上でずるがしこく飛び回りはじめたとき、エレクトリック神経交感器を装着する。ＳＭの道具に酷似したこのヘルメットに入り込み、ひやりとした黒革に触れ、網膜の電磁波眼帯（クールな銀縁の黒いサングラスのようなもの）を装着すると、まるで自分が曙の女神と共に、皮膚の奥深くの内臓の部位で血の饗宴にあやかっているような感じになる。他のどんな官能的な感覚もこの味わいにはとうてい及ばないね。

異次元空間内部を動きはじめ、感覚メカニズムが超感覚的《ESP》知覚のデータマトリックス解析に感応すると、神経の末梢が電気ショックにあったように、脳髄の快感中枢が伸縮し、皮膚が心地好く震えはじめ、太股の間の黒い穴もしっとりと潤ってくる。だからデータを洗うたびに、数日間は本物の肉体と接触できなくなる。汪瓶が当時不機嫌になり別れ話を持ち出したのも、これが原因だ。

【どうした？　はじめないかい、非非《フェイフェイ》？】

ふむ、生命というものが、犬の糞が山積みになった食べ放題の宴席だとするなら、それこそ愛糞症文化の蠅と野卑低俗を高貴と見なす政客たちにいつでも存分に食べて貰えばいい。こちらは、ともかく雪崩に押しつぶされぎゅう詰まりになったデータ水道を掃除する清掃員。しゃあしゃあと嘘をつくメディアが自由主義を装ってみせる官僚機構と力を合わせ、すでにメディアに丸裸にされ、センセーショナルな見世物にされた反逆分子を根絶やしにしようとやっきになっているとき、わたし、それと紀涅の他の特派員は、策を講じて、データとデータの間の真空地帯でより過激かつ扇動的な騒動を巻き起こし、異常な事物を賞賛しながらそれを正しく擁護できない低俗な社会に教訓を与えてやる。例えばだが、うむ、……食べ過ぎると一気に吐くことになるな。

実のところ、あのデータの山を見たときは、吐くどころか思う存分あざ笑ってやりたくなった。そう言えば、「ポストテロ分子」と呼ばれる「アンチ」哲学者が、ほくそ笑み、幾分挑発するように宣言していたではないか。これは従来思うままに馬鹿にされてきた客体が、逆にいわゆる主体に復讐する時代、クリスタルのように透き通ったこの上なく尊き女王蜂のような客体が、想像力に欠ける主体を自由自在に虐殺する時代なのだ、と。

くどくどしい形而上学やら存在論の学問談義はさておき、はっきり言わせてもらえば、『水晶の復讐』を書いた例の奴が嬉しさのあまりぴくついていた原因は、こちらが目下考えていることと大差はないはずだ。例えば、ああいった豚の脳みそたちは、ペニスと顎髭を見せつけてさえいれば、天国から地獄までの一切合切の牡の腥《なまぐさ》い欲望を満足させられると勘違いしているが、今回はまともに、頭からもんどり打つだろう。礼儀上、歓声を上げてあざ笑うことをしないとしても、始末された男体にいささかの哀れみを感ずるほどの慈悲などこちらは持ち合わせていない。いや、ちょうどいい、メディアが、今の社会はまるで菜食主義団体のように味がないと不平不満を垂れているわけだから、ちょうどできあがった血のしたたる骨付き肉を、こういった終日しなを作ってすねている記者たちに供して味わって頂こう。

それにしても、あの殺人犯ときては……魅せられてしまったと認めざるを得ない。なんてことだ、これほどまでに見事に精緻な冒瀆シーン。最も前衛的な異色の漫画家も映画の特殊造形アーティストも胆を冷やして後ずさりする。どうやったって描き出すことはできない代物だ。それに、この連続事件はシリーズの作品だと見なされる有力な証拠が挙がっている。それぞれ異なるシーンごとに異なった切断がデザインされていたのだが、共通する刻印はあきらかだ。いずれの犯行現場にも壁の上部に死体の血に浸して書かれた奇怪な言葉が残されているのだ。ひと言ずつ、悪戯っぽく、自由奔放かつブラックユーモアに満ちた締めくくりのジェスチャー。今までのところ、これは十二の奇怪な警句であり、格言、或いは……あのアンチ哲学者、ボードリヤールが形容したようにそれは、「最終的な客体」が報復を行っているとき、一緒に行われる命取りの誘惑の愛の言葉か？

（曙の女神、まず最初の第一段階のデータ処理をやろうか。まずは、最初の事件の……）

【わかった、非非】

03

【ENTER：「聖夜の十字架逆さ吊り事件」で残された言葉は——
Wild Magic Tempest Eridicates Petty Intercource……
訳せば、言葉の意味は「荒々しく、神奇な暴風が、ちっぽけな性交を壊滅させる」。派生義として、暴風雨の象徴と指示は、恐らくシェイクスピアの戯曲の言葉。そのうち、暴雨風雨は精霊の力の象徴
……
第一段階の解析：刺客は、恐らく暴風雨を自分の符徴《シニフィアン》と見なしている。暴風雨は普通の人類を裂くこと、特に不正な手段で権力の座に就いた中央情報局長の頼則民……
角度を変えての解析：キーワードの組み合わせ——
ヴァージョンA：各単語の最初の文字を並べる。頭からならWMTEPI、逆からはIPETMW、

意味はないようだ。

ヴァージョンB：各単語の最後のアルファベットを並べてみる。頭からはDCTSYE、逆からはEYSTCD。意味なし。

ヴァージョンC：奇数番号の頭文字と偶数番号の頭文字を順に並べてみる。頭からはWTPMEI
……

ヴァージョンX：WEMPTI──】

（ちょっとまって、フォームを変えないで）

【何かつかんだのかい？】

ハハァ、この感触が間違ってなければ、これは面白いことになった。その文字には明らかに何かがある。それは──

（曙の女神、東ヨーロッパ系言語ファイルを呼び出せる？）

【できるはずだ。何を調べたいのだ？】

そうだ、それから吸血鬼百科全書も。

ビンゴ！　すばらしい！　あの単細胞知能の特務たちが歯ぎしりして呪った謎の答えがこれだ。各単語の最初の文字がそれぞれキーワードを指示していたわけだ。しかもその文字は乱数確立機を通して何度もコラージュし、ふるい分けられ、そしてついに、過剰に余分なコードを掲載した我が両眼に捉えられたというわけ。

アッハー、なんとも素晴らしぃ！　WEMPTIとはね。VAMPIREの語源か、もともとリトアニア語の「飲む」に由来するやつだ。邪悪な魅力を潜めたこの動詞は、無数の世紀にまたがり、トルコ語の「魔女」という名詞のUBERや、スラブ系言語UPYR、ポーランド語UPIOR等々……夥しい奇異な単語と一緒に「吸血鬼語彙」といった肥沃で湿潤なる土地に陳列され、しまいには神秘な伝奇を支えるどっしりとして揺るがぬ基礎となる。この語源が意味するものは主に、この種の尋常ならざる美しい異生物は必ずとてつもない恐怖と、ゾクゾクする快感をともなう死をもたらすものだ。そればかりか――

【なんとも面白い。非非。お前の結論は、つまり、一連の事件は吸血鬼の仕業だというのかい？】

（いや、直ちに結論を出すまではいっていない。まずその他のデータを整理してみよう。次の事件で残された言葉は？）

【ＥＮＴＥＲ：＞＞Lazor Singer Annihilates Every Trembling Neck

第一段階の解析：カミソリの歌手が震える首を一つずつ殺る。
キーワード乱数コラージュ・プログラムを起動させる――
最も有効な組み合わせはＬＡＳＴＡＮ：昔風のフランス語の名前。お前の意見は？】

ＬＡＳＴＡＮ……ＬＡＳＴＡＮ……ＬＡＳ……

レスタン……レスター（Lestat）の別名では？　ああ、わかった！　すごい、なんとも大した知的ゲームだ。曙の女神がうれしさを抑え切れぬように顔をゆがめてみせた。そちらもこの悪戯好きな迷宮プログラム、ＲＰＧの第二段階を推測しあてているのだ。

（アン・ライスの『吸血鬼伝』小説シリーズに切り替える。この名前の言外の意味の解析だ。さあ、おはじめ！）

04

昼夜を分かたず突貫工事で敦化南路の「水瓶座ビル」十六階――「紀涅」の豪華な巣窟――に独り縮こまり、個人専用のデータ処理室に引きこもって、デジタルサウンドがヘビーメタルロックバンドのつんざくような歌声を繰り返し流すに任せる。クイーンズライクのアルバム『体制爆破《Rage for Order》』がこちらのうつろな意識の奥に出たり入ったりしながら繰り返し流れ、CDプレーヤーのリモコンの再生ボタンが何度も押される。曙の女神はすでに十二星座に相当する十二の邪悪なキーワードをはじき出している。一緒に力を合わせ精力知力の限りを尽くし無数にあるコラージュの整合様式を推測しては、すぐまた失望とともに自ら消去する。

刺客が「非人類」である可能性はさておき、相手が、意を凝らして情報を放ち、謎めいた血腥い美しさを味わい愛でることを心得た誰かが彼女から投げかけられた十二の媚びるような眼差しを拾い上げることを望んでいる、ということを確定できる。この情報には、下手人の「本来の様相」が埋め込まれていて、さらにその住まいに近づける解読プログラムもある。それにしても、こんなに昼夜を問わずに働き、相棒のコンピュータと音楽のみを道連れとして、低脳なポストモダンの黒魔術師よろしく、全身全霊をあげて文字や記号の領域に意識を集中させても、労働レベルに見合った報酬が得られないとは。

【少し休もうか、非非？】

チッ！　なんてざまだ。ここまでやって行き止まりだ。まったく自分のデータ処理能力を疑いたくなる。

こういったキーワードには吸血鬼（wempti）、レスター（Lestan、アン・ライスの小説に描かれた吸血鬼のロック歌手）、星明かり（starlit）、美しい（beautiful）、少女（girl）、真夜中（midnight）、街道（street）、艶やかな（glamorous）、湿った（waterly）、虚無（nihil）、塔（tower）、ひそひそ話（gossip）といったものが含まれ——十二枚のそれぞれ目障りなゆがんだ破片がモニター上をあちこち動き回り、少しは格好のつく交合場面をつなぎ合わせようと試みている。曙の女神の解析プログラムから吐き出される熱に浮かされた戯言《たわごと》めいた解釈は、脱構築研究やその批判の深みにはまり、シニフィエとシニフィアンの迷宮から出られなくなった一群の小型の爬虫類が、分かれ道や曲がりくねった小径で排出物を分泌するよう運命づけられているように見える。一部の文藝評論家たちが相当難しいテクストを処理するときのように、いかにもえらそうに「わからん！」と言い捨てたなら、それこそ甘い復讐になりうるだろうに。

だが、この美しい迷路を完走してみたくてたまらない。掘り出してやる、実は存在しないかもしれない……「本来の様相」を。データを解析しているこの時は実はもうすでに張り巡らされた網に落ちこみ、その若い刺客が、黒光りのする防毒マスクを装着して密室の隅に身を潜め、燃えさかる炎を放つ日でこちらの額を貫き、知らずして浮かび上がってくる思いや欲望を一気に体腔に注ぎ込もうとするといった幻想が浮かぶ。そのマスクをはぎ取り、嘲笑する二つの眼をえぐり取って、その奥にある脳髄が一体どんな様相なのかを見てやりたい——

【非非、優先コールだ、つなげるかい？】

ああ、ほんとにちょっと休まないと。

（だれから？）

【カミラ】

彼女も同じく、特殊データ処理を専門に受け持っている。こちらの領域は奇怪な情欲関係の領域にやや偏っているが、彼女は悪魔学や超自然現象に関するプロだ。今話せば何か得られるかも知れない。

コンピュータ端末機のつるりとした面を頬に当て、疲労でへたったまま言葉を交わし、これまでの状況をレポートする。そう、キーワードまで洗い出している。政府軍部のショービニストたちもこれで少し安心するだろう。でも生態系の安定に貢献したいと考えた者が、自分の肉体を吸血鬼の饗宴に捧げようと志願するのも悪くはない。なんと言っても、ごまんといるショービニストに比べて吸血鬼は希少価値だからね。

「さあどう、ちょっと休んで　気分転換でもしない？」

「なにかいいアイデアでもあるの？」

カミラがいそいそと続けた。「穴場があるんだ。最近新しくオープンしたパブ、魔界の雰囲気を売り物にして毎晩演奏するバンドやミニショーがとてもいい」

「ふーん……」

どうも気乗りがしない。でも一杯ひっかけに行って、今の行き詰まり状態を揺さぶるのもいいかもしれない。

「どう？　今晩のはすごいバンドよ。ヴォーカルは十三歳なのに、ぞっとするほど可愛いの、漫画に出てくる小悪魔みたい。その娘《こ》の耳をつんざくような超高音《ハイトーン》には、鼓膜を突き破られそうになるわ。これを耳にした聴衆はね、気違いみたいに彼女を愛するようになるか、恐怖で凍りつくかのどちらか」

へえ、これは面白い。それに推測が間違っていなければこういった所で謎の糸口を手繰《たぐ》りだせるかも知れない。運が良ければの話だが。

「ふーん、そのバンドはどこから来たのさ」

「わたしもよくわからない。反抗的な小娘たちの組んだゲリラバンドじゃない？　店のオーナーは内情を少し知っているみたいだけど、いわくありげにもったいぶるだけ、まったく最低のやつ、ふん、こっちは官僚組織の人間でもないのにさ！」

これが我々特殊データ処理員の内情、つまり、悲憤に満ちた第三者ってとこだ。反逆者たちと同一戦線に立っているのは明らかなのに、その立場の者たちから認められることがなく、最低限の友情すら恵んでもらえない。体制に同調する者たちも、敵をあまりつくらないようにいつもびくついている。双方から標的にされ邪魔者扱いされるなんて、最悪だ！

「最悪だ」カミラが言った。「ともかく、あの店も大したもんだよ、ああいった異端児を抱き込むとはね」

「そのバンドって――」

「スーパーレベルだよ、ゴシック・ロックからノイズやらクラシックのアレンジまで、グロテスクで可愛い、すごいやつだ」
「なんていう名前なの？」
「グラマラス・ゴシップ」

05

あれからずっと支離滅裂なままに考えているのですが、いわゆるこれこそ「運命的な隘路でのとんでもない出会い」だったのではないでしょうか。

グラマラス glamorous、語源はラテン語の grammar、「悪魔の文法（すなわちラテン語）に精通した僧侶」という意味です。もともとのラテン語の grammatica は女性（陰性）名詞。

きらびやかで刺激的なこの言葉は、心を惑わす魅惑的な魔物の形容に用いられますが、glamorous gossip となると、より意味があいまいな掛詞となります。Gossip はここでの意味は「耳障りな噂話」でもあり、また「気品があって賢く鋭い悪の教祖」と解することもできます。当時どうやってこの二つのキーワードを見つけ出したのかといえば、それは、つまり——少女漫画の熱烈なファンだったからなのです。

二つの単語はそれぞれ第八番目の「陸軍中将絞肉案」と今のところ最後の事件である「ファシスト財

閥縛り窒息死」の現場に現れたものである。二つの単語を結びつけた理由と言えば、実はまったくもって思いがけない偶然なのだが——なんともクールな日本の第四世代の少女漫画が『グラマラス・ゴシップ』というタイトルだった。その中で、緑色の猫の目をもつサイボーグの子供に呼吸がとまるほど魅入ってしまった。まるでざわざわする胃の中に狂ったように踊り舞う金属の破片がたっぷり詰まっているような感じだ。緻密で素晴らしいストーリーはコンピュータ、ハッカー、未来都市といった森羅万象、反逆者の背徳や騒乱まで及び、この手の漫画の中で最も異様な魅力に満ちた作品だ。

結論から言うがその若い刺客はサイボーグの子供と同じようにガラス質の瞳を持っていた。彼女の網膜の表面に乱反射しているのは、電子《マイクロ》チップの冷たい光線ではなく、永年にわたって貯えられた深い炎だったが。「虚無の楼閣」と呼ばれるパブに足を踏み入れた時は全身に鳥肌が立った。まことにもって「究極の賞賛」と「究極の恐怖」に連なるこういった感覚があるとはね。

陰なるものの予知能力が本当にあるのかわからないが、カミラと一緒に麗水街の狭く長い路地に滑り込んだその瞬間、無意識のうちに脳にキーワードが打ち出された。実際には存在しない触媒の破片を見つけることができさえすれば、残りの九十パーセントのクロスワードのピースがあっという間に定められた位置に収まる。麗水街、これこそ（麗しい、湿った通り（the beautiful and waterly street）ではないか。ここはずるがしこい役柄が演じられるロールプレイゲームの場、それなら、無意識にガイドに突き当たったこの幸運な闖入者はどんな報酬を受け取るのだろうか。待っているのはお姫様か獣か、それとも……両方か？

店は、みすぼらしい店、「北方狂気」――ショービニストの店員が、キスしていたカップルを追い出す事件が起こったあと、我々「紀涅」のメンバーが密かに奴等をたたきのめしたのだが、その結果、ネットの掲示板に公開で陳謝の掲示が出されたのは、実に爽快だった――の向かいにそのパブは位置していた。ふむ、この「虚無の楼閣」、よくやるね、どうみても「北方狂気」（実は「南方頑迷」と言った方が実態に合っている）と張り合っている。黒い壁紙には紛う方なき真紅の髑髏と乱交状態の変形した身体が描かれ、ケーブルがあちこちに延び、ぼろぼろになった万国旗が逆さまに刺さり、ナチスのシンボルが逆さまに吊り下げられている。圧巻はドアにべったりと書かれた対句のようなグロテスクな言葉――「美しい人生」（it's a wonderful life）と「死すべき麗しき日」（it's a goodday to die）だ。左右ににぎにぎしく並び、仲よく対称をなしている。

足を踏み入れる時、入り口に立った黄燐《おうりん》の骸骨の手から名刺を数枚手に取る。中国語の店名の下に、英文の店名「the tower of the nihil」が「後棺柩《ポストクリプト》」字体でおどろおどろしく書かれている。ビンゴ、だ！だが、今回も狂喜する気になれない、それどころか、どうもしっくりこない、落ち着かない気分にさせる何かがある。

まだ終わってはいない。気を落ち着かせて自分に言い聞かせる。キーワードが収まるところに収まったとしても、名も知らぬこのドアを通過する仕事が残っている。敷居を越えた後に一体何が待ち受けているか、何を見るか神のみぞ知る――

「星光！」

06

「星光！」

「Starlit!」

丸い舞台に沿って、それとは強烈なコントラストを成すライトと渇望に満ちた聴衆によって、ぴんと張りつめた空気の中で惑星の輪が自然に出来上がっている。ただ、輪の中心に立っているシルエットは通常の惑星ではなく、平凡な巨大恒星でもなく、スターライトと呼ばれる彼女。彼女はざわめきの中で落ち着きはらって立っている。その他四人の演奏メンバーは、黙示録に記された四匹の野獣よろしく、東西南北ぐるりと彼女を守っている。膝まで届く長い革の外套が彼女のまだ成熟していない若く瑞々しい身体をくるんでいる。しかし、禍《わざわい》を帯びた赤い二つの目……燃えるルビーのような瞳は、長い歳月にわたって塩漬けにされたいかなる事物よりもさらに年月を経ている。それは表面的な老化ではなく……星のただそれ自体が弧絶して進化してきたもの。原始星、中性子星から進化し、宇宙での大規模な爆発を起こすことが運命づけられている超新星《ノヴァ》。譬えようもなく鮮やかな赤い禍の光が満身創痍の屍を照らしだし、鮮血が流れつくした後の激しい照り返しを焼きつける。

ああ、彼女だ。彼女こそ探していた最後のピースの一片であり、このジグゾーパズルの図案のつくり手、好敵手、可愛らしい殺し屋。彼女の瞳の輝きは、頭上に輝く人工灯の輝きよりもさらに深く心に突き刺さる。それは代々の祭司が信徒をとらえ殺傷する際に引き起こされる災厄であり、祭壇にくぎ付けにされた供え物を一瞬にして凍らせ得る力を持つ。

凍結《フリーズ》。銀光と闇が脇をかすめて通り過ぎる瞬間。彼女と互いに相手の目の奥を見つめ合う。彼女はピンク色の柔らかい小さな舌先をだし、声を立てずにその黒緑色の口唇を舐める。その瞬間、反射した光と闇が交互に彼女の顔だちを照らし出し、その童顔を美しい側面と恐ろしい側面とに左右真っ二つに分ける。彼女は黒いビロードの手袋をはめた指をこちらに突き出し、唇をゆがめて魅惑的なからかうような微笑みを浮かべる。そして、映画のスローモーションのクローズアップのように、左側、そして右側、と真珠のように白くとがった犬歯が口の端から突き出して、語りかける。これが選ばれし者を噛む——星光だ。

その後どのようにひと晩を過ごしたのか、自分でもよくわかりません。ただ、彼女が最初の歌を歌い始めると、まるで彼女の意識の渦に巻き込まれ、身動きできぬまま覗き見をする者のように、彼女の超自然の生命プロセスが目の前に繰り広げられました。美味い骨髄の奥深くに張り付いたウジ虫のように、宿主の血気盛んな魂は圧倒せんばかりの迫力でした。声なのか姿なのか、彼女が内部に潜んでいる気分。ちょうどこちらが彼女の記憶の中で座礁しているように。彼女を見つめる。遙か昔の、純粋可憐な幸せな姫だった彼女を。強大な力を持つ妖艶な女吸血鬼の手に落ち、邪悪な欲望の生け贄となる様を。崩れ落ちる際を遊歩する楽しい交わりのダンスが終わりを告げんとしたとき、魔物の恋人は、ひたむきな愛の身振りで彼女の眼をえぐり出し、最終的には朽ち果てる人類の眼球の代わりに、母性あふれる細やかな手つきで、可愛い我が刺客に永遠を透視できる真っ赤な眼をはめ込んだ。

　こうして、生け贄と魔性の星は一体となった。人類の世界のそれぞれの縁で、彼女とわたしは大衆を魅惑し且《か》つ自身も楽しむウルトラC級のダンスを、世界の最後の日まで……あるいは運命の好敵手に行き会うまで……踊りつづけている。彼女の痛苦と狂気の奥で、存在しない異空間の神経ネットワークを通じて、彼女と、双生児ですら共感しがたい深い経験を共有し、ともに永遠に終わることのない感覚器官の海洋にひたる、ずっと、それがくるまで——

「これは罪人たちの血と屍の肉、さあ妾《わらわ》と一緒に楽しもうぞ！」

　はっとなって目をひらく——いや、違う、自分の五感が、この雑多なものが入り乱れぎっしり詰まった三次元空間につき戻されたのを感じる。彼女はちょうど最後の歌の最後の文句を歌い終えようとするところで、消えかかる声が耳の鼓膜に鋭く突き刺さる。うむ、カミラの形容はどんぴしゃりだ。本当にヘルレイザー《魂を食らう幽鬼》顔負けの超音波だ。だが……彼女は地獄を呼び出すことはできない。彼女自身が地獄なのだから。

07

曙の女神に最後のデータを打ち込み、ネットワークシステムから引き揚げようとしたとき、突然呼び止められた。

【非非！】

（何か用？）

声に、焦り、渇望といった情緒がそのまま隠しようもなく出てる。隠そうとするほどあらわに、なんてざまだ。

【決めたかい？】

思わず苦笑いが出る。まったく、やはり化け物の魔獣六六六号ネットの相棒だ。

（決定はこちらだけで下したんじゃないでしょ。わからないよ……）

電源ボタンがいたずらっぽく点《つ》いたり消えたりする。

【えっ、どうした、愛を告白して拒絶されるのを怖がっているのかい？】

まっ……たくっ……つー……！

【安心しな。お前の悪運はすごく強いから、そう簡単に災厄からのがれられるはずはないからね】

システムに運命を占う機能が備え付けられていないというのはどうも信じ難い。

（呪いに感謝だ、曙の女神）

キーボードの上でexitを打つと、居ても立ってもいられない思いで、二十九年間続いている「人類化」生体プログラムから抜け出る。

08

午前四時、魔界が近接するタブーの時刻。麗水街一九九号に足を踏み入れる。最後の賭けの場所。「虚無の楼閣」のドアをじっと見つめる。すると、ゴシック文学が描いた暗い年代と、そして「黒色水路」と名付けたファイル――そこにはこれまで遭遇した愛欲に貫かれた肉体と、そして電子符号と化した腥いテクストの数々を収納してあるのだが――を思い起こした。もともと、これらのデータは永遠に資料にとどまり、「紀涅非常資料処理局」のデータ処理員丁小非《ディンシャオフェイ》が利用する道具にすぎず、広大無限の目くるめく変容の様相を無限乱数の1と0の配列に収めてしまうものにすぎないと思っていたのだが。それがなんと……

勇気を奮い起こし、思い切って扉を開け、暗闇の中のあの二つの赤い瞳――抜け出すことを封じる巣窟、ゲームの終着点へと踏み出す。

「新たな出発かもしれない」

星光が近づきながら、はっきりとまだ口にしていない言葉の後に、澄んだはっきりした声で続けた。

彼女は写真の束を差し出すと、プレゼント交換をするためにポイントカードを集める子供のように、素早くこちらの手に押し込む。

なんとまあ、吐き気を催すような男の肉体が、腐乱した堆肥の山々のように、それぞれの犯罪現場に無造作に投げ出されている。目の前の下手人は、浮き浮きしたようにこちらの手を取り、家宝を数えるように所有するすべての傑作、細心の注意を払って創意工夫を凝らし心血を注いでデザインした結晶について語りだした。

たしかに、本当に「血の結晶」だ。特殊情報局のコンピュータは、見当違いにめくら打ちし、斜に構えて投げやりでつけた名がなんと犯罪の動機を言い当てたのだと知ったならば、抱腹絶倒してシャットダウンしてしまうだろう。

泣くにも泣けず笑うにも笑えず、ただじっと、一連の飲食活動で胃をひどくやられて、食欲も大いに減退したと銀の鈴をふるうような声で解説して聞かせる姿を見ている。男の身体はもとから好きではなかったのに、策をまとめるために、吐き気を催させる劣悪品に牙を突き立てなければならなかったのだ。それも結局はこちらが興味を持ちそうな超自然の事件に仕立てるためだ。つまりこのわたしが元凶なのだと。

そういうことだったのか。ショービニストたちの死骸は注意を引くためのエサだったというわけか。わざわざそんなことをする必要などあったのか？　この可愛い刺客は、ずいぶん回りくどいことをしたものだ。わたしを見つけるのはそんな難しいことではないのに。

「強情はるんじゃないよ。直接やってきたとしても、拒否したりしないだろ？」

彼女の小さな手が大胆にこちらの敏感な部位を愛撫しはじめた。耳たぶから首へ、彼女のひんやりとした舌先が、行きつ戻りつする。次第に興奮してきた身体が呼応し、彼女に導かれるままに、ぶつかったり躓いたりしながら舞台へと歩いていく。明と暗、白と黒のコントラストをはっきりと浮かび立たせるライトが、とがったマホガニーの枝のように、二人の周囲でゆらゆら動き、ほしいままに肌を切り裂いていく。

彼女の秘部は水分を含んで腫れ上がった果実となり、きゃしゃな胸にぎゅっと押し当てられたとたん、何もないところから二粒の新鮮なブラックベリーが現れるように、こちらの胸部が硬く盛り上がる。彼女が跨ってくる。ぎらぎら血走った目は興奮のあまり焦点を失い、残忍な黒い野獣の爪が彼女のきゃしゃな指の爪の間から伸びだす。ぶるぶると震えるこちらの腰をぐっとつかむと、有無を言わせぬ荒々しさでジーンズの上着、黒のコールテンのブラウスの前を真っ二つに割き、躊躇することなくぴったりしたジーパンをはぎ取る。機敏な口も同時に動き、こちらがどう反応していいかまだ分からぬうちに、一対の精巧な犬歯があっという間に体内に差し込まれる。

「やせ我慢することはないよ。お前もあたしが欲しいんだろ？　これでも我慢し続けるつもりなら健康に悪いよ！」

彼女のシニカルな笑いと睦言《むつごと》がとぎれとぎれの魔性の声となってこちらの一つ一つの細胞に浸み込んでくる。まったく、習性変えがたしだ。特に性愛の習性は。彼女が言うのももっともだ。これまで二十九年間、根っから本性を忘れようと極限まで押さえつけてきた。本当は、この口が柔らかくすべすべした肌に触れるごとに、思いっきりそれを愛撫するだけでなく、別の欲望も……

「さあおいで、差し入れて」

そう、キスとセックスのほかに、この口には封印しようと試みた機能がある。今やそれが彼女の魅力にそそのかされ我慢の極限まできていた。投降か。これ以上押し付けようとしても無様な態をさらすだけだ。こうして、長い溜息とともに、長年にわたって歯茎の奥深くで眠っていた二つの鋭い牙が目覚めたのだ。雨の後のタケノコのように、牙は勢いよく歯肉の表面に現れると、再生後、初の饗宴を迎えて、不死のこの星を飲み下そうとする。

「きらきらひかる、宇宙の星よ、

まばたきしては みんなを見てる……」

彼女の瞳の奥こそわが最終の到着地、それは渴望しつつもあらゆる手だてを講じて隠し続けた「真相」――どうしても自己同一化ができない異端者が、正常な世界との並存を試みた失意の記録。品位のない人類が生態系の必要数を超えた今、この自分の失敗を認めるべき――いや、失敗ではなかったかも知れない。境界に闖入《ちんにゅう》したものは、最後にやはり勝利したではないか。彼女は互いにこれほど待った共犯者を捜し当てた。そのうえ自分のなくした自己をも得たのだ。

そう、彼女は決して満足しない牙を得た。「わたしの」牙を。

長く伸びる鋭い牙を彼女の体内に差し入れる。吸い上げなくても、別の、自分と同じ力量の相手の張り詰めた力を感じる。一声甲高い悲鳴があがり、流星群の音さながらにこちらの記憶の岩礁を打つ。

「パイドラ」

そう、そのとおり、わたしがパイドラだ。神話の一つのエピソードに現れる裏切り者、phaedra。もうあれこれ考えている余裕はない。深淵に呑み込まれ、ブラックホールが体内に入り込んでくる。しまいに、二人は互いにだまし合う入り組んだ穴へと変容し、究極の快感が深く相手に入り込むと同時に相手からも差し込まれ、互いに呑み込みにかかる――

空洞。

09

ふう、こんなに長く語らせて、もう十分に元手を取っただろう？　さあ、ボス、これ以上愚かな引き延ばしはやめといた方がいい。

本来ならこの幸運を有り難いと思わなくては。おまえに先立つ哀れな十二体のうち、物語の展開を最後まで聞き終わった者はいないのだし、死にざまだっておまえの方がずっとましだ。

心配しなくていい。我々二人の対決がどうなったかはぼかして書いておくから。十三番目の獲物としてそれなりに心地好い待遇も与えてやる。そうだ……こういうのはどうだ？

我が小星光はホラー映画の大ファンだ。先に挙げた十二のオープンディレクトリの準備には苦心惨憺して、イメージが及ぶ限りの小細工をすべて持ち出して演出して見せただろう。実際には何の効果もなかった四肢倒錯施術すらも。覚えておいでかい？　あのチビの姦童軍閥、「幽霊人種」の手足を逆さまにしてつけたが、なんせ、奴は手と足の長さが同じだったから、まったくの無駄骨折りだった。

だから……おまえは血を抜いてやろう。いいだろう？　中古の世紀では、これが最も流行《はや》った悪魔祓いの術だったではないか。こうやって針を一刺しすれば血液が排泄物や恐怖心、抗いなどと一緒におとなしく流れ出てくる。誓って一滴も無駄にはしない。体液の流れる速度に従って徐々に意識を失い、次第に現実と幻想の境界がわからなくなるはずだ。初めて大麻をくゆらした時みたいな感じだ。それと意識しないうちに降参し、おまえの殺し屋に感覚メカニズムの支配権を明け渡すだろう。運命だとあきらめて、自分をさしだすがいい。欲情におぼれる処女のように。この洗礼を経た後おまえの命は我が栄養補充液へと変わり、この体内で生き続けることになる。

そうだ、センチメンタルな麗しいロマン史のように、悪龍を征服した英雄が息が絶えようとする純潔のヒロインの上にかがみこみ、彼女をじっと見つめながら悲嘆にくれて「おまえのことは永遠に忘れることはない。わが命の中に生き続けるのだから」と言うように。そう、めでたいことだ。こんなに厳粛に不死の命を獲得し、しかも「永遠に」我が体内で生き続けるのだから。

だが、愛のために犠牲になったヒーローのように、おまえの死もまずは大衆メディアの崇拝を受け、あまたの読者に線香を焚いてもらわねば。おまえが携わった各雑誌に鮮血が飛び散り紙面を染め抜くだろう。古典的ホラー「エクソシスト」のクライマックス並みにだ。不安にびくつく記者たちと検死官は、屍《しかばね》をくるんだ布を開いた時、干涸びた身体とその傍らにずらりと並ぶ透き通るように輝く完璧な水晶の瓶を目にするだろう。各々の瓶には、信者が先を争って啜るキリストの血のようなおまえの命の血液一滴一滴が詰まっているのだ。

このプロセスにはかなりの創意工夫と忍耐が必要となる。我々二人のこの儀式がまだ終わらぬ今のうちに、発表するニュース記事をどう書くべきか考えておこう。おまえにも何か意見を言ってもらいたい。なんといってもメディアの操作はお得意のゲームだろう、えっ、そうじゃないかい、局長殿。

ともかく、最期の血のサインはもう決めてある。簡潔だ。この言葉に、興味を持った観衆は続きを期待することになるだろう。多くのホラー映画の別れの接吻にはいつも続きがあるものだから。だが、こちらとしてははっきりしているのは、この言葉をはなった後は、星光と共に地底世界漫遊の旅に出かけるつもりだということだ。我々が人間界をからかう気になるその時まで。もっともそれはかなり先のことになるだろうが——

だから、別れの言葉を書いておこう。おまえもそろそろ目を閉じるときだ。

GOOD NIGHT MY SWEET VICTIM《おやすみ、愛しい生贄よ》

THE END《終》

暗黒の黒水仙《ダフォディル》

その1　闇夜の変奏曲

時間：一九九五年十一月二日
地点：東京、新宿。
背景：冬の陰気な雨の晩。湿って冷たく響く慌ただしい足音、冷気を伴った息づかい、投げやりな瞳の奥深くへと夜がしみ込んでいく。

■

準備は整った。設定されたシーンにカメラが切り込む。クローズアップ……

おまえは黒く反射する復古調《レトロな》マントを羽織り、放射能を防ぐ青みがかった紫色のサングラスを鼻にかけている。そこには、尊大かつ邪悪な風景が映っている。おまえの歩みは餓えた狡猾な獣のごとく、滑らかに音もなく、くねくね曲がりくねった二丁目の路地の一角へ滑り込む。

目的地を見つけると、おまえは護符代わりのサングラスを外す。皮肉をたたえた冷たく澄んだ輝く一つの瞳が、街角のバーの「伊邪那美《イザナミ》」という看板、それから、腫れぼったいクリトリスと黒薔薇をべったり描いた壁を目にして、にっこりとほほ笑む。

バーテンダーは根元からぴんと突っ立った鮮やかな紫色のヘアスタイルで、挑発するようにおまえの視野に飛び込んでくる。彼女はピンクの瞳に挑むような笑いを浮かべおまえにウインクしてみせる。カラーコンタクトレンズの奥に続く霊魂の洞窟にはずるがしこい欲望がみなぎっている。

「チェリーブランデーを頂戴」おまえはけだるそうに言った。

「アイスで？」

「冷えすぎたのはやれへんわ」微かに笑いを浮かべておまえは答える。

カウンターのスツールに腰掛けた、酔いが相当回っている銀髪のパンクの少女が、「ヒューッ」と甲高い口笛を吹くと、「正真正銘の関西弁だね、べっぴんさん！」と声をかける。

おまえは敵とも味方とも知れぬ笑いを浮かべ、皮肉るように冗談めかして答える。「本当？　そんなにはっきりわかるの？」

バーテンダーがグラスをおまえの目の前に滑らせる。脚の長いきらきらと輝くグラスの縁から、液体がぶつかる冷たい音色が響き、「ずいぶんとご満悦だね、お姉さん！」と、パンク少女の熱くつぶやく低い声を適度に遮る。

黒みを帯びた液体を、おまえは啜る。ちろちろと動く真っ赤な舌先は、震える花弁のようにも見えたが、それは外へと伸ばされ小さく形のいい上唇を舐める。

彼女のなれなれしい挑発に答えるともなくおまえは言った。「光栄だわ」

「だから……」待ちきれないかのように彼女がたたみかける。

「だから？」

おまえは素っ気なく、どうでもいいといった感じでつぶやく。

「どっかに行って遊ばないって言ってるのさ」恥ずかしさが苛立ちとなって拗ねたような口調になっている。

おまえは銀髪の少女の耳たぶでキラキラ輝くアクセサリーを見つめ、それから目を閉じ、首を振りながらあっさり言った。

「ごめんなさいね、シルバーをつけてる子とは寝ないのよ」

バーテンダーの声が割って入った。「シルバーのアクセサリーは魔除けになるんだって？」

おまえは気分を害したように細い三日月形の眉をかすかに釣り上げた。「おあいにくさま、そういった無粋な解釈はいただけないわ」

バーテンダーの無表情な顔は憶測不可能な凍りついた仮面のようだった。銀髪のパンクの少女は不安げに自分のイヤリングをいじりながら切羽詰まったように言った。「これはシンボルみたいなもの――あのくそったれの耶蘇教信者が後生大事にしているキリスト像みたいなもんだよ」

おまえの好奇心が動いた。「耶蘇が嫌いなの？」

銀髪の少女は恥ずかしそうに笑いを浮かべている。たちまち幼さが露呈した。「そんな！　不可知論者じゃないけど、いろんな宗教にはそれなりに敬意を表してるよ！」

バーテンダーの真っ赤な目が一瞬引き締まった。異様な視線がおまえの外套を切り裂かんばかりだった。「ならあんたは？」

おまえは目を見張り、独り言をつぶやくかのようにバーテンダーに答えた。「そうね、たぶん、私が興味あるのはそれほど尊敬に値するものじゃないわ……」

バーテンダーはちらりとおまえに目を走らせた後、何気なく言った。「ってことは、信徒じゃないんだね？」

おまえが一瞬顔をほころばせる。浮かんだえくぼは思いがけないほど純真で繊細だった。突然つぼみを開いた真っ白な水仙のようである。「信徒のはずがないわ。宗教からはかけ離れた存在よ、わたしは」

「最高だ！　あたしたちは同類だね！」

否定するでもなく、おまえは唇をゆがめると、ポケットから五千円札を一枚取り出し、グラスの下に置いた。その瞬間、おまえのずるがしこそうな視線が想像を絶する美しいその顔を邪悪なものへと変える。「願わくは、次に会うまでに互いの期待が擦れ違いにならんことを」

こう言うと、人を煙に巻く霧のように、おまえはするりと椅子から滑り降り、そして跡形もなく消えた。彼女たちが我に返ったときにはおまえはすでに、いささかの名残惜しさも余剰も残さず巧みに身を隠していた。黒色のビロード製の水仙の花を一つ残して。

バーテンダーの瞳がゆっくりと輝きを帯び始める。ぼんやりと白みがかった淡い赤が次第に血のような赤へと変わる様は、生物が進化する過程の早撮りのフィルムのようである。あれは自然物でもないし、人工のものでもない、あれは……

「天性の魔性のもの？」

銀髪の少女はいたずらっぽくウインクをすると、本物に見せかけていた耳を無造作にはずし、とがった狼の耳を露出させる。

真っ赤な瞳孔の奥底に熱い血をたぎらせ、バーテンダー——いや、ベリナ、彼女の魔性そのものといった名前で呼ぶべきだが——は、とっくの昔に風化したおどろおどろしくも美しい異教の世界に深く魅入られていた。

「どうだい？　本物だっただろ？」

マジック空間からそっと摘み取ったスパイの花弁を満足そうに口にくわえたベリナは哀しげでもあった。「とうとう巡り会ったね。わが一族を蘇生するに力ある唯一の末裔、もっとも純潔なバンパイアのプリンセス、ダフォディル。黒水仙の使用権が彼女の究極の属性を示しているよ」

狼《オオカミ》少女——麻麻原《ママハラ》サラ——は、人造ライトの輪に隠れた角が欠けた青白い痩せた三日月を、満足げに眺めている。月の満ち欠けの影響などとうの昔に受けなくなっていたが、それでも強烈な歓喜に浸ると、とてつもない快感によって豊かな銀白色の髪の毛の根元に暗闇より黒いぞっとさせる黒髪が一斉に現れる。

二人は屈託なく笑いながら、じゃれあうように薄い唇でかみ合った。二人の口元で青白い銀の光がギラリとまたたき、キスを交わす唇から大きさの異なる牙が見え隠れする。

一九九〇年代末、きらびやかな物質世界の領域の一角を占める邪悪な歓楽街で、愉悦に浸る化け物と狼少女のカップルは、欲望が実現せんとする序幕において、満足げに相手の体内のざわめき立つ魔性の血――それはさらに強烈な劇が上演される前の、一時の飢えをしのぐ超自然の甘味料だったが――を啜りあう。

■

もつれ合う身体と、唇の隅から突き出た精緻な鋭い牙のストップモーション。それからカメラは次第にズームアウトしていく。最後に「to be continued《つづく》」と打ち出すことも忘れることなく。

その2　獣難

01

おまえの銀色《シルバー》のレインコートはさび色の雨粒でそぼぬれている。黒ダイヤのように冷やかな瞳は、すでに狙いを定めたのか、ほんの数メートル先のバーの看板をじっと見つめる。異様なまでに神経を集中させ、このおどろおどろしい場所にやってくる者たちの血走った眼、冷やかすような挑発的な姿態、蛍光塗料を塗りたくった異様な形相、鉄釘やぎらつく針をびっしりと縫いこんだグロテスクな革ジャンなどまったく意に介さない。

しとやかさを保ちつつ毅然と佇《たたず》む。薬物に侵され、罪業と狂気にあふれ退廃した闇の街で被虐性愛《マゾヒズム》の呪いをかけられ、目に見えぬ魔の鎖に呪縛されているかのようだ。

ふと頭をかしげると、やわらかくつややかな黒髪が、陶磁器のような真っ白な額にさらりとかぶさる。と突然、本来無表情の瞳孔の奥で、地獄の冷たい闇の炎が注ぎ込まれたように、まばゆい光を発しながら激しく燃え上がった。危うい妖しさが、譬えようもなく魅惑的な表情を醸し出しながらゆっくりと顔面に広がっていく。

落ちぶれた楽師がわきを通ると、おまえは限りなく傲慢かつ異様なほどに純真な微笑みを投げかけ、その三度の食事もままならぬサックスフォン奏者に、いきなり四方八方に果てなく広がる水仙の花の海を見せつける。

しばらくたたずんだ後、ついにおまえは、その薄い肩に重そうにかかる水滴を振り払った。瞳にうっすらと靄がかかっている。そして「伊邪那美《イザナミ》」に踏み込もうとするその瞬間、ビロード製の黒い水仙が彼女の瞳の奥から漂いでて街角の血の滴るポスターの真ん中にふわりとすべりこむと、「神はすでに吸血鬼に八つ裂きにされる」と書かれた扇動的な文句にあざ笑うかのような弔いの記号を添えた。

二〇一九年、地球規模の最終的な武力衝突が起こって以来、生物界は暗黒の夜に永遠に支配されることとなった。雹が戦火と混ざりあい、まるで穴から出てきた小悪魔のように、放射線の粒子に汚染された空気の間を勝手気ままに跳ねまわり、自由になった勝利と快感に小躍りしていた。

太陽は死に、救世主はいまだに現れない。

時刻は、二〇九九年十二月二十四日の真夜中、東京、新宿。

彼女は、巨大な女陰をかたどった「伊邪那美」の扉を押すと、猫のようにしなやかな歩みで中に滑り込んだ――

02

初めはただ闇が広がっていたのが、超自然の二つの瞳がかすかな光線に慣れるに従って、地下室特有の寂れた雰囲気が、世をあざ笑うかのような放埓なメタルロックのCD音、あちこちの隅から響いてくる肉体の交わる激しいあえぎ声、部屋中にたちこめる狂おしい喧噪とないまぜになり、かつてないほど新鮮に、まったく無防備な感覚系統に怒濤のように押し寄せてきた。音が、過度に派手な色を厚く塗り重ねても下地の寒色を隠しおおせない油絵のように、ひどくアンバランスかつ強引に、肉体と魂のありとあらゆる孔に注ぎ込まれてくる。

淫らな肢体と勢いよく流れる血液が放つ刺激的な匂いに、思わず膝が小刻みに震えだし、犬歯も鋭くとがりだしてくる。

乳首と陰部をわずかに覆っただけの見事な裸体をさらした美少女が、体をくねらせながら脇を通りかかり、何気なく大胆にわたしの耳たぶをかんだ。欲望が光速頻度でゆっくりと膨れ上がり頂点に達したところで、いきなり激しい苦痛を伴った重苦しさがとってかわる。ああ、血肉を嗜好する者たちよ。獲物にこと欠かぬこの楽園に長らく浸っていれば、肉を喰らい血をすする本能をなだめおおせるとでも言うのか。

わたしは、体全体でまとわりつく小娘をそっと押しやった。少女は口を尖らせ未練たっぷりに腰をくねらせながら四肢を解いてゆく。肉欲が大っぴらに繰り広げられるこの手の宴会を前にすると、昔《むかし》気質《かたぎ》の血はわたしを耐えがたくさせひるませる。やはり戻ったほうがいいか……

「ダフォディル、こっちだよ」

ようやくベリナとサラに会えた。二人は真っ赤な血の滴る飲料――「生化《バイオケミカル》カクテル」に巧妙に見せかけた冷凍血液の再製品を、ぐいぐいあおっている。

サラが擦り寄ってくると、とがった犬歯をわたしの口に差し入れ、生臭く甘いストロベリーのコンポートを流し込む――賢い魔物たちは、工夫を凝らし血液を調味料だといつわるのだ。猜疑心がことさら強い性質《たち》の人間の前では、心を傷つけられた初心《うぶ》なパンク少女になりすまし疑心暗鬼のその死すべき恋人に、こんなのは世紀末の雰囲気に合わせてでっち上げたブラックユーモアに過ぎないんだから、と言えばいい。

「これはこれはついにご光臨。親愛なるお姫様。あんたのレトロな感覚にあわないこんなちっぽけな悪趣味の店にお出ましになるとは。餓えに耐えられなくなったのかい？　贅沢言ってられなくなったってわけか」

仲間内で習慣になっているこういった冗談交じりの挑発が投げかけられると思わずひるまずにはいら

れないのだが、それでもわたしは、ベリナが優雅に大仰なまでに片膝ついた姿勢で手の甲に接吻するに任せる。

彼女はピッチリした黒いビロードのサファリスーツを身に着けていた。スリットが大胆に開いた短パンに、ひざまで届く乗馬用の堅いブーツは、すきのない鋭い曲線を描いている。ぼんやりとした明かりの下に立っていると、ベリナはまるで銅製の松明《たいまつ》のようであり、真っ赤な瞳は血に飢えて興奮しきっていた。わたしと違って彼女は、最低限の生理的平衡を維持するのにどうしても血が必要なのだ。

ベリナの動作に合わせるかのように、部屋の隅のステレオが「最後の審判」合唱団の十八番《おはこ》である物悲しく陰気な曲を半ば自動的に送り込んできた。雑音を通り抜けてがなりたてるおんぼろのトランペット、黒巫女さながらのボーカルがクールに超然と麻薬常習者特有ののど声を披露している。彼女を熱狂的に支持するファンは、そう、地球を破滅させた妖魔の化身——凄惨かつ魅惑的な地獄の花園にどっぷりつかる魔性のもの、ニック・バイロンとあがめるのだ。

気分がどうにかましな時に、ともするとよみがえってくるのがあのひそかな思い出——月の光がおぼろげに差し込む晩を見計らって彼女のひきこもる塔に忍びこみ、夢見心地のそのまなざしをとりこにすると、興奮したなすがままになった相手の、コカインの粉とまごうばかりに真っ白なその首筋に勝ち誇った犬歯を差し込む。

「いとしい魔性の恋人、

あなたと異次元の空間を浮遊するとき、
いつも思う
これこそが絶頂での死ではないか、と
……」

真っ白なヘロインと冷たい炎のようなアルコールにどっぷりと浸かっているそのボーカルの呟くような低い声は、まるで異界の者のささやき声。忘れ難い昔の夢の中でおぼろげに姿を現す、とうの昔に亡霊と化した女が、やはりこの手の声の持ち主だった……。

部屋中に満ちた反響音と甲高い叫び声、ぼんやりとした明かりに浮かび上がるベリナのあいまいかつ傲慢な笑いと、サラの意味ありげな嘲るような一瞥。わたしは言葉を失ったまま暫し立ち尽くしていた。体内で狂わんばかりに激しくのたうっていた波が次第に収まってゆく。

音楽が消えると、わたしは肩をすくめ、突然襲われた感傷的な気分に苦笑いするしかなかった――。

!!

と、いきなり、背筋がぞくっとなった。電撃のような波動が不意を突いて素早くすすむ冷たい刃のように、無慈悲にじわじわと体内に挿し入ってくる。

これはなんだ!?　この執拗さ、この荒々しいエネルギーは、人類に属するものではない、でも我々の種族のものとも違っている。

ベリナが耳元で囁いた「そろそろ狩りだよ。何ぼんやりしてんだい」

体中の力が抜けていく。指の震えを止めることができずにベリナの立襟の白のシャツにすがりついた。

「あれ……あの波動はとても変、感じないの？」

ベリナは肩をすくめると、まったく意に介さずにいった。「ああ、あれはジュリアンだよ。気にするなって、こっちに面倒はかけないよ」

「どういうこと？」

ベリナの口調が意地悪くなった。「世間知らずのお姫さま、気をつけな。誘惑は恐ろしいよ！」

わたしは肩に置かれた彼女の手を苛立たしくはねのけた。こんなくだらないことでからかうとは。こうやってしか愛情を表すことができないのか？

「ほらほら、そんなにすげなくしなさんなって、お嬢《じょう》ちゃん――」

ああ、見えた。波動の源は深緑色の瞳だった。ギラギラした二つの険しい深淵がわたしを凝視している。玻璃《ガラス》の刃と硫黄のたぎる火の池の炎がその異界の者の深くくぼんだ眼の奥で飛び交っている。

これまで考えたことはなかったが、これが死というものか。

なんだって？

おまえが死を考えることはないよ、なぜかって……

彼女なのか、この無声の言葉をわたしの心に送ってよこしたのは？

なぜなら、おまえは死の領域の外に立っているからさ。治外法権の権利を享受して――

「吸血鬼め。ヤホバの神の名に懸けてお前らを懲らしめ、罪の贖いをさせてやる」

突然鋼製の扉が荒々しく突き開けられると、数十人余りの男たちの狂ったような咆哮がそれまでの陰気に心地良かった空間を駆け巡った。男たちはみな床まで届く白いガウンを羽織り、黒い頭巾には純銀の十字架を縫い付け、口々にマタイの福音と魔除けのまじないの文句を唱えているが、立ち振る舞いは品のない街のチンピラなみである。

正義を振りかざすこの聖徒たちがどっと押し寄せるのを受けて、元来が闘争的な若いパンク族がここぞとばかりに迎えうつ。

頭髪をオレンジ色に染めたボス格の少年が「このくそったれ野郎」と罵《ののし》ると、一見おとなしい優《やさ》男風の白ガウンの男が、印象を裏切るようにいきなり平手うちを返す。

それを皮切りに「伊邪那美」はみる間に死闘が繰り広げられる戦場に化した。

わたしは振り返ってサラとベリナを見つめた。彼女らはどうやってこの大乱闘の場を切り抜けるのだろうか。

ふたりはのんびりと大麻をふかしながら余裕たっぷりに言った。「だいじょうぶ、こんなのは序の口だよ」

その言葉が終わらぬうちに、乱闘がバーのカウンターまで押し寄せ、一人の聖徒が血の滴る棍棒を力いっぱいサラの肩に打ち下ろした。と、すでにすっかり興奮しきっていた彼女は、見事な手さばきで相手の棍棒を奪い取り、一気に殺戮の嵐の中へと飛び込んでいく。

ますます残虐さを呈していく修羅場で、わたしは、ふとあたかも古代ローマのコロセウムにいるような奇妙な錯覚に襲われた。ヒステリックになった人類が狼男にも劣らぬ残忍さで野蛮な性をむき出しにして互いに殺しあっている。なんともったいないことか。血がまるで土砂降りの雨のようにあたりに降り注ぐというのに、誰もそれを楽しむ余裕がない。サラとベリナですら許せないほどにこの無駄に頓着しない。まったくなんということ、今の時代になってもエコの概念がないとは。

レーザードリルから復古調《レトロな》回転式拳銃まで何もかもが出そろった時、部屋のもう一方の隅にたたずんでいた「彼女」が突然わたしのほうにやってくると、すきを突くように素早くわたしの手を取り、そっと囁いた。「さあ出よう、ここはもうあんたにはふさわしくない」

わたしはあっけにとられた。何とも形容しがたいほど魅惑的なきりっとした輪郭の、まなざしに挑むような野性味をかすかに漂わせた顔は、ダンスホールで、精神に異常をきたしたかのごとく歓声をあげて相手の四肢を八つ裂きにしてかかる狂った群衆にもましてこちらを戸惑わせ不安にさせるものだった。

それでいて、このまったく見知らぬ他者のたとえようもない魅力。身も心も抗いがたくひきよせられてゆく――

共喰いの乱闘の輪がすぐそこまで迫ってくるなかで、もう躊躇しているひまはなかった。

わたしは荒れ狂う真夜中の一幕を背後に残したまま、密かに彼女とともに避難用の梯子《はしご》から「伊邪那美」の外へと抜け出た。

03

サーチライトの強烈な光が、どす黒いぬかるみの広がる暗い通りや路地をくまなく捉えると、そそり立つ奇妙な影が無数に浮き上がる。滑らかでまばゆい白光が刻々と形を変えながら互いに追いつ追われつするさまは、まるで春の雪崩か、あるいは桜の花びらが描き出す無垢の身体のようだった。

わたしは果てしない濃雲と稲光の間をただやみくもに走り続けるしかなかった。スコットランドの陰気な雨の晩、核戦争前後の東京の街、太古から中世を経て世界の終わりのあらゆる時空で、この影のない疲れ切った身体を迎えいれるのはその都度訪れる短くせわしい激情と憂鬱な夢の痕跡だけである。実態をもたず、もろく崩れかかった灰燼のような痕跡、瀕死の獲物、あるいは永遠には存在しえない恋人のような痕跡があるだけだった。

ライトの中で、硬質の、恐ろしく魅惑的なあの面影がわたしに呼び掛けている――

「目が覚めたのかい」

意識が戻ってくると、ひなびた旅館の一室に横たわっていることに気がついた。鋭く冷たくそれでいて艶やかな美しい獣の目が、瞬きもせずに見つめている。深緑のほとんど底の見えない瞳がわたしの胸を貫き、狙いたがわずそれぞれに異なった色彩をもつわたしの過去をえぐりだし、むしゃぶり喰らおうとしている。

これまで感じたことのない動悸に襲われ、おもわず顔をそむけた。目を向けた先には、鮮やかなだいだい色の天空が広がっている。

バーから抜け出たあとは、歓喜の高まりに酩酊状態となったまま、わたしは夢中で彼女の手を握りしめ、人っ子ひとりいない冷たく静まり返った深夜の荒れ地を疾走していたはずだ。そうやって、遙か昔に鍵をかけた記憶の扉を、あまりにも無防備に解き放ってしまったために、胸の奥の狂おしい波が十三世紀のスコットランド高原を覆った真っ白な雪のように、音をたてて崩れ落ちたのか……

「もう灰になって消えちまったよ、胸を貫いたときにね」

なんということ、わたしとしたことが、すっかりむきだしにされてしまったのか、彼女はいったい……

「あなたは何者」

彼女はそっと優しくわたしの顎を持ち上げた。柔和で慰めるような複雑な表情をしている。

「ジュリアン。邪悪な呪われた畸形変種生物《ミュータント》だよ」

ジュリアン、ジュリアン、か。

ぼんやりと彼女を見つめていたわたしの瞳から思いがけず涙があふれ出ていた。

ジュリアン、何者か。なぜおまえに見つめられると、隠された痛みが一つ一つその視線に引きずり出され、記憶のついたての外に血みどろの裸体のように晒されるのか。

彼女はそっとわたしの涙をぬぐうと優しく抱きよせ、滑らかなビロードのような低い声で子供をあやすように囁いた。「気にするんじゃないよ、大丈夫、あたしがいるから」

意識の奥底で一瞬何かが異様な感触に震えおののいたが、しかしそれもまた強い歓呼の波にすっかり埋没してしまった。

七百年余りの希望のない漂泊の末に、ついにまた真実の愛にたどり着いたのか、ジュリアン・オーグスティン。

04

「伊邪那美」の真っ赤なライトのもとでは、ベリナのそうでなくても奇怪な形相がますます異様に映っていた。

眉間のしわがより一層深くなり、剣のように硬質の黒い濃い眉が額に刻み込まれているために、顔面が歪んだ二つの領域に裂けているように見えた。

「このままじゃだめだよ」

「でもね、手の出しようがないよ。彼女がジュリアン・オーグスティンから離れられるはずがないからね」狼少女のサラの方はいたって冷静だった。

その名を耳にするやベリナは炎にふれたように身震いした。

「彼女は自分が何をやってるんだかわかっちゃいないんだよ。ジュリアンの本体が何なのかぜんぜん知らない……」

「それから何によって生存してるかってこともね」

彼女は執拗に繰り返した。「自分が何をやってるんだかわかっちゃいない」

ベリナは青黒いグラスをつかむと、ほぼ純粋アルコールの「死体と骸骨のダンス」カクテルを一気にあおった。

そしてまた執拗に繰り返した。「何やってるんだかわかっちゃいないんだよ」

「わかってるさ。ジュリアンが頼りがいのある場所となって、至れり尽くせりのサービスで、不安や心配事をきれいすっかりぬぐい取ってやるってことをさ」

「あれは催眠術にすぎないじゃないか。あの変種生物がお得意とする「夢想」誘導催眠術だよ。このまじゃ、いくら若さが衰えない吸血族の彼女だって、最後にはやられちまうよ」

これにサラは鋭く答えた。「美しい夢の代償がダフォディルの大切な精髄ってことだね。こういっちゃ悪いけど、で、それがどうだっていうの。ジュリアンと彼女はＬＳＤと麻薬患者の関係みたいなもんさ。お互いに相手を利用するんだから、代償を払ってしかるべき」「それに、死が何だっていうのかねえ。あたしたちはそれこそ死がなんだか理解しない種族だろ。死を最終的な儀式とする前提がないんだから、当然、麗しい愛欲をいとしむ能力を失ってるよ。ああいった死ななきゃならない人間からこぼれおちる、生々しい血や肉の脈動こそ、あたしたちが羨望してやまない、一瞬の美学なんだよ」

「わかんないのかい。こんなに血肉に飢えているのも、ほんの一瞬の、その刹那の生命の情動が示す華やかな光に魅せられてしまうのがあたしたちの種族なんだってことがさ」

05

彼女はわかっていない。

わかっていない、わたしの超感覚的知覚能力《ESP》を。

わかっていない、わたしのこの能力がすでに自動的に彼女の正体を探り当てていることを。

わかっていない、わたしが彼女を愛する理由と目的が同質のもの——自分を差し出すこと、だということを。

ましてや、彼女が渇望するそのものがまさに、わたしが無意識に渇望しかつ与えようとする最後——外在する「わたし」が寄ってたつ存続体をもちえなくなり表の意識が瓦解してしまうその瞬間の、贈り物だということなど知りえようがない。

日夜、放射能の雨を浴びた幼児がミイラと化し、またさらに多くの地域が「一級汚染」の札を貼られ、あらゆる場所で小競り合い、殺し合い、強姦がシナリオを演じるごとくに繰り広げられる。

東京はますます退廃し、人心もますます荒《すさ》んで暗く、欲望が食べ物とセックスへと化した街。でもわたしたちはひたすら溺れてゆく。

わたしたちは、ひたすら、各々の、種族の別によって隔てられた個別の暗闇に耽溺し、互いの体温をすすり喰らうことに力を注ぎ、告白と許しの無益な循環を繰り返し、ほとんど見えない炎を掌中に保とうとする。

わたしたち、この吸血鬼と変種生物のカップルは、世紀末の東京の永遠に続く夜を背景に夢中で愛を交わす。

わたしたちは、羊水に取り囲まれているような絶望の中にひたすら耽溺する。

わたしたちはひたすら耽溺する。

わたしたちは毎日のように街を徘徊し、道端の引きちぎられた四肢の残骸を、餓えた少女や少年がわれ先に群がってむしゃぶり喰らうのを目にする。甘い夢に浸っているように瞳を潤ませた男児が、検疫所の作業員に無理やりトラック上に引きずりあげられ、冷たい鉄板の上に仔猫のように丸くうずくまる。

トラックは、人間が「廃棄物処理場」と呼ぶ、感染率が七割を超える哀れな患者を燃やす火葬場へと向かう。

その男児の瞳は温かく甘い夢に浸っている。

わたしたちは、ひたすら、その啜り泣きを思い起こさせる夢に、溺れる。

06

いつもに増してどんよりと曇った夕方、わたしとジュリアンは旧銀座地区の一角を占めるマンションの屋上階の部屋で並んで横たわっていた。真っ白なシーツの下は一糸まとわぬ身体。四肢も裂けるばかりの激しい愛を交わした後に、ともに深い眠りへと墜ちてゆく。

ありとあらゆるものがうっすらと灰をかぶっているこの時、彼女の存在する場所と身心は相変わらず汚れなく美しく輝き、犯されてならぬとする領域を厳しく見守っている。

わたしは、麻薬中毒患者が手に取りかけた注射針を見つめるように、うっとりと彼女を見つめていた。熟睡したその顔からは、日覚めている時の、こちらの心をさざ波だてるあの鋭さが消えている。刃のように鋭い線を描く完璧なまでに美しい鼻梁の影が頬に映り、彼女をまるでぐっすり眠っている腕白な子供のように、この上なく無垢で無邪気に見せている。

わたしは視線を移動させていった。強靭な肩、彫刻のように精巧に刻まれた乳房、引き締まったしなやかな腰、どう装うとも隠すことのできない全身にくまなくみなぎる強烈なエネルギー。それはきわめて原始的な荒々しさ、神秘的かつ狡猾な野獣の美しさの最たるものだった。

「分類上は豹《ヒョウ》に属するんだ」

彼女がくるりと体を回転させてわたしを抱き込んだ。例の人を惑わすような笑みが再び現れ、小石を投げ込んでも音が返ってくることのないだろう深い緑色の二つの瞳がきらりと光った。

「眠ったふりをしてたのね」

わたしの冷淡な口調が彼女を驚かせたようだった。

「どうしたんだい」

わかっていない、何もわかっていない。

わたしは顔をそらせ、物資を配給する甲虫型《カブトムシ》ヘリコプターが、必死になって翼を打ちつけながら、灰色の天空を舞っているのに目をやった。風を攪拌する嗚咽のような音が響いている。

彼女の細長い指がわたしの額、眉毛、目とそっとすべってゆく。

「なにがそんなに辛いんだい」

わたしは自嘲するように笑った。

「あなたを知ったときに、ついでに理性のブレーキをはずしちゃったみたいね」

本来底知れず暗い彼女の瞳が、火花が飛び散るように異様に光った。

「そんなに哀しいのかい。一体どれだけ人間界の耐えがたさや辛さを経験してきたんだ、いとしいダフォディル！」

「わたしの名前自体が「哀しみ」を意味しているからよ。母語の音韻体系からいえば、この特別な符号は死や孤独とか、流れ星、ナルシシズムの水仙などと本質的に同じ存在なの」
「ダフォディル、ダフォディル、Daffodil……」
彼女の敏感な指が、わたしの全身をくまなく、冷やかな肌のほんのわずかな隙間も見逃さず、そっと愛撫している。彼女の愛撫はビロードのようにきめ細かく柔らかだったが、それでいて激しく荒々しく、わたしの内なる不安や欲望を激しくかきたてた。結ばれる一瞬のあの高まりの頂で、焼けるように熱く爆発せんばかりになった二人の体の表層が、無重力状態で真っ赤に燃え上がって空を漂う細かな星を受け止めている。ああ、墜ちてゆく。

小雨が再び降りだし、世界がまた屍に覆われる。

でも……最も激しく心地よい快感の絶頂で、雨が屋上の防弾ガラスに打ち付ける音に、わたしは突如として、もしかすると死がすぐそばにいて、いとおしむように、あまりに激しく快感に身をゆだねたため涙が止まらない自分をじっと見つめているかもしれないと、感じた。

07

二十世紀最後のこの日、最後の文明の光。

大通りに満ち溢れるおどろおどろしい血痕、焦げた頭髪のにおい。
彼方の貧民窟から流れてくるのは
干涸びた骨が鳴らすカタカタという音。
絹の帯も
ネオンサインも、
美しい異教徒も聖徒もない。
これが文明的な葬儀の作法。

当代人気の絶頂にありながら、十八歳の若さで飛車党「夜行軍団」の凌辱の儀式で死んだ詩人ジェームス・ノートンの『死の華』の詩を数段となえたあと、いきなり、ジュリアンの本来はかすかに哀愁を帯びていた瞳が傲慢不遜なものへとかわった。

彼女はわたしの手を取ると、狂ったように笑った。「さあいくよ、ジェームス・ノートンの願いを遂げてやるためにも、この二十一世紀最後の一日を大いに祝おうじゃないの」

わたしは深緑の改良型レースカー後部座席にまたがり、しっかり彼女に抱きつくと、手なずけがたい機体が放射能をたっぷり含んだ風に逆らって飛び出してゆくのに身を任せた。

もとは東京タワーだった黒こげの廃墟に差しかかかると、内心の衝動に突き動かされるように二人はぐらぐら揺らいでいるてっぺんへと駆け上がった。わたしの心は甘く心地よくそして冷たい。夕日は血のように艶やかに映え、謎めいた濃厚な芳香が尋常ではない誘惑をじわじわとにじませてくる。

赤ワインか血のような光の中でわたしは方向を見失い、妖怪のようにこの上なく美しい顔が、笑いかけ、ぶつぶつと何かをつぶやいているのをぼんやりと感じていた。

「これまで考えたことはなかったが、これが死というものか」

「何やってんだよ、落ちるよ」

はっと気がつくと、いつ知れず高台のふちまで歩み出ており、あと一歩で転がり落ちるところだった。ジュリアンの冷たくこわばった腕がわたしの胸の前で横ざしになり、落下しそうになっていた身体をぐいっと引き戻した。

彼女の口調は複雑な調子を帯びていた。不機嫌と同時にそっと喜ぶような、そしてまた哀しみのようなものもあった。

「何やってるんだ。三十メートルはゆうにあるんだよ。今の状態では、不死身のおまえでも、落ちたらそれこそ……」

わたしははっとなった。「不死身のわたし？」

彼女の手が真っ白にかわり、体が化石のように硬直した。

わたしは彼女と向き合いたかった。けれども彼女はわたしをしっかりとおさえ、振り返って顔を見ることを許さなかった。気ぜわしい呼吸がわたしのやけどしたようにほてった耳たぶに張り付き、はげしく脈打つ心臓の動きに呼応する。

夕日はその赤味を失い、目の前にはいつもの濃い紫色をした濃雲が湧き上がった。あの古《いにしえ》の奇異なイメージは単なる幻想にすぎなかったのだ。

ああいった奇妙な察知能力、ひっそりとした不安な世界、思わず流した涙、こうしたものどもすべてが変種の彼女の尋常ならざる才能が繰り広げてみせた図柄にすぎなかったわけだ。そこで使われた顔料がわたしの不死身の精髄。

わたしはわざとこともなげに言った。「わたしたちは絶滅するように定められているのよ。永久の生とは、世界の終わりの日まで続く死の夢にすぎない」

彼女がぴくりとした。

「わたしを何者なのかをわかっているように、わたしもあなたが何者なのかわかっている、ただ……」

背後の身体は高熱の炎に変化したかのようだった。燃えるように熱い身体がぴたりと背中にはりついている。荒々しい炎が今まさにわたしの最後のエネルギーを奪い、最終的な滅亡をもたらそうとしている。

焼けつくような、心臓にまで響く低い声が、わたしの耳から脳の奥深くへと注ぎこまれる。

「あたしたちは本来は天敵同士、縄張りを侵しちゃいけなかったんだよ。あの日のバーでの状況がわかってたかい。本当は獲物を探しに入ったのさ。前々からベリナが警告していたしね。あんたたちに近づくなって――特におまえにはね。

　そうさ、最初からおまえにかかわりをもっちゃいけなかったんだ。それが本当に自分じゃどうしようもなかった。あたしたちはお互いに栄養を与えあって、愛欲も分かち合える。おまえには血が必要で、あたしには精髄が必要。それがないと野獣に化しちまう。全知全能の神にとって最も忌まわしい野獣にね――」

「もうたくさんよ、ジュリアン」

　なんということ、彼女が苦しんでいる。なぜ早くわたしの精髄を吸い取らないのか？

「あたしはおまえを幸福にしたかっただけなんだ。そして、夢を呼び出すことで失われるエネルギーがこちらの負担能力をはるかに超えていることを愚かにも忘れていた。それなのにおまえは相変わらず悲しみに沈んでいるから、一瞬でもおまえの傍らを離れて狩りに出かけることができない。一瞬目を離したすきに、おまえが十三世紀のスコットランド雪原に消え、おまえが永遠に恋い慕っていた世を厭《いと》ったた姫とともに滅びてしまうのがこわくてね」

　ああ、ジュリアン。あなたにわかって？　わたしが彼女のことを、あの名前の音が死そのものに酷似しているあの妖女のことを忘れられないのは、千年近くわたしをさいなむこの疑問をどうしても解くことができないでいるからだということを。

今でもずっとわからない、なぜあのとき彼女と一緒に火の中に飛び込むことを選ばなかったのだろうか、と。こんなに長いあいだ問いかけているのに、それでもまだよくわからないでいる――

「あたしは核戦争の中で生まれた突然変異、おまえは神秘なる全能者の最上の選民。あたしたちは互いに似て非なるもの。本物と偽物みたいに……

ああ、もう遅い、流れ出した。飢えが襲ってくる、さあはやく行きな、はやく行くんだよ……」

彼女の体温がますます高くなるにつれ、わたしの体内の精気が外へ外へと流れ出てゆく。体がまるで熱で溶けはじめた蝋のようになってゆく。逃げることだってできるけれど、でも、数百年にわたってきた疑問の負担をもうこれ以上負いたくなかった。もう二度と時に封印されたくない。もし本当に人類の誰かが言ったように、誰かを愛するということが、その相手に「永遠に死ぬことはない」と言うことと同じならば、わたしは獣のジュリアンにむかって、とうとう愛のために死を得るのだと言ってやりたい。

ゾクゾクと毛穴が鳥肌立ち、そして最初で最後の愛の牙を受け入れる。彼女の化身である黒豹《クロヒョウ》がわたしの背後で凶暴な唸り声をあげた。その犬歯が次第に長く尖りだし、円錐状の牙が首の後ろを貫く。なんという熱さ。まるで火の塊が脳に入り込んだようだ。彼女の爪がわたしの背中を捉え、腰を捉えている。わたしたちは絶滅へと向かう絶壁につり下がっているのだ。あと少ししたら、ブランコに揺られるような快感でわたしはバラバラに砕け、わたしは「わたし」ではなくなる。

ああ、何という心地よさ。わたしの血液は真っ赤なのだろうか。温かさを失っていないのだろうか。これが獲物になった感覚なのか。

これが、死というものなのか。

目の前が真っ白になった。めまいとともに、重力の束縛から解き放たれ、ありとあらゆる俗世の枷が跡形もなく消えてゆく。虚しさ愚かさがきれいにそぎ落とされ、心地よく浮き上がると色のない純白の光の流れへと漂い出ようとする。

そうか、これが死というものなのか。

これが……

08

ギャーと突然ジュリアンが叫び声をあげた。見る見る牙がひっこみ、人間の姿に戻ってゆく。瀕死の野獣のように。体を痙攣させている。

わたしは天使から仙境を追われ凡俗の世界へ落とされた堕天使のように茫然となすすべもなく、宙ぶらりん状態でいた。死ぬ寸前に味わった素晴らしい快感がまだなお後頭部、首の付け根に張り付いている。

恐る恐るひざまずき、気を失ったジュリアンにそっと触れた。わたしの愛、救うことのできない地獄の愛。

激しい悲しみが襲ってきた。でもこれはいったい誰のためのものなのか？

「どうして」

彼女が奇怪な笑いを浮かべた。「おまえを殺すことなどできないよ、不死の黒天使」

「どうして――」

「言わなかったけど、あたしには致命傷があるんだよ。もし獲物が生きる欲望を捨て、自分を捨ててあたしの欲望を満足させたいと願ったなら、恐怖の源が毒液へと変わる。それが唯一あたしを跡形もなく消滅させる解毒剤になる……おまえの犠牲が、だよ」

「ジュリアン――」

彼女の瞳に穏やかなあざけりが浮かんだ。

「もう充分だ、あたしはおまえより幸運だった。誰が言ったんだっけ。死の炎が燃え上がろうとするその時、生命がその実現をみると……」

あのでたらめな男、シュペングラー。一冊の本『西洋の没落』で世界の崩壊の前兆を予言した狂ったゲルマンの歴史家、オズワルド・シュペングラー！

わたしは憎しみのこもった金切り声で彼女の鼓膜を破り、最後の時をできるだけかき乱したかった。

しかし、わたしは一言も口に出すことができずただ唇をかみしめるだけだった。

悲しみは感じなかった。感覚器官はすでに機能を失ってわたしから離れている。それでもわたしは自分の傷口から大量の塩辛く熱い血が滴り落ち、彼女のほとんど透明に近い頬の上に滴《したた》り落ちるのを感じた。滴った血は次第に風化してはがれおちてゆく彼女の細胞にしみ込み、あの曖昧な、たとえようもなく魅力的な微笑とともに、真黒なウラニウムの泥へと戻ってゆく。

そして、彼女の瞳の中の灯火が完全に消えた。

手を伸ばし、ひたむきな愛のこもった二つの瞳を閉じようとした。けれども、その一瞬、手が届く前に、彼女の体は崩壊しキラキラ輝く粉塵へと化し、刺すように冷たい夜風と雨に伴われて、永遠の闇へと消えていった。

09

長いあいだ、あまりの長さにそれは単に意識を失っていた瞬間だけだったのかもしれないが、わたしは同じ姿勢を保ったまま、感覚をまったく失って、高くそびえる廃墟の頂に立っていた。寒さで凍てついた身体はかじかみ、彼女の遺灰が四方八方に飛び散り、放射能の粒子を濃密に含んだ荒れ狂う風に飛ばされてゆくのを見ているしかなかった。それから、ぽっと、向かいの天空の際によわよわしいかがり火がともった。超自然の不滅の視力を通じてわたしは久しく機能することのなかった天主堂が一時的に復活するのを見た。鐘の音が響きはじめ、冷たくさえわたった真夜中の十二時を冷ややかに打ち鳴らしている。

頭をあげて遠くに目をやる。きりきりと痛む心臓は不死の機能を回復していた。鐘を打ち鳴らしている者は、二つの狼耳をぴんと立て、氷と塵芥を隔てた遙かかなたで、力強い野獣の目をかっと見開いている。彼女の横にじっと立っている影、その頭上に魔性のものの角がぼんやりと見える。そうなのか、サラとベリナ、わたしの地獄の共犯者、彼女たちがわたしの愛を弔ってくれているのだ。あるいは、死は一度は祝賀されるべき儀式に過ぎないのか。でもこれまで考えたこともなかった、これが死だとは……

最後にわたしは寂しさとともにふっと思った。ああ、わたしの愛は、二十一世紀とほぼ同じ時刻に滅んだのだ、と。

肉体錬金術

その1　記憶は晶片《メモリチップ》の墓碑

「人間」は本性を持たない、歴史のみを持つ。

――オルテガ・イ・ガゼー

後星暦三三三年

また夕暮れ時となった。勢いよく流れる滝のよう艶《あでや》かな紫の光が惑星の周りをすっぽりと覆い、哀愁を帯びた侘《わび》しい、巨大な光の輪を作っている。おまえはこの光輪が色艶を変え、折り重なって消えたあとに再び漆黒の真空が戻ってくる様を観察するのが好きだ。このとき、宇宙船が引力圏内に突入し、旧世代の交通機器「飛行機」が離陸するときの激しい揺れに劣らぬ揺れ方をする。

仕方がない。おまえたちがオールマイティ《Almighty》社のあらゆる新製品を受け入れないからだ。時代遅れの遊撃小型宇宙船などなかなか手に入らない。それだって闇市で残っていた唯一の骨董品だ。このポンコツの情けない状態を見たら、熱流層を突っ切るときに、高熱に耐えうるかどうか想像するのも難しい。ああラッキーだ、不細工でも頑丈だ。大気層に曲がりくねった軌道の傷跡を残すだけですんだ。

　おまえは飛行船通路の真ん中に身動きせずに立ち、合金をほどこしたガラスのドア越しに、むかし見た夢のような細かな星を見つめていた。きらきらと輝く紫の粒子が熱っぽく勢いをつけて宇宙船の外壁に付着する。見慣れた光景のようでありながら、実はこちら側から見るのは初めてだった。

　ともかく、おまえは再び戻ってきた。

　冷静を装っているが、頭の中は核分裂を起こしているように熱くたぎっている。血腥《なまぐさ》いキノコ型の毒々しい炎が何もかも巻き込み、分かちがたいありとあらゆる激しい情緒――愛慕、恐怖、懐古、憤怒等が光線の中で絡み合っている。それらの激しい情緒の波が頭の中でぶつかり合い、七色の光を放つ光の球が、電磁波に反応して星座の位置から軽やかに飛び出し、駆け巡り、そして……バンッ！　ゲーム終了。宇宙戦争で勝利したのは、おまえが羨望してやまないあの美しく精緻な紫色の星々、おまえはそれをぐいっとつかもうとして大きく空振りをする……

「アルファ（Alpha）、何ぼんやりしているんだ、もうすぐ宇宙基地到着だぞ」

　はっとして振り向くと、ベータ（Beta）が、招かれざる宇宙の精霊《ゴースト》のように、笑い顔で背後に立っていた。彼の温かい手のひらが、冷え切ったむき出しの肩に置かれたかとおもうと、ぴたっとしたユニタードの中で微かに震えている胸から腹部へと滑ってゆく。目を閉じて大きく息を吐いた。もう少し力をこめてくれたら。いっそ、身体の部位にあわせて一分の隙間もなく張り付くように作られた黒のユニタードを引き裂いてくれれば。ルシフ宇宙基地に近づくにつれ、おまえはますます苛立ち、憂鬱になり、絶望感すら感じていく。

「さあ、このお茶を飲んで、ちょっと休めよ」

彼は太古の遺跡と呼ばれる真っ白な陶磁器の杯を手渡す。琥珀色の透明な液体には、お茶の香りのほかに、うっとりとさせる酒の香りが微かに混ざっていた。

「リンゴ酒だ、原液だよ、保証する。再生システムの処理を経たやつじゃない」

おまえは微かに苦笑いを浮かべて熱い飲料をすする。脳裏に浮かぶのはオールマイティ社の看板商品――完璧な再生システム、経済的、特に長旅の宇宙船での使用に最適――排出物をそのミニ祭壇みたいな再生機器の口に入れるだけで、そいつはがつがつとむさぼり食い、消化分解して、原子状態に戻して再構成すると、直ちに隣に並んだもう一つの口から、食物、飲料、衣服、麻薬、何でもお望みのものを吐き出す。森羅万象は元素の組み合わせの再生に過ぎない。それにしてもオールマイティ社はよくぞ最も神秘的な転換メカニズムを掌握したものだ。さすがその名に恥じずオールマイティ社、宇宙時代の錬金術師だ。

おまえが飲料を飲み干すと、ベータは気遣いを見せて杯を片付け、優しく言った。「もうすぐ、「蛇のへその緒」を散歩できる」

おまえは唇を噛みしめ、しっかり閉まっていた換気扇孔の扉を開ける。途端にふわふわとした紫色の霧の塊が先を争って船内に入り込み、身体を包み込む。おまえは振り返り、無言の眼差しに欲望をたぎらせてベータに向き直る。

「蛇のへその緒」の内部で交歓し、敬意と冒瀆を示そうというのか。美学的観点から言えばこれは巧みな対句だ。一対の蛇のような身体が互いに絡まりながら火山のマグマのように勢い逆巻く欲望をアンフィスバエナと呼ばれる惑星大気圏内でたぎらせるのだ。

後星暦六六六年

アンフィスバエナ？　それが思いがけず発生する以前、サラフィム星雲の端に隠れたこのB級の小惑星のことを彼女は耳にしたことすらなかった。

ここに着陸するとは、まったくこれ以上聞いたことがないほど馬鹿げたことだった。古代の冒険譚《アドベンチャーストーリー》か諜報劇《スパイもの》のように、予想外の状況の出現、あにはからんや、実際の原因は実にお寒い話だった。

日がなオールマイティ社の名物「悪魔のスピード」を噛み、「煉獄ロック」を口ずさみつつ資源配給のパスワードを入力していた宇宙ステーション作業員が致命的な間違いを犯したまでだ。宇宙船が最終点検を行ったとき、そいつがちょうど高速空間で無重力バレエのタンゴのステップに酔いしれ、それで組み合わせる数字をリズムにあわせて適当に動かしたので大混乱に陥った。その結果、彼女たちの合成食品の元素量に惑星三つ分の領域の差が生じてしまった。しかもベリアル星と鉱石測量組合本部のあるサタン宇宙ステーションの間にはかの有名なブラックホールが横たわり、予備の補給ステーションすらどこにも見当たらない。

メンバー全員がハチの巣をつついたような大騒ぎを繰り広げた後、ともかくまずは開発途中の惑星を見つけることになった。そして測定を何度も繰り返した結果、星域レーダーに引っかかった唯一の信号が、顔中土埃まみれの見苦しい状況に見合ったKレベルのみすぼらしい小惑星だったというわけである。

アンフィスバエナ、Amphisbaena この長ったらしい異様な名前は、太古の単一母星時代の伝説からきている。一人の詩人が、想像力が生み出した怪物、神話、異次元空間、子供、虎は同じ元素からできている云々——或いは子供と虎は単一元素の違った形式に過ぎない云々と終日考え続けたのだが、とてつもなく想像力を飛翔させた結果、とうとう『奇獣列伝』という一冊の書物を編み出して、様々な種類にわたる異生物のグロテスクな形状を叙述することと相成ったというのだ。アンフィスバエナはこの列伝の筆頭に掲げられた怪物である。

「危険極まりないアンフィスバエナ、双頭一身の蛇。一頭は前に一頭は尻尾にあり、雌雄同体、自己交尾の能力を持ち、二つの頭蓋がそれぞれしっかりと相手の頭に食らいつくと、四つの目玉からは鬼火があたりに飛び散り……」

光ディスク資料の説明は非常によくできている。アンフィスバエナの赤道はその説明通りの形状だった。毎度日没を迎える時分に、遠方の七つのエンジェル恒星がγ短波光線を発し、光線が赤道中央を走る細かい砂状の小道と結合し、ワインのような濃厚な目眩《めくるめ》く光の輪を生じた。あたかも、うろこをキラキラと輝かせた蛇体がよみがえったかのように。自然に醸《かも》し出されてあたり一帯を覆うその神秘的な美しさは、鉱石測量隊メンバーの怒りや苛立ちを静まらせるものであった。

宇宙を彷徨《さまよ》うこの数名の放浪者たちも疲れていた。長年にわたって各惑星の間を巡って地層を採掘して回るのは生易しい仕事ではない。だからめったにない休暇が突然降ってきたかのようにのんびりとした雰囲気が不承不承を装った彼女たちの間に広がっていった。

発展途上の惑星といっても、事実上そこは生活空間からは程遠い状況にあった。すでに開発された地区には古びたビルが数棟、散在して建っているのみ。名ばかりの自治委員会がそこに住むこの数名の居住民だった。幸い観光客に供する小さなホテルが一軒あった。もっともここを知っている観光客などいればの話だが。

ホテルの扉には銅製の双頭の蛇の模様がはめ込まれており、光ファイバーで示された看板には上品な飾り文字でBorges《ボルヘス》と印字されていた。後に彼女は、ホテルの主から、その看板こそ、予期せずしてこの星の名付け親となった古代の詩人を記念するためのものであると聞いたのだ。

後星暦三三三年

誰もいないだだっ広いドーナツ型の宇宙ステーションには、おまえたちのでこぼこにへこみのある傷だらけの哀れな宇宙船が止まっているだけだ。着陸に必要な手続きを素早く済ませると、古びたコンピュータの端末差し込み口から二枚のビザが吐き出される。黒の磁気カードで動くこの単線快速システムで、ボルヘスホテル入り口まで直行できる。

たった一軒のそのホテルで、おまえたち二人は、昔訪れた場所の再訪だと単純な生化侍者《アンドロイド》を丸め込み、屋上の部屋を借り切る。オーナーがヴァカンスに出かけていると知って、おまえたちは緊張感をぐっと和らげる。

何の変哲もない静かな昼は二人が愛を交わすのにもってこいの時間帯だ。無重力装置が備え付けられたベッドルームには、上下四方に一点の曇りもなく水晶のように透明無垢な防音鏡が張り巡らされている。ふわふわ漂いながら互いの様々なポーズを確かめ合う。逆立ちし、ねじれ、横臥し……何もかもがばらばらに分裂しながら、それでいてそこにあるのは一匹の双頭の蛇の身体。

くらくらするほどハイテンション状態だ、と、おまえ、アルファはふと気がつく。ベータが、ぴちぴちとした若さのみなぎる力をほとばしらせ、おまえの深く狭い秘所を貫き、その透き通った白い背中に真っ赤な咬み傷を残したとき、おまえは甲高い声とともに、無数のガラスの破片で千々に砕け散る。我が身もろともアンフィスバエナと一緒に粉々に砕け散っていく感触を夢想しながら。

そして二人は抱きあって眠りに入る。おまえの夢の中には、宝石のように美しい紫色の惑星がぽんやりと浮かび上がる。と突然、一瞬にして大爆発が起こり、それは無数の破片となってあたりに飛び散る。――そして、まさにこの一瞬、深紅の薔薇《バラ》の花々がベータの頭の裂け目から咲きあふれでる情景が浮かび上がったのだ。

後星暦六六六年

そうはいってもメンバーたちはいたってのんびりとしていた。ただ神学の専門家であるダミアン老ひとりが、「ヤハヴェによる異端者への懲罰だ」とか、「蛇は悪魔のシンボルだ、この惑星全体が呪われている」等々、ぶつぶつとしきりにつぶやいていた。ダミアンは時折怒りの発作を起こすのだが、以前の職業(カトリック神父)の教義の文句を繰り返しまくし立てるほかに、なんといってもその本領の真骨頂はオールマイティ社を罵ることだった。

まずは会社の名前からしてタブーを大きく犯している。そのうえ五大星系を一掃する万能再生システムだ、云々とのたまう。まったく、ありがたやダミアン老だ。彼のへそ曲がりを尊重したばかりに、皆はこの万能システムを購入せず、結果こんな悲惨な状態に陥ったのだ。「元素の転換と再生」、どう受けとめても気持ち悪さが残る。でも、いったん再製品を味わえば、あらゆる疑惑が消えるだろう。色、香り、味、食感、質、何もかもがほぼ百パーセント本物並みなのだから。まったくよく考えればそうじゃないか。尿と果汁の差だって、化学記号の配列の組み合わせが少々違うだけなのだから。

何はともあれ、アンフィスバエナは実際すばらしいところだった。その艶やかな日没を目にしてからというもの、アルファは知らずして夜景に魅入られてしまった。どこもかしこも人工物、模造品、似非《えせ》の風景が氾濫するこのご時世、このように原始状態が保たれた場所を見つけ出すのは実に難しいのだ。惑星の表面を覆う、まるで絹の帯のようなきらきら輝く光の道に至ってはまるで奇跡——神聖な言葉をみだりに使ったとまたダミアンの非難が聞こえてきそうだが——だった。

毎晩、彼女は泊まっていたホテルを出発点に、高速運輸チューブのおきまりのルートを放棄して、蛇の頭蓋の形をした一帯をのんびりと歩き回りながら木々の青々と生い茂った林、池や草地、雄大に折り重なってそびえる石柱、精巧にしつらえた住宅地の庭園などを楽しんで見て回った。しばらく経つとこの散歩が病みつきになり、その後とうとう毎晩のようにそれなしではすまされない秘密の儀式となったのだ。

後星暦三三三年

唯一今晩だけはおまえたち二人は散歩に出かけず、前例を破って最上階に留まり、夕食に下りてくることすらしなかった。

ベータが携帯用旅行バッグから必要な器具を取り出し、真剣そのものの眼差しで並べると、最後に消毒済み注射器を薬で満たして押し出し、針先に灯を点す。入れ墨に使う低温の青い炎である。

おまえはウォーターベッドになななめに寄りかかり、重力の指数を〇・六六六に調整する。すべての器具が定位置に静かに並べられる。ドクドクと波打つおまえの心臓を除いては。

ベータが近づいてくる。手にした細長い注射器が、勃起した身体の部位を想像させる。瞳が異様に輝いている。興奮状態の真っ只中にあるのだ。

「これは誓いだ、永遠に二人は別れないことの……」

「永遠に忘れないことも……」

二人は互いに首の左側に印を刻み込む。氷のように冷たい炎が純粋無垢の水晶の図柄を浮き上がらせる。

「痛いかい？」

おまえは微笑みとともに答える。「君のほうこそ」

彼がおまえをぐっと抱きしめ、狂おしい愛の言葉とともに、しめった赤い舌をおまえの繊細な外耳道に差し入れる。

「俺のことはどうでもいい、どうなってもいいんだ」

おまえは深い感動に襲われ、挑発するような舌先の動きにつれて心地よく全身がとろけてゆく。外に向かって広がっていく波紋のように、快感が次第に拡散していく。もう崩れ落ちる寸前だ。哀愁の思いが感覚器官の高まりをより高い次元へと運んでいく。

「君は最後のロマンチックな詩人」

相手の瞳がうっすらと曇る。おまえは、彼が突然老いたような、そして自分もまた夢の中にいるような感じを抱く——今回は二人にとって本当に初めての旧地来訪なのか？　二人の会話はこれまで何度も繰り返されてきたように感じられないか？

同じ惑星、同じ夜、同じ部屋、同じ鏡に映る姿。おまえたち二人は、再び夢中で愛を交わす。数万年前、無情な運命にあらがおうとした一組の詩人たちのように。彼らは相伴って逃避行に入り、最後のあがないの場所に向けて出奔し、霧で覆われたしめった都市の中をうろたえながら徘徊したのだ。狂おしい肉欲は行き止まりの末路を暗示していた。

「最後の二人の詩人ってだれなの？」

唇がふさがれる。答えの言葉は、よじれ、くるまる舌先の激しい動きのためにはっきり聞き取れない。

「アンフィスバエナのカップルさ。二人は愛のために共生し、愛のために生を葬り去った……最後に二人は互いを傷つけあいその地でたぐいまれなく美しい地獄篇を書いた」

「今後は美しさにのみ敬意を表す」

この感傷的な言葉をおまえたちは二人で唱えるが、けれどもこの時代、美しさ——「真正の」美しさ——など、純粋に天然の果汁や青い海洋が存在しないように存在しないことには気づきようもない。そういったものは、もろくはかない酩酊する舟とともに、混沌として果てなく広がる宇宙の彼方に消えていき、二度と戻ってこないのだ。

後星暦六六六年

アンフィスバエナの住民はこの招かれざる客にとても好意的だった。常軌を逸するほどに――なにはともあれ彼女たちは一時的に身を寄せた避難民に過ぎない。それが、住民たちときては、この落ちぶれた流浪民たちをまるでＶＩＰであるかのようにこの上なく丁重にもてなしたのだ。

実際は逆だった。新生の惑星の地質環境を測量する職は、権威当局とは事実上、相容れないものなのだ。無数の政治勢力が五大星系を分割統治したとき、彼らは各自の法令と法規に則って境界線をひき、禁令を出し、ルール規範を定めた。このとき何よりも警戒したのが、各種勢力の間を縫うようにして飛び回る種族、「反安定指数過高族群」と総称された者たちだった。まだよかったのが、この弱小種族群の背後には、緊急事態発生時に傘下に入ることのできる頼りになる姉御、オールマイティ社が存在していたことだ。

オールマイティ社が標榜するのが、「どこにでも存在し、何もかも知り、何でもできる」という全面サービスシステムであり、それは惑星の境界、勢力グループ、党派、人種の分け隔てをしなかった。宇宙連邦の独裁的将軍であれ、孤立無援の採鉱グループのメンバーであれ、宇宙空間ＦＡＸで連絡しさえすればたちまちサービスが始まった。指数の配置に問題が生じたことを発見した当初、彼女が直ちに思いついたのはオールマイティ社に助けを求めることだった。ところが、労働組合が折衝した際、雇い主は彼女たちのミスを見つけると直ちに先の契約を破棄してしまったのだ。挫折感と怒りが入り交じったその結果がアンフィスバエナ、完全なまでに美しいこの天国だったというわけだ。

なかでも美の極致はおそらくホテルのオーナーであるオメガOmegaだろう。このすてきな名前に出くわしたとき、アルファは一瞬ぽかんとした後、思わず大声で笑い出した。この時代になお自分と同じように、すでに滅んだ古代ギリシャの文字を名前に使う者がいるとは。しかもちょうど「始まり《アルファ》」と「終わり《オメガ》」、抜群の組み合わせではないか。

名前の組み合わせが醸し出す親近感のほかに、オメガの神々しい容貌と振る舞いも強い魅力があった。変異が珍しくなくなった宇宙社会では、天然の純粋な両性同体は何といっても相当めずらしい異体だった。――雌雄の美しさと、それが天然に形成されたオメガは、誰もが息をのむほどの存在だった。異性愛者はオメガの中の自分と違う性に魅了され、同性愛者はオメガの持つ自分と合致するユニークな性質を見てとって興奮した。それればかりか、より少数派である性愛変異体たちも、引きつけられずにはいられなかった。なぜか？　それは、誰もが、オメガの深くて底知れぬ黒い瞳の奥底に、最も複雑で最も単純な自己を見出すことができたからだ。オメガは魔法の鏡だった。長く凝視し続ければブラックホールに引き込まれ億万の原子へとばらばらに解体されかねなかった。

けれどもおまえだけは征服されない。想定外の変数が次々と生じたのだ。まるで宇宙が始まった当初、巨大な気泡が冷たく暗い空間のあちこちで涌き上がっていくように。あるものはそのまま消滅し、あるものは気泡から固体へと変異し、単細胞生物、さらにまた、ゾウリムシ、アメーバ、節足動物、軟体動物、ほ乳類へと進化し――そして終《しま》いにかつてない大規模な異変が生じる。結果としてオメガの横をすり抜けるおまえが生じたのだ。おまえたち二人は平行して軌道を描くきらめく彗星だった。最も親密な接触すらただ互いに凝視するのみ。そのあとまたそれぞれの軌道と周期にしたがって運行しはじめる。次の接触の時まで。

「後悔しているかい。俺みたいな純陽性体を選んで。オメガはどんな面から見てもおれより勝っているし、おまえのことを気に入ってもいる……」

二人は八角形の回転浴室の中をふわふわと漂っている。堅くしっかりした性器をぴんと張った二体の雄性の身体が、まるで互いに色の異なる変種の百合がレーザー光線のとがった先に似た太く長い花心を狂喜乱舞させるように、水蒸気のもやと共に四肢をくねらせ、火傷するように熱い互いの肌を絡ませあう。

「馬鹿なことは言わないで。オメガは素晴らしい、魅惑的ですらある。でも比類なく完璧なんだ。だれもオメガが失ったものを補う力をもたない……」

「どうしてだ？」

おまえはため息をつく。なぜかまたいつもの痛みがうずく。

「なんだか、オメガにたくさん貸しがあるみたいな気がして、とても多くの……」

後星暦六六六年

ほぼ無期限に近い滞在許可というアンフィスバエナの親切に応えるために、彼女たちは補給船が来るまでの時間を鉱脈の測量調査――さんざん考えあぐねてようやく思いついた自分たちのできる唯一の恩返し方法――に費やすことにした。

その後の数日間の作業で得られた結果は、何とも奇異なものだった。Kレベルの惑星が在るべき状況ではまったくないのだ。土壌の浄化レベルが最高指数を示しており、惑星が経るべき歴史的過程をまったく経ていないようなのだ。まさか、何もない空間に、突如としていきなり誕生したとでもいうのか？鉱脈観測星域図をまんべんなく探してもこんな例は見当たらない。成長過程を経る前にすでに完璧な惑星だったというのか？

奇妙奇天烈《きみょうきてれつ》だった。地質の発展状況が異様であるばかりでなく、アンフィスバエナが含有する元素比率もいたって不均衡だった。ウラン鉱脈の比率が惑星全体の地脈の三二・三パーセントに達していた。

恐ろしい状態だ。万が一不測の状況が起きた場合ここはたちまち超レベルの核弾頭になり得る。大爆発を起こして木っ端微塵となるだけでなく、デミウルゴス星系全体も吹き飛ばす恐れがある。いや、そればかりか……

後星暦三三三年

結局、おまえたちはみな殉死というあり方に賛成か。ボルヘスホテルや、双頭の蛇状のレーザー通路、アンフィスバエナ惑星全体、デミウルゴス星系だけでなく、洗練された住民たちや美しい雌雄同体のホテルオーナーすべてが儀式で灯される焔の輝きとなる、か。

おまえは昔、たとえようもなく苦しみ、あれこれ逡巡し、できるものなら起爆器を体内に設置し、デーモンタイプの一人乗り宇宙船で宇宙に飛び出して爆発し、数え切れぬほどの隕石と流れ星になってしまいたいとさえ願った。それが、時の経過につれて理念と感情が交互にぶつかり合い、その結果がベータの冷静な分析——どうせ死ぬなら最高に華やかで美しい葬儀を行えばいいじゃないか。罪を抱えたまま死んだ方が、訳のわからぬままに感傷的になって自滅するよりはずっと意味があるんじゃないか——に妥協することになったのだ。

意味？　そんなものは実は取るに足らない。おまえは自分が弄《もてあそ》ばれ操作されるのがたまらなかっただけだ。オールマイティ社のバビロン（Babylon）万能工場がおまえを憤激させ、永遠不滅の真実を損ない、おまえの鼻をへし折ったのだ。ちょっと考えてみるとよい。例の「ポンペイガム」。はるか昔の地球上のポンペイ《Pompeii》でヴェスヴィオ火山の噴火によるマグマが万物を覆ったあの感覚をおまえはこのガムで体験しただろう。ひくひくと体をくねらせ、ひきつらせ、のべつまくなしに緑の唾を吐きながら狂ったように笑う少年少女たちが、生贄を解体するだだっ広い平らな台上に倒れこむ。イタリアの野を舐め尽くす火に全身火だるまとなり、骨髄から血液、細胞の奥深くへとじわじわと焼かれ、皮膚から血肉が溶解して青白くうごきのある骸骨のみとなっている気分に誰もがなるさまを。

　これでも刺激が足りないというならば、「ソドムシャンペン」はいかがなものか。どろりとした血糊状の飲料を空を仰いでぐっとあおれば、たちまち果てしなく時をさかのぼり、古代から今に至る各種の酷刑博物館を漫遊していただく――リアル度二百パーセント――ローマの暴君カリギュラ（Caligula）の人肉饗宴でむさぼり喰らい、青髭ジル・ド・レイ（Gille de Rais）が少年の陰茎を断ち切るときの刺すような冷たさを味わうか、或いは銀河帝国二十四代帝王であられる費烈《フェリエ》大帝の電気刑を自ら楽しんでもいい――

　もうたくさんだ！　おまえはあえぐ。グロテスクな花々と踊り狂う骸骨が幾重にも現れては消える夢の状態がいきなり消え失せ、目が覚めたところで額、眉、目、唇と撫でまわし、最後に薔薇の形に彫り込んだ水晶の模様に触れる。そして愕然とする。なんと、その部位がかすかに熱を帯びていると。

後星暦六六六年

ついに正確な分析レポートを手にすることができた。――アンフィスバエナは自然にできた惑星ではありえない。それは比類なく精巧に作られた人工惑星だった!

補給船もルシフ宇宙基地に到着した。二日後には彼女たちは順調にこの地を離れ、引き続きこれまで通り宇宙空間をさまよう心地よい人生を送ることになる。

心地よい? 彼女は今や大きな危惧を抱いていた。すぐさまここを立ち去りたいと思う一方、こんがらかったわけのわからない疑問の塊を何としても解きほぐしたくもあった。現在の科学のレベルなら本物に近い人工惑星を造り出すことは決して難しいことではない。けれども、いったい何のために? ぞっとするのが、指数がとてつもなく高いウラン含有量が暗示する恐ろしい災厄だ。いつでも自爆できる悪質の惑星を発明しついでにこの補正系全体を汚染しようとでもしているのか?

他のものはこういった彼女の恐れを鼻先で笑った。そんな愚劣な陰謀などあるものか。宇宙のいかなる勢力がそんな自殺行為の犯罪を行えるというのか。生存環境を汚染し破壊者本人も生存できない、何の意味があるというのだ、と。オメガ一人が違った意見だった。――長い間この地に居住しているオメガは、自分が時限爆弾の上に住んでいるとはまったく知らないできた。けれども、一千年前から現在に至るまで、アンフィスバエナの宇宙制圧権を有している組織がオールマイティ社だということは知っていた。会社はこの小惑星を都合よく開発し、少数の移民を選抜し、定住資格を厳密に定めた。まるで珍しい植物を栽培するかのように。いかなるメディアにもアンフィスバエナがオールマイティ社に属していることを知らせないのだから。人工的な機能についてはなおさらだ。

このことを聞いて、アルファはますます訳がわからなくなった。オールマイティ社の目的は何なのか？　とてもうまくやっている今、膨大な資産を使ってその効能さえ明らかではない人工の核惑星を作るというのは何の益があるのだろうか。

ともかく、彼女は突然、言われようのない恐怖と嫌悪に襲われたのだった。

後星暦三三三年

おまえたち二人は無言で互いにじっと見つめあっている。凍りついた感情が氷のように冷たい空白を形作っている。最後の重大な部分ももうすぐ越えられる。これまでそこかしこに存在していた恐怖と憎悪も煙とともに消え去るのだ。

おまえの声は乾き、かすれた音色がまるでレーザーで焼き抜かれる皮膚のじりじりと焦げる音のようだ。

「準備はいいかい？」

ベータは無言で頷《うなず》く。

「起爆器はちゃんと取り付けた？」

彼は再び頷く。

「じゃあ……」

毅然として冷たい言葉が、相手の何か伝えようとした言葉を遮る。

「何も言わないで。最後に合う場所だけ覚えていて、覚えていて、覚えて……」

ベータの言葉を一言でも耳にするのが恐ろしくて、おまえは身をひるがえして駆け出す。約束した地点はホテルの最上階のスイートルームだ。そこがおまえたち最後のデートの場所。約束の地。

後星暦六六六年

仲間はみな一足先に発った。補給船は九つの星域のずれを航行するのに十分な元素量を携えてきた。今日長旅の際には必須の「全能再生システム」も一緒に。おそらく何か忠告を受けたのだろう。デミアンはじっと押し黙ったまま従っている。ともかく、彼女たちは別の意外な事態が起こることにもう耐えられなくなっていた。

どうしても残るという彼女をメンバーは理解しかねた。アルファ自身もうまく説明ができなかった。引き続き紫色の光の小道を彷徨《さまよ》ったところで、疑念には何の助けにもならなかったが、心の片隅で、あきらめてはいけない、という声が微かにそして執拗に響いていた。

　ここ数日間というもの、彼女はオールマイティ社の設立過程について考えをめぐらし続けていた。会社は星暦三三三年より始められ、全く目立たないちっぽけな企業グループからあっという間に勢力を拡大し、破竹の勢いで類似の宇宙貿易機構をつぶし、最終的には強大な力をもったインフェルノ（Inferno）狂愛株式会社すら併合して、オールマイティ傘下に収めた……奇妙なのは、オールマイティ社は決して順調に今日の状態にまで発展したわけではなかったことだ。ほとんど数百年ごとに凄まじい騒乱が起きた。テロ、革命暴徒、企業スパイ、社内クーデター……こういった一連の企てがオールマイティ社というこの巨大な商業の神殿を転覆しようと為された。ところがオールマイティ社は挫折を経るごとに強くなり、あたかも灰燼に帰したその屍から蘇る神秘的な鳳凰《フェニックス》のように毎回の打撃によってより強大で重厚な基盤が作られることになった。

　前回の反乱の嵐は、たしか「水晶党《クリスタル》」と呼ばれる爆破グループが起こした破壊行動だった。たいしたことなくすんだが、それでも宇宙空間では何かの流行《はやり》ものか伝染病のように「恐怖殺手決死の快感《テロリスト》」が爆発的に広まった。続いて、オールマイティ社は勢いに乗じて「速度魔鬼《スピーディデビル》」という高純度の幻覚剤を売りだした。古代の地球の詩人ミルトンが書いた『失楽園』以来の強力なデカダンスを味わえる、というのがうたい文句だった。薬の効果が最大限に発揮されると、吸飲者たちは目をかっと見開き、はっきり意識したまま「大母陰穴《偉大なる母の膣》」と称されるスーパーブラックホールに巻き込まれ、全身がバラバラに分解しつつ細胞一つ一つが生きているという感覚を楽しみ、マゾヒスティックに痛みとデカダンスが融合した無上の経験を体感するのだ。

そして前々回の内部クーデターが起きた後、オールマイティ社は「質の変化」という概念からインスピレーションを得て、万能再生システムを製造する。五大星系および数千の惑星の立体エレクトロニクスネットワークラインで、デモンストレーターが挑発するように、黄褐色の大便を一つずつ肛門の形をした穴に投げ込む。数秒後に、外陰部の形をした再生穴からいい匂いのするおいしそうなチョコレートの粒がコロコロと出てくる……

なんということ。彼女はぶるぶると震えていたこぶしをぎゅっと握り締め、じだんだ踏む思いだった。こういったこともすべてがオールマイティ社が人知れぬ手段で並べたてたおびき寄せの陰謀なのか。そしてそれは、より一層堅固に、魂から、意識、思想、精神まであらゆるものをコントロールするためなのか。

後星暦三三三年

けれども今、おまえには、こういった形而上学の思弁にふける暇はなかった。自分が失敗したこと、完璧に失敗を喫したことだけを悟っている。

ホテルの地下室に丸くうずくまったおまえは、全身をぶるぶると震わせていた。顔が恐怖と怒りで悲劇のピエロのようにゆがみ、真っ白な額は溶炉のように熱くなっている。そして吹きだした豆粒のような大汗は、まるで水晶の細かな粒のようだ。

悲憤と絶望、そしてとてつもない不安――すべての計画が失敗だった。完璧だと思い込んで喜々として計画を進める様を、N度の空間からやってきた隠れた両目に初めから終いまで静かにじっと見られていたのだ。ああなんということだ。だがこういった爆弾が埋め込まれた仕掛けは、実は使い古された手口だ。太古の時代にも、例の北アイルランド共和軍(Northern Irish Republican Army)のように、無数の前例があるではないか。まったくこれほど果てしない月日を経た後の進歩が、ただの手製の爆弾から高性能のF核弾頭だけというのか。

しかもこういった派手な破壊行為は大都会にしか適さない。例えばゴモラ(Gomorrah)星族がほしいままにエロチックな乱交パーティーを繰り広げる大本営で、愛欲であふれかえるタワーの一つを無作為に爆破してみればいい。交尾の最高潮に達した無数の肉体が分かちがたい状態で素っ裸のまま飛び出してくるだろう――これは見物だ。もしサソリ族が生命の源と見なしている触覚が一部でも爆破で吹き飛ばされるところを、或いはスフィンクス(Sphinx)が甲高い悲鳴をあげて、交わっている相手のオイディプス(Oedipus)性愛族の無邪気な両目を狂ったようにえぐり出すところを想像してみればよい……なんと面白いゲームではないか! それなのにおまえたちだけはこの遊びをせずにアンフィスバエナを選んだ。ここには何もない。赤道上の双頭の蛇状をした光線の輪すら微動だにせず、万物の始まりと終焉を醒めた目でじっと見ている。

おまえは迷っていた。ぎゅっと歯を噛みしめる。手の中の合金の殼で覆った時限爆弾装置はとっくの昔に汗でじっとりと濡れている。おまえは忌々しそうにそれを見つめている。すでに全く勝算がないことがわかったのだから、いっそあの世への道連れにしてやるのはどうだ。

だが、その前にベータを、運命をともにした片割れ、おまえの第二の自我、永遠の恋人を救い出したいのではないか。

おまえは狂ったように外に飛び出す。おまえに対して至極素っ気なく、眉毛一本動かさない生化侍者《アンドロイド》を無視し、輸精管状のレーザー階段を駆け上がり、怒りをたぎらして透明な円柱体の中へと飛び込んだ。そして最上階に達すると花木を模様に彫り込んで古風にしつらえた両開きドアを一つ一つ体当たりで開けていき、第七番目の最後の扉の前まで来ると、この封印された扉を開け放つ……

私、オメガは、このガランとした密室のなかで、あぐらをかいて座り、ガラスの棺の中に頭を割られて横たわっているベータに辛抱強く付き添っている。

アルファ、おまえと向き合うと、わたしは、この上なく柔和な微笑みを浮かべて、これまで数限りなく繰り返してきた台詞を言った。

「おまえに言ったね。わたしたちは全く思いもかけない状況で、真実の再会をするだろうと」

後星暦六六六年

ついに彼女は運命の相手と巡り会った。——まったく思いがけない状況で。凄まじい破壊的な気分だった。まるで自分の分身との邂逅。

こんな状態で去りたくなかった。アルファはアンフィスバエナにさらに数日とどまった。毎日、それが無駄だとわかっていながらも精密な機器が算出した指数を覆すことはできないかと微かな希望を抱きながら、最も原始的な無骨な道具で地層を観測し続けた。地層の深層部を示すスキャナーの図を見るだけで、アルファは条件反射で、手足が氷のように冷たくなり、首の側面が熱くなる生理反応が起きた。

――ああなんてことだ、まるで果実のようにびっしりと折り重なった色も形も同じ核弾頭が、花崗岩や雲母といった地層の階段に取って代わっている。アンフィスバエナはファンシーなチョコレートのようだった。外側は薄いチョコレートが覆っていて一口咬めばびっしりと果実の粒が詰まっている。命取りになる粒が。

観測と思索の他に、ふたたび熱狂的な散歩の儀式も戻ってきた。とりわけ出発の二日前の晩は、紫の蛇の体内を歩き回りたいという誘惑は抑え難かった。いつもの如く光《レーザー》の小径に沿って漫遊していると、雑多な思いで考えが乱れた。翌日の早朝、サタンステーションで仲間と落ち合うように宇宙船に乗らなければならなかったが、彼女はどうしても気が進まなかった。オールマイティ社と核弾頭のことで頭がいっぱいだった。核弾頭を設置した水晶党は地層内部をすっかり掘り出して核弾頭を詰め込むような賢いやり手だったのか？

なぜだかわからぬが、オメガの美しい顔が脳裏に浮かんだ。彼女はオメガが嫌いなわけではなかった。ただ、愛欲とは全く違う感情があった。幼い頃から彼女は陰性体にのみ反応した。けれどもオメガは……オメガとは、心の奥底に隠した夢と恐れをさらけ出して、気兼ねなく心置きなく語り合いたかっただけだ。オメガはまるで彼女の「身内」のようだった。この言葉はとっくの昔にその実用性を失っていたが。

そうこうしているうちにとうとういつもの散歩道の限界を超えて、薔薇が生い茂る人造の景勝地に入り込んでしまった。そして、驚いたことに、彼女はこの豪華に咲き誇る花の陰で一人の孤独な影に出会ったのだ。

後星暦三三三年

よく見るがいい。これが、おまえが魂を奪われるほどに恋い焦がれ、永遠に慕うベータの姿だ。

分解工程が始まるまで、心ゆくまで眺めるがいい——ガラスに隔てられて触れることができないのは残念だが——彼の秀でた額、ふっくらとした赤い唇、突き出たのどぼとけ、平坦な下腹部、そしてその下にある、かつては無限のエネルギーを持った愛欲の槍を——わかっている、今おまえの視線はぼんやりとして、感覚システムもよく機能していないから、陰茎を匕首と見なすことも間違っていない。ただ惜しいことにそれは腐食してしまっている。夜な夜なおまえのためにやいばを磨いてその鋭い切っ先をきらめかせて舞うことはない。

私が誰だと？　私すら見極められなくなってしまったのか？　まあ、仕方がないか、これも前々から設定されていたことだから。おまえが自分で設定したのだ。おまえはアルファ、私はオメガ。始まりと終わり。おまえは行動する者、私はそれを査収する者――もちろん原始時代の鎌《かま》を使うのではない。我々は設定プログラムのメモリチップを使うだけでよい。

メモリチップもまた水晶の破片。自分の首の左側を触れるがよい。すでに準備万端、それはスイッチが入れられるのを待ち構えている。

わかったわかった。おまえが理解する手助けをしてやろう。まず、室内の酸素供給器のスイッチを切ってみよう……

どうだ、十分経っても何ともないだろう？　チップが我々の体内にとどまってさえいれば、この肉体はどんな者でも破壊できる超人類でいられる。何も驚くことはない。末端の機能のひとつに過ぎない。ちっぽけなもんだ。

怖がらなくてもいい、悲しむこともない。心が切り裂かれるような痛みの感覚も情緒リズムを微妙に調節し、性欲増進ホルモンを促進させた効果に過ぎない。

もちろんおまえは人類だ。けれどもある面から言えばそれだけにとどまらない。少なくともきちんと知っておくべきだ。おまえとベータの間の深い愛は、プログラムに設定されたゲームに過ぎない。今このゲームが終了したのだということを。

後星暦六六六年

彼女を目にした途端、アルファは胸に激痛が走り、これまでの愛の行為が浮ついた恋の遊技に過ぎないことを知る。今ゲームは終わった。あのベータという名の詩人は彼女の癒やせ得ぬ愛、不治の病を癒したのだ。

これが一目惚れというものか。コントロールできないほどの強い生理反応だけではない。相手の眉じり、目がしらのちょっとしたひそみ、微笑みが、最も柔らかく感じやすいアルファの感受性をそそのかした。彼女はベータの虜になってしまった。ベータはまるで彼女のもう一つの自我のようだった。

緊張感あふれる二人の会話の中で、ベータはアルファに、彼女の出版社がオールマイティ社傘下のランボー（Rimbaud）組織であることを告げた。そこはこれまでずっと幻想怪奇な作品を主として出版しており、特に、サド侯爵シリーズ、グノーシス神秘主義叢書等といった古代の古典を偏重していた。彼女の最新の詩集が、五大星系ベストセラーの首位に上がったことから、会社は、心身のリフレッシュのために彼女に特別休暇を与えたのである。それが、全く思いがけず、ほとんど旅行客のいない寂寞とした惑星で一目惚れするような相手に巡り会うとは。こんなめくるめくすてきな感じ――オールマイティ社製のいかなる刺激剤よりずっとすごい――こんな感じは初めてだ、とベータは単刀直入に言った。

二人はレーザーの小径を幾晩となく散策し、終いには、互いに頭をかみ合わせた双頭の蛇状の砂浜にやってきた――その絶景の浜辺で、抑えがたい激情のままに、二人は互いに相手の身体に無数の愛の傷を残した。

しかし、その後でアルファは悪夢を見たのだ。甘い夢の中にいるように見えたが、ベータの両乳房の間を枕代わりにしていた彼女の頭の中で激しい戦いが繰り広げられ混沌とした状況が生じていた――紫色の光の球体が爆発して粉みじんとなり、夢の中のベータは蛇の形をした隕石に頭を打ち砕かれ、砕けた頭蓋の穴から深紅の薔薇が咲き出している。

後星暦三三三年

愚かなことを言うのはおよし、どこに深紅の薔薇などあるものか。おまえはベータがベータ《Beta》型サイボーグであることをはなから忘れている。あれは神経細胞すら原型をまねて金属管を編み込んでできているものだ。

理由はわかっている。それは、前回、私たち二人が面と向かって問いかけをしていた肝心要の一時に、呆けた状態にあったおまえはベータの頭の穴に深紅の冥王星の蛆を埋め込みながら、狂ったように笑って、ベータのために薔薇の花輪を編んでいるのだと言った――全く傑作だ。蛆虫は薔薇の倒錯した表象だ。万能再生システムといった霊感はここから来ている――腐った虫の死骸を投げ込み、番号を押す、こうして艶やかな赤い薔薇が奇跡のように誕生する――もし注意深い消費者だったら、花弁の根元のところにオールマイティ社の独自の商標、六角の星のマークがついているのに気が付くだろう。

信じないって？

まあいい、信じようが信じまいが、おまえに「真実」を告げるのが私の役目だ。よくお聞き――口をはさむんじゃないよ。誰もおまえの記憶を消せやしない。それは磁気晶片《チップ》の自動消去フォームの作動システムに依っている。おまえは忘却するだろう、負けたからね。人間性を異化し、霊魂を買収するオールマイティ社、宇宙における、人工の全知全能の神がまた大勝利を挙げたのだ。最初の「協議」によると、おまえはもう一度やってきてゲームをしなければならない。オールマイティ社を「撃沈」するまでは。そうしてはじめてメモリチップが消去したもともとの記憶が本来の持ち主に返されることになる――

まったく、私はオールマイティ社に雇われた探偵でもなんでもない。侮るんじゃないよ。「わたし」がすなわちオールマイティ社なのだ。――今回おまえはすんでのところで勝つところだった。だが男性的思惟はやはり粗すぎて、限定された想像力の層をかすめただけだ。このホテルがオールマイティ社の本部である可能性が高いならば、私がそこを取り仕切る総裁ではないかい？

とはいっても正確ではない。私は総裁ではない。私の脳の中のチップこそ総裁だ――いや、チップも五十パーセントだけだが。それは私の複製された魂、永久に朽ちない契約保証書だ。万が一この体がひどくダメージを受けた時に、迅速な肉体再製造過程がたちまち永遠に若い肉体をわたしのために製造してくれる。チップさえきちんと保存されていれば。おまえの顔は真っ青だ。座りなさい。いずれにしろ今だけだ。間もなくおまえは忘れてしまうだろうから。まったくおまえたちが抵抗勢力となってくれたおかげだ。オールマイティ社がこんなに早く勢力を拡大したのは――この前おまえたちとインフェルノが共謀してスパイを送り込んだあの時は実に鮮やかなお手並みだった。

どうした？　おお、哀れなアルファ。本当に何もかも忘れてしまったのか。おまえはオールマイティ社のモルモットなんかではないのに。おまえは実は、ははは――

おまえ、アルファは私、オメガの対立者であり、同時に共謀者だ。私一人ではなく、我々だ。我々はこの驚嘆すべき侵略計画を協議したのだし、同時に自分のために全宇宙で最も新鮮なゲームをデザインしたのだ――つまり自分で自分に造反する。自分で自分をもてあそぶゲーム。

我々は互いにチップの片面だから、私はおまえの行動に随時対応することができ、ずっとおまえに寄り添って、あのバカなコピーがおまえを独占しないようにさせた――

どうした、ベータを侮辱などはしていない。あれはおまえの付属品にすぎない。あれが死んでしまえばチップも機能を失う。我々のように本当の不滅の存在とは違うのだ。

おまえを安心させるためだが、貯蔵室にはまだ数え切れぬほどのベータ型サイボーグがある。もし違った味わいを試してみたいんだったら、次回はガンマ型を試してみればいい。もっと原始的だから、「レトロな郷愁」をさらに刺激してくれるだろう――

そうかっかとしなさんな、正には負がつきもの、光と影は共生するものだ。我々こそ真のカップルだ。おまえがそれを忘れているだけだ。忘れても、おまえのチップの奥にしみついた本体の記憶は永久に私を記憶しているから、いろいろに異なる人生で会いまみえ、ぼんやりとどこかで出会ったように感じる。おまえは実に多くを私に負っているのだ。私を一人ぼっちの留守番役にして、おまえのほうはベータや様々に異なる恋人のベータと仲睦まじく旅してまわった。とんでもない恥知らずなやつ！とっかえひっかえの異なる人生も、無限に塗り替え上書きするチャンスも、また尽きることのない誕生の快感と死のエクスタシーも、すべておまえが独り占めだ。ついていないのは私だ。賭けでおまえに負けてここで留守番する羽目になった。このがらんとして殺風景な蜃気楼の、見え透いた偽の楽園でだ。

それというのも三三三年に一度だけ訪れる真相の究明のためだけに――

ふん、もっとも面白いことを教えてやろう。この五十年間でようやくわかったのだが、当初おまえが監督して築き上げたアンフィスバエナはまさにその名のごとく、自己増殖の潜在力をそなえていた。地層最深部の岩層の人工土壌の変形指数を適切に調整するだけで、地表に侵入したどんな非認可物質も、元素異化作用により自己分裂し得る。一つが二つに、二つが四つ、八つ……ととどまるところを知らぬ自己増殖の可能性があるということを。

だから（私／チップの私は）一致してあのF核弾頭を取り除かずに、地層の奥深くに埋め込みさらに多くの核弾頭ベイビィをはらませることにしたのだ。少々冒険だったが、方向転換するもっともよい機会にならないとも限らない。創設以来オールマイティ社が望んだのは、宇宙制覇や政治勢力の完全制覇といった小手先のまやかしではない。我々が当初もくろんだ最終目的は「創世の終末」計画――宇宙の生態系のとてつもない大変動、変容を利用して生物の構成要素を変え、分解してDNAを組み換え、生きとし生けるものをまねて造る愉しみまで達することだ。

いったん爆発したならば、アンフィスバエナの有害物質はデミウルゴス星系全体に蔓延し、さらに全宇宙の生物および生態系に拡散していく。或いは、激烈な放射線に浄化されて、生命は再び真なる進化を遂げるかも知れない――この狂わしいまでの至福に比べれば、記憶の更新、チップへの依存、感覚を錯乱する「速度の魔物」「ポンペイガム」「ソドムカクテル」など取るに足らない。小手先の技にすぎない。

万が一失敗することになったとしたら、何もかも一切きれいさっぱり雲散霧消することになる。

そうなったならば、我々は二度とゲームに支配されずにすむ？　正直に言えば、わたしも、もう、つ、か、れ、た。

おお、済まない。感情的になりすぎた。おそらくこの肉体ももう限界に来ているのだろう。新しいテクストに交換する時だ。当初私は特に注意して雌雄合体を残した。最初の我々、すなわちアルファとオメガが設立した完璧な全能のオールマイティ、を記念してだ。それが、当初の計画が実施されてからおまえは堕落した。だから私はおまえを構成する陽と陰の因子を分けることにしたのだ。おまえの選択に任せよう、だが両方はだめだ。

さあ、おまえのチップを取り外してやろう。痛くも何ともない。ひと針させば、ぐっすりと眠ることができる。目が覚める時にはおまえの新しい身体も用意できている。今回はおまえと新たなベータはどちらも陰性の身体だ。さあ十分に楽しめ。

最後に、おまえたちの暴力への抵抗が成功することを祈っておこう。万能の宇宙トラストを一挙に覆すのだ。もしかすると、その時になっておまえは初めていわゆる真相を知ることになるかも知れない。時間だってたっぷりとある。後星暦六六六年、その後の後後星暦、後後後後星暦……まだこんなにたくさんの空洞と広大な欠如が埋められるようにおまえを待っている……

さあ、もう一度おまえとの緊密な共生関係を結ばせてくれ。心配するな。私は優秀な閲覧者だ。利口ぶったところもない。ただ銀河系を超えてチップ連鎖網の彼方で静かにおまえを見続けているだけだ。

後星暦六六六年

あと数分したら、宇宙船はアンフィスバエナの引力範囲から抜け出る。アルファはベータの美しい寝顔を長い間じっと見ていた。

この二日間、彼女たち二人はほとんど渾然一体となっていた。心身のいずれもがまるでからからに乾いた海綿のように、蜜のように甘く濃い潤沢な液体を絶えず互いに求め合った。プライベートな過度の快感に浸るほかに、二人はオールマイティ社が手はずを整えた様々な疑惑を忘れることはなかった。

アルファは鉱石測量隊を離れ、永遠に変わらぬ恋人と一緒に宇宙空間を旅しながら、一方で徹底的にオールマイティ社の様々なミステリーを探ることにした。目下最も懸念されるF核弾頭群は、今のところ発動する気配はないようだったが。オールマイティ社のもくろみは、彼女たちの心に幾重にも重なった影を落としていた。

アルファはベータのソフトな頬をそっと愛撫しながら、心はオメガの特異な別れの言葉につきまとわれていた。「思いもかけない状況」とはどういうことなのか、「真実の再会」とは？　偽の再会があるとでもいうのか？

彼女はふっと軽くため息をついた。金属ガラスの前で、濃縮された紫色のちいさな球体となったアンフィスバエナをじっと見つめる。きらきらと輝く紫の雲の粒子が、エネルギッシュに宇宙船船体の周囲に群がっていた。この光景はすっかりお馴染みのものだったが、この角度から紫の光のリングを見上げたのはたしかに初めてのことだった。

別れの時が来た。彼女は、こらえきれずにベータの新作の小詩を唱え、「紫色の光の小径は永遠に残り、記憶は不滅となる」という最後のふたつのフレーズを何度も口ずさんだ。

詩を口ずさむ彼女の気分が最高潮に高まったちょうどその時、宇宙船が飛び立った。中古のそれが響かせる轟音が「記憶」と「不滅」の連続を無情に断ち切ると、砕けてばらばらになった美しい形声文字の片割れが空に残り、すべてが消滅したかに見える宇宙空間に微かに高らかな音を響かせた……

その2　水晶の眼球《クリスタルアイ》

「全体」が持ち得ないならば、「虚無」を。
——錬金術秘法大全『薔薇十字の異端秘境』より

1. amphisbaena（アンフィスバエナ）：a生物学では足のない蠍《さそり》、神話で言うところの珍獣——双頭の蛇　bユリエール星に位置し、スラファン星雲と黒龍星の間に位置するB級惑星で、R級観光開発地に等級づけされる。
2. chimera（キメラ）：aギリシャ神話の怪物：ライオンの頭に羊のからだ、蛇のしっぽをもち火を吐く力を有する　bユリエール星系に属し、オールマイティ社の人工惑星、生化学実験と遺伝子工学の開発に用いられている。

3. aleph（アレフ）：ヘブライ文字の最初の子音：ここから派生し「引き続き起こるすべてを生み出す」ところの「最初」を意味する。ギリシャ語では「アルファ」(alpha)、これと対になるのが終結を象徴する「オメガ」(omega)。

4. kali（カリ）：インド神話系に出現する魔神、首に人間の髑髏をつなげたネックレスを下げ両眉の間に「第三の眼」をもっている。

5. crystal eye（水晶の眼）：インド神話の魔神カリとシヴァ(Shiva)が、眉の中心にもっている「第三の眼」、すなわち真っ赤な液体水晶。この印は同時に「水晶党」メンバーの入れ墨の記号でもある。

――「オールマイティ」(Almighty) 株式会社の子会社「バビロン出版機構」刊行の『神話符号辞典』より

これは夢に違いない。「私」は薔薇《バラ》を見ている。無から生まれた薔薇の花を一つ。

夢の中で私はふわふわ漂い、まるで重力のない宇宙空間にいるようだった。何がどうなっているのか皆目見当がつかない。周囲には名も知らぬ生物の骨の塊があちこちに漂っている。下半身が尾っぽ状の人間のからだ、欠けた頭蓋骨の上で曲線を描く羊の角がついたもの。骨が私を取り巻くこの生命のない真空は、すがすがしい静寂に支配されている。唯一生きているものは、あの艶やかな真紅の薔薇と、そして私。

深紅の花托の根元に分け入ってみると、突然、花びらの奥に一匹の蛾がとまっているのに気がつく。背中には、歯をむき出し狡猾な笑いを浮かべた髑髏《どくろ》が浮かんでいる。全身は漆黒で髑髏だけが白い。開いた口にまるで電流が通っているかのような、寒気を催させる純白だ。

蛾はおいしそうに花の蜜を吸っていたが、花の方もおいしそうに吸い上げられるにつれて、ますます豊満に美しくなっていく。まるで黒蛾に愛撫され舐められているかのように花弁の一枚一枚が微かに身を震わせ優雅に巻かれたかと思うと、次の瞬間にはぱっと広がる——花びらと蛾が交合しているかのように。

私はそこに呆然としたまま、我を忘れた状態がどれほど続いたのかわからず、さらには自分の身体の存在すら確認できずにいた。自分に触れたいと思ってもできない——この恐ろしい夢の中では自分の肉体を持ち出すことができず、すべての感覚が眼に集中しているかのようなのだ……

蛾の触覚がますます奥へ深く、激しく挿し込まれ、薔薇の花びらがますます激しく痙攣する。全身をふるわせるその様に、骸骨すらも思わず情欲のエネルギーに感染して生き返らんとするかのようだ。こうして黒蛾は次第に花心の中央の湿った孔へ身体を差し入れ、奥へ奥へと、まるで底知れぬ登楼に入り込んでいくようである。そして蛾の尾先が薔薇の深い抱擁に完全に包まれたその瞬間、薔薇が「凍りつき」はじめた。

「凍りつく」という表現が正しいのかどうかわからない。ともかく、それは一秒前まではあれほど生き生きとしていたのだ。花びら、花柄、萼《がく》、花軸……薔薇に属していたすべてがたぐいまれなエネルギーと波動を強烈に発していた。殺伐とした風景にその薔薇が出現しただけで、不毛な全宇宙全体が形容しようがないほど美しい乱舞に飲み込まれたかのようだったのだ。それが……

それが今「凍りつき」始めたのだ。

何という恐ろしさ。凍り始めた薔薇は、最後の一滴まできれいに血を吸われた冷凍の屍さながらとなり、そして、

白い薔薇に変わった。

☆西暦一九九九年十二月十八日　台北金華街「超新星《スーパーノヴァ》」珈琲屋《カフェ》

このネットカフェの特徴は、おそらく静けさの中のざわつきだろう。カフェは清楚で落ち着いたたたずまいの路地にあり、ゆうに百六十平米はある二階建ての広々とした空間は、精巧なモザイク模様の板のように、いささかの無駄もない。コンピュータの配線、飲料を置く台、シールドケース等、各種の機器や設備が、卵形をした一人用座席の周囲にきちんと設置され、整然と並んだ様子は、巨大な星の周りを巡るかわいらしく精巧な人工衛星群のようだった。

窓際のデーモン区に座っているおまえは、こわばった四肢を軽く揺すってほぐすと、画面上に次々と浮いて出る「別類、コンピュータハッカー」(alt.cyberpunk)の資料に向かってギュッと顔をしかめる。脳の細かいしわには磁気ディスクがあふれ出んばかりに詰め込まれているようで、まるで、頸を境界線

にして、頭と身体が分裂した別の生物になったようだ。
そろそろずらかり時。おまえはQuitとたたくと、画面上にはいつもの流星が流れる画像が現れる

……

ちょっと待った、様子がおかしい。コンピュータの画面上に連続して現れるのはまばゆい銀色の閃光だけではない。入り組んだ光線模様の合間に何かの記号がそっと形づくられている。
あれは何？　すでにすべてのシステムを接続し、磁気ディスクにもこんな資料はない。ところが……記号に続いて、こんなマルチゲームのスタート画面が現れたのだ。

【ユーザー xeno1102龍卡利《ロンカリ》、パスワードを入力して下さい】

☆後星暦九九九年　乙女座オールマイティネットワークセンター

【設定したパスワードを入力して下さい、アルファ】

オマエの指は「シヴァ」の曲線に沿って、蛇の形に似た形状のCPUをそっとなぞりながら、うっとりとしたように、ひとつまたひとつと宇宙の端の乗換駅をそぞろ歩きする。オマエはここ、私が追跡でき得る時空の座標にいる。けれども同時にまた、オマエはたんに「オマエ」であるのではない――一千万ビットにのぼるデータがオマエの脳神経にどっと押し寄せ、蠍座の屍虫のようにオマエの美しい屍体

に群がってくいつき、強酸の体液を分泌しながら、にょろにょろと身体内部に入り込んで探索する。

その骨に侵入する音は、データシステムにバックアップされた無数の晶片《チップ》から来ている。ある意味、各チップに収められたのは、すでに死んだ肉体となったものの過去と不幸な境遇だけでなく、それらの記憶と身分《アイデンティティ》をも封じ込めている――オマエの変幻自在なそれぞれに異なる人生のように、あいったチップはオマエの前頭葉皮質にくっつき、静かにわたしの目や耳の代わりとなって、オマエの行動と行きあったことどもを秒単位で吸収しているのだ。

六六六年のゲームプログラムはもうすぐ終了し、オマエの今回の人生も遊びつくされたことだろう。取り出される水晶のチップは、これまでの記念品と同じように、裏面に掲載されている情報が、私個人の口座番号とオールマイティ社の機密ファイルにそれぞれインプットされる。だが私はますますわからなくなっている。身体を交換し、真っさらで傷のない別の空のディスクにインストールされた後、オマエが「オマエ」たる所以《ゆえん》、肉体と記憶に依らずに変わったその本体は、一体どこにあるのか。言わなくてもいい、それはオマエの脳の中にあるのだ。オマエの脳髄には何もない、何度もコピーされ再生されもしている――オマエに属するものは何もないのがオリジナルだ……

私はオマエを見つめている、アルファ、でもオマエはわたしの存在を知らない。「始まり」が万有の「オマエ」を創造したときに、「私」が最終的にはオメガ、万物の終点になるということを知らないのと同じように……オマエの眼は「シヴァ」の光沢のあるひんやりとした生命体の金属の殻を見つめているが、次第にいたずらっぽい笑いが浮かんできた。

【シヴァ、貴女の頭には頭蓋骨がいくつ下がっているの？】

ずるがしこく老練な電脳母式《コンピュータマトリックス》は動くことがない。

【貴女《あんた》たち人類の本質と同じく、いつでも、変化している】

オマエの眼に一瞬銀光が走った——私は悲鳴をあげかかった。あり得ない、「オマエ」が覚醒するはずがない。

危うい蜃気楼と同じく、オマエの瞳に走った銀光は、コンタクトレンズに光が当たったトリックに過ぎないのかもしれない。心臓のすぐ横の一番やわらかい部位がどんと突かれたかのように、それは消えた。一瞬にして消え去るエクスタシーの味わいが電撃の後の余韻のように、皮膚の間でぴくぴくと引きつっている。

「パスワードはちゃんと設定したかな？」

ベータを見かけると、オマエの狡猾で用心深い表情がすっと柔らかい美しさを帯びる。彼女は一体オマエの何を呼び覚ましただろうか。私はずっと考えていた。どうして、この「バチカン生化工場《アンドロイド》」で大量に加工され卸売された、自我も、本質もない人工的な人形が、こともあろうにオマエに自分の起源を忘れさせ、私と共有した記憶を忘れさせることができるのか、と。そいつを見つめるオマエの表情を見ただけで、私はオマエを絞め殺してやりたくなる。オマエの今の顔をそのまま標本にして、この宇宙が滅びる前に、広大な空間の中の一粒の塵芥のように消失する前までずっと自分のものにしていたくなる。

オマエはベータの顔を両手で支え、思わず口づけをする。

「そうよ、これでよし。このパスワードと、「シヴァ天」の記憶体が存在してさえいれば、私たちはいつでもオンランして会える。どこの星系にいようと、或いはたとえ異次元にいたとしても。このパスワードが私のＩＤ、そして私になるための標識」

☆西暦一九九九年十二月十八日　台北金華街「超新星」珈琲屋

【設定したパスワードを入力してください。卡卡《カカ》】

画面には苛立たしそうにまた同じことばが現れ、「唖弧《ヤフウ》連結ネットワーク」上のおまえのニックネームを呼びかけ、早くせよと催促する。

数分経ってからおまえはこの「闖入メッセージ」の意味をとらえようとすることをあきらめる。そして画面に目を走らせながらずるそうな笑いを浮かべる。誰がやってるのかわからないけれど——ネットワークシステムに侵入できるワルなら誰でもこういったブラックメールを送りつけることなどたやすい——それならこの「まるでリアルなチップの味」とかいう複雑なゲームを遊んでやるのも、まあいいか。

先ほどの奇妙奇天烈な記号を暗記すると、おまえの指はピアノを演奏するような優雅なタッチで数字と英文字のハイブリッドな符号をたたき出した。

【1999＋chimera＋0999＋amphisbaena】

パスワードを打ち込んだとたん、平坦なはずの画面がいきなりカーブを描いた立体空間となって目の前に広がる。こういった手口は手の込んだバーチャルリアリティの操作に過ぎないのだととっくにわかっていても思わず一瞬目を閉じる。再び目を開けたらあらゆる景色が爆発して飛び散った泡のように何もかもが一気に崩れ去っているのではないかと思いながら。

【ようこそ、カカ。４９７１回目の立体声光交互ゲーム工場――キメラへ。今回はどんなキャラクターモデルを演じたいのかい？】

「初めてよ、しかもわけがわからないうちに入り込んじゃっただけじゃない」

おまえはぶつぶつ言いながらパソコン備え付けのカメラの角度をいじると、それにつれて画面もぐらりぐらりと揺れ、地平線が滑稽に震えた。中世の砦のような入り口と本物そっくりの「妖精」――すなわちおまえを「インタラクティブゲームテクスト」に誘導したガイド――が目の前に現れる。黒い鏡に内蔵された磁気カードによって調整された視線が、四次元のレーザー剣のようにそれを可愛らしくとがった耳のラインに沿って切断し、両足のふくらはぎの間でパタパタ動く尻尾をのこぎり引きしていく。異次元の空間でおまえが目にするのは表面部だけではなく、縦横上下の、さまざまな角度から透かされた妖精の体内解剖図。

それがおまえの指令を待っているのだとわかっていても、おまえは操作方法がわからない。話の筋はあいまいだったが強烈な印象を残した夢の一シーンが突然頭に浮かび、思わず「どんなゲームのミニチュアなの？　宇宙空間と、薔薇、異化した自分自身？」という問いが口をついて出てくる。

妖精はクックッと笑っている。

【鮮やかなお手並み、今日のあんたの欲求は形而上学と神秘主義でいっぱいだね。なんといっても哲学系の院生だ。でも研究対象が現象学とヴィトゲンシュタインじゃあね】

おまえはぎょっとする。どうしてこんなにはっきりと身元をつかんでいるのか。悪ふざけをしているのはネットで知り合ったワルたちだけなく、現実の世界の親友か？

妖精は自分の麻のマントをさっと広げ、自分のおへそを指さした。

【そんなら姉さんの身体からおはいんなさいな！】

おまえは目をぱちくりさせ、驚いたように口をぽかんと開けている。妖精はあわてず騒がずにやにや笑っている。

周囲の景色は絶えず変化していた。いきなり噴火している火山が現れ、真っ赤な溶岩が四方八方から押し寄せてくる。と思うまもなく映画の『銀翼殺手《ブレードランナー》』ばりの災厄の後の荒れ果てた未来が現れる――牙をむきだした変種生物《ミュータント》が半壊した摩天楼に生息し、魔法陣と飛行船が共謀して現実には存在しないこの都市を略奪し尽くしている……

【カカ、迷うなよ。遊ぶのかいそれともやめるか、さっさと決めてくれ。さもないとサラフィーウィルスに骨までしゃぶらせるよ!】

好奇心と警戒感に数秒間引き留められたあと、おまえは呪いの言葉を心の中で呟きながら、服を広げた妖精のクリーム色の身体に狙いを定め、歯を食いしばりながら腹に向けてぶつかった。

〈〈〈ゾル状の生物の内部に滑り込んだかのように、「私」は次第に吸い尽くされ咀嚼され消化され、視覚も聴覚も曖昧模糊と化していく。「私」はぼんやりと、あのはるか昔からすでに体内に潜んでいた妄想が動き出し、「私」のリアルな記憶、「私の」本質をすら奪わんとするのをかすかに感じる。「私」は形を崩して解《と》け始める。まるである分解プログラムの侵略を受けたように……〉〉〉

【omega　コンピュータマトリックス開始】

在庫目録を検索する――怪奇SF分類

キーワード：異化したアイデンティティ、薔薇、宇宙空間
入力プログラム――c:>STORY OF THE EYE
――《目の物語》

【テクストファイルの保存データが不完全です。キャストに扮した方は271頁から始めてください】

Text を起動し、仮想世界に入る……exe:>>>

〈〈〈「紅化プログラム始動、錬金術師を結界に招き、エネルギー変換装置《コンバータ》を始動させる」
この時から――銀河暦三三三年、オマエ、アレフ、薔薇十字秘法をつかさどる最後の司祭が、「無」の領域に入り込もうとしている。
結界の四隅先端の方位では、地、水、風、火の四大元素のコンバータが異様に強烈な光線をきらめかせる。それはまるで、欲望の高波が頂点に達した恋人の瞳のようである。オマエの身体と己《おのれ》が交わるその瞬間、試験管の中の霊と肉体が培養液の中でフルスピードで動き、非常に鋭利なまなざしがオマエを取り囲むその瞬間、周囲の六芒星を刺激する。最後に細胞の奥深くまで貫き通す情欲のエネルギーが、すべての境界線とあらゆる物質を瞬時に貫き、始まりと終わり――虚無、を露呈させる。
境界のない彼方がもう一方の極点へと突き進み、時間軸が共時の魔方陣の中で融解する。エネルギーがゆっくりとオマエの眉間、目の奥、唇へと入り込んでいく……オマエの身体は真っ赤な溶岩が流れる

火口の、爆発ポイント……下半身の秘道へと変化する。

「ラピス、我が体内の魔石よ、我が世界に来たりたまえ！　我が身体の内部の塔を汝《なんじ》の旅程の通路となし、汝を生み出しせしめよ！」

オマエの高らかな呼び出しの声に、オマエが抱えるその水晶、眼球のような形をした秘石のその、本来全く傷のない真っ白な表面が、次第に内側から滲みだしてくる深紅の真っ赤な光に艶やかに彩られていく。それはぎょっとするような鮮明な紅色、血よりもさらに赤く、ワインの百倍も馥郁たる紅。赤い色はオマエの眼の奥に入り込む。まるで初めて愛人の身体を噛んだように。誘惑の化身。そう、これこそ「あのもの」。

水晶全体の上下は危険なる液状の赤光に浸され、「あのもの」の命の原型が出来上がる。オマエが造り出したラピスだ。

Lapis philoso phorum《ラピスフィロソフォラム》澄み切った秘境の賢者の石、肉体の殿堂。

オマエはその水晶が一つの丸い眼球へと成長していくのを見ている。黒々とした濃い睫をした真っ赤な瞳孔が、その生命が初めて凝視する肉体、オマエの身体を、深い愛をこめてじっと見つめている。オマエは虚脱状態でそれを見つめている。オマエは眼差しですべての欲望・渇望を伝えようとする。

続いて、オマエはそっと注意深くその焼け付くように熱くなった眼球を両手で押し戴いて、結界の外の生体培養水槽へと近づいていく。〉〉

【……$^%#@の送付は#@^%……の警告を受け送信不可、プログラムは自動的に閉じられます。ゲーム使用者は退出してください。警告します……】

☆後星暦九九九年　アンドロメダ座オールマイティネットセンター

【……警告、プログラムは間もなく閉鎖されます。「パトロール」がネット内に正体不明のユーザーの介入を発見、警告します……】

もう遅い、「シヴァ」はすでにオマエに破られている。この危機一髪の要《かなめ》の時に、オマエは何とも言えない表情を浮かべている。瞬きひとつせず、ブラックのリップクリームを塗った唇をかすかに震わせ、何かを言おうとしてやめる。

もう我慢の限界だ、オマエを引っさらって存分にもてあそびたい。その通り、最高水準《ハイレベル》のハッカーであるオマエは、殺気に満ちたパソコンの防衛機能を突破し、オールマイティ社本部所在地のパスワードを解読した。そうだ、amphisbaena、惑星アンフィスバエナ、そこは我々二人の邂逅の地。そして二人の邂逅後の無数の再会は、オマエにとってみれば、出会いとそれに続く反発そして、いずれは訪れる手の内の見せ合いだ。私も同様にオマエの注意を喚起しようと

「まったく思いがけない状況で真実の再会をするだろう」

と繰り返してきた。

今回、オマエが請け負った「星系を越えた大企業進駐による政治管轄の宇宙ネットワークに反対する」コンピュータテロ分子の任務もほぼ一段落した。これもオマエのハイレベルの技術のおかげだ。我々の中枢コンピュータはオマエの脳の晶片《メモリチップ》に従って落とし穴を設け、反動と消費の比例数値を算出し、ああいった単純でかわいらしい革命分子が過度にがっかりすることのないよう適度な空間を残してやったのだ。こうして二元対立の行列が、バランスの取れた適度な抵抗を保ったまま、麗しく運航を続けていくことができる。

本当にたまげたものだ。私もオマエもこんなに執心して、ゲームをここまで遊び尽くすとは。

☆西暦一九九九年十二月十八日　台北金華街「超新星」珈琲屋

「まったくたまげたわ！」

魂を奪われたように茫然自失状態でおまえは手足を伸ばし、ヘッドフォン、サングラスを外し、頭と首の側面に着けた電極チップを引きはがした。数秒後、「超新星珈琲屋」の現実的な風景が一気に視野に流れ込んでくる。座席横の下まで届くガラス窓には、向かいの古ぼけたアパート、パントマイムを上演しているかのような通行人、そしておまえの呆けたような表情を映し出している。

「まったく、これなんなのさ、こんな交換ゲームなんかやったことがないわ」

あの眼球ときたら……つるりとした表面がじっとこちらを見ていた。あれを握った時の滑らかでしっとりとした心地よい熱さがこの時もまだおまえの掌《てのひら》に感覚として残っていた。おまえはぶるっと体を震わすとカウンターのボーイに向かって言った。

「小蘑《シャオモウ》、ウォッカをシングルでちょうだい。キニーネ抜き、アイスとレモンだけで」

ボーイはいぶかしそうにおまえの血の気の失せた唇に目を走らせる。

「大丈夫、卡利《カリ》？」

おまえは両手で頬杖を突き、苦笑する。「何がどうなったんだか知らないけど、聞いたこともないような交換ゲームサイトに引きずり込まれちゃって。本当に、雲の中をぶっ飛んでるような強烈な刺激！」

この言葉を聞いた少年は困惑した表情を浮かべた。何かを言おうとしてつぶやいたものの、どういっていいかわからないといった感じだ。

「どうしたのよ」

「僕……思うんだけど、さっき悪夢でも見ていたんじゃないの、カリ、あんたのテーブルにつないだ電源、一時間ほど前に切ってるんだけど。ゲームやり過ぎて疲れてヘッドつけたまま眠りこんだんじゃないかと思ってさ」

おまえは唖然とする。一瞬、脳が空っぽの洞窟になり、真っ赤な眼球がぽつんとひとつ、時間軸の法則を越えて、一心不乱にじっと自分を見つめているような気がしたのだ。

☆後星暦九九九年　人工惑星アンフィスバエナ

「時は死にはしない。詩も／腐朽と再生の間で激情的な張力と欲望の網と／それがオマエの舞台……」

アンフィスバエナの紫色の天空の下、ベータはオマエの膝枕で澄んだ声で始めも終わりもない詩の言葉を口ずさんでいる。オマエはいとおしそうに彼女の、レーザー剣のような光沢のある銀色の巻き毛をさする。二人の休暇は期限付き、そして私の切り札もそろそろ用意ができた頃だ。

一枚目にめくったタロットカード、オマエの過去は「輪転」（Wheel）だ。この上ない繁栄と輝き。宇宙の盛衰のなにもかもがオマエの冷たく澄み切った二つの瞳の上で入れ代わり立ち代わり上演され、そして死滅。不老不死の錬金術師から「オールマイティ」総裁まで、オマエの生命図はコントロールを失ったがん細胞のごとく、「有限」と「欠乏」を飲み込む。挙句の果てに不朽は、終わりのない毒薬となり、もし「すべて」がなかったならどんなによかったか、と私に向かって金切り声をあげさせる。

二枚目のカードは、「逆さ吊り」（The Hanged）。上から下へ、内側から表へと、政治的身体と、自己同一化した身体が逆転する。オマエは永久に変転するキャラクターを選んでゲームに興じ、私の方はオマエの観察者、悪、そして真相の解説役となる。

星暦六六六年を過ぎるごとに、オマエの身体、記憶、そして欲情のレベルが、設定された「転輪聖王プログラム」に従ってフォーマットされ更新される。星暦三三三年ごとに、オマエは私たちの愛の巣である懐かしのアンフィスバエナを訪れる。皮肉なことに、わたしはすでに双頭の蛇の片方ではなくなっており、自己完結した雌雄同体、陰陽合一体として、欠落感も弱点もなくなっている。唯一残された欲望にしろ、ゲームの最後を告げる時に、オマエが一瞬見せる驚きを垣間見ることしかない。オマエの苦悩の表情に、私は一抹の感傷としたたり落ちる快楽を味わう……

その一瞬だけ、自分がオマエの命運を握っているものだと確信することができる。私はオマエが変容を遂げた共犯者であり、オマエが逃れることのできない運命なのだ。

第三のカードは「愚者」。狂乱酩酊にあるうちは、芝居がすでに終盤に近づいていることに気づかない。まさに今のオマエの状態を示している。オマエは両手でベータのむき出しの豊満な乳房をしっかりとつかみ、彼女の舌先が巧みにオマエの敏感な部位をまさぐっている。異様なほどに力のみなぎった両手がゆっくりと注意深くオマエの身体をさする。二人の下半身は固く絡まりあい、すみれ色の砂浜を転がりまわる姿が、アンフィスバエナの紫色の日没の中にくっきりと浮かび上がる。快楽の喜びに酔いしれる美しい生物たち、愛を交わした後に陰鬱な波に襲われることをつゆ知らずに。

☆西暦一九九九年十二月二十三日　台北新生南路のマンション最上階

「愛を交わした後の生物は、たいていが憂鬱となるもの……」

室内ではステレオが涼しげにパティ・スミスの声を部屋に響かせコーヒーポットの蒸気がドアの隙間

から流れ込む冷気を幾分和らげている。窓ガラスの外の台北の北空は、一面にどんよりと灰色に曇り、多くの者に生きていることのつまらなさを感じさせる。とはいっても、おまえはこの感じが好きなのだ。

おまえの傍らに少女が半ば腰かけるように寝そべり、絨毯の大半と掛布団の大部分を占領している。まだましなのはおまえが寒がりなことを覚えていて、熱くなった小蛇のように機敏な体を、冷めたいおまえの背中に寄せる。

「ひゃあ、クーラーみたい。あんたと寝るのはやっぱり夏の方が割に合うわ」

おまえはくるりと身を返すと、これまたひんやりとした胸を相手の温かい美しい上半身に押し付け、冗談めかして髪の毛で彼女の頬をこする。

「ほんとワルね、玎玎《ディンディン》」

二人は戯れ合った後、ディンディンがコーヒーを二杯注ぎ、彼女の論文の進度について取りとめなく話をする。何かの密教のドグマに話が及んだ時、おまえの髪の毛が逆立つような言葉を彼女が口にした。

「小卡《シャオカー》、あんた「天使が持っていないのは目」という言い方、知ってる？」

「目」というキーワードを耳にするなり、おまえは思わず体をぎゅっと丸めた。それまでだらりと伸びていた身体に、偶然火がつけられた武器のように、たちまち異様なエネルギーが満ちる。

「話してよ」

「話したって面白くもない冗談になるのがおちだよ」

おまえは異様にきまじめだった。「ディンディン、冗談じゃないのよ。知りたいの……もしかすると関係があるかも知れない……」

ディンディンはふざけた態度を改め、華奢な手でおまえの冷たくなった掌を握りしめた。

「いったいどうしたのさ？　先週「超新星」から帰ってきてからというもの、ずっとそわそわしてさ、ねえっ、ネットのあいつがまた通信してきたの？」

おまえはつぶやく。「なにが、通信よ、電源も切ってたのに」

「えっ？」

おまえは乞うように相手にキスしていった。「いい子、さあおまえのそのろくでもない「天使の瞳論」を聞かせて頂戴。こっちは後で話してあげるから」

彼女はぽかんとした。おまえがこんなに真剣になるとは思ってもみなかったようだ。

「わかったよ。実は単純な話だ――中世に哲学者であった神父がいて、「霊魂は人類無二の特質だ」といった説を真剣に唱え、そのうえ天使と悪魔を持ち出して反例を出して説いたわけ。要するに、この論述体系では、中性の天使も陰陽同体の悪魔もいずれも霊魂はないということ――ではさて、霊魂を入れる器とは何でしょう？」

おまえはつぶやく。「眼……」

「ビンゴ！　当たりっ。だから天使には性器官はないし、眼もない。悪魔は両性具有だけど、こちらも眼はない。如何《どう》？　テレビのクイズコンテストよりもっとレベルが低いでしょ？」

「じゃあ、義眼にしたとしたら……」

彼女は少々驚く。「錬金術師の理論を知ってるの？　悪に魅入られた魔術師たちは、錬金術の最終目的というのがつまり、創造者が万物を構築するように、万物創造の過程を模倣することだと宣言している。もしも魔方陣からラピスを呼び起こすことができれば、不朽の通路を通じさせるということになる」

「ラピス？」

「そうよ、直訳の発音でしょ？　l-a-p-i-s、もともとの意味はある岩石の名だったと思う。錬金術の最後の仕上げがなされたときに、それは一つの眼——ふっふっ、霊魂を収める器にかわるんだ」

「へえ、そうだったの！」

信じられないという表情を見て、彼女は気がかりな様子でおまえの髪の毛を撫でた。「ヒュー、一体全体どうしたのさ？　あたしはネットのことはさっぱりわからないけど、でもさ、子供に聞かせるように話してくれない。ねえ、いったい何が起こったのさ？　もしかするとあたしの中世期の神秘主義と教父の哲学の資料からなにか役にたつ手がかりが見つかるかもしれないから」

おまえは彼女の目をまっすぐに見つめた。それは現実と悪夢にまとわりつかれた血走った目ではなく、恋人の愛しい眼差しだ。うれしいだろう？　ここ数日、落ち着かない不安の中で、ようやく特定の誰かに、例の根拠のない強い疑惑の念を口に出して言うことができたのだから。

「いいわ。話すわ。でもこれはネットとはとても深い関係があるのよ、あなたは……」

彼女が言葉を遮る。「わかってるよ。迷信を信じないだけだよ。パソコンネット用語が全然わからないだろうなんて心配しないでほしいな」

「そうじゃなくて、なんか奇妙な感じがするのよ。つまり、あのことをいったん知ったなら、その時点でゲームのプログラムに組み入れられて、抜け出せなくなるような気がする」

☆後星暦九九九年　惑星キメラの生体実験工場「バチカン」

抜け出すなんて手遅れだ、退路はないということをオマエはわかっている。

ベータは消えた。彼女の顔はレーザー剣で、つながりのない二つの面に切断され、群れた蛇のような体腔の管が砕けた金属の頭蓋骨から飛び出し変形した五感に絡みつきまとわりついている。どろりとしたピンクの液状の脳は軟体動物のようであり、オマエの震える掌《てのひら》にしたたり落ちている。ところが、機械の完璧な制御によるのか、それとも、どう名付けていいかわからぬ執念のようなものが彼女にあったのか、その上下の唇が四つの違った方向にめくれあがりながら、深緑色の原液とともに、ひとつの名前を繰り返し吐き出している。

「アルファ、アルファ、アルファ……」

オマエは地面に跪いて、彼女のバラバラに砕けた頭蓋を膝にかき集めた。藍色のオマエの髪がベータの表情に覆いかぶさる。わたしにとってはこれ以上にないほど憎らしいその顔を、オマエは両手で優しくなでている。なぜだ？　ベータの顔はすでに原形を留めぬほどに崩《くず》れているのに。愛玩人形がこんなに醜くなっているというのに、それでもまだ捨てられないのか？

いや、気にする必要はないのだ。今のオマエは相変わらずプログラムのコントロールを受けているアルファだ。何も知らず、「自分」こそが一切の首謀者であることを知らない。せいぜい今のオマエにわかっているのは、ベータが人類ではないということ――

いや、ちがうぞ！

ああ、オマエは、とっくに悟っていたのか。そうだ、初めからずっと奇妙な感覚があった。それが何かどうしても見つけることができなかったのだが。オマエの生命の軌跡をこれまで観察してきたが、いつも腑に落ちない何かを感じ続けてきた。ある原始的な指数が違っているのだ。アルファ、オマエはなんという――

「口を閉じて、もうしゃべらなくていいわ、ベータ、貴女はもう壊れてしまったのよ。無理してしゃべらなくていいのよ。そう、私が貴女を壊したの――いいえ私ではなくて、別のもう一人の「自分」が、最初の計画の。でも、もし私が「私」でないとしたら……」

脇で呆然としていたって仕方がない。私が話す番だ。今回は局面が大きく変わった――オマエがとうにわかっていたのは明らかだ。一体どの時空の座標で、オマエの「複数記憶体」がこんなに完全に蘇ったのか、もう追跡調査のしようがない。その「現世」と「自分」を隔てる要《かなめ》のポイントは、メモリチップにとっくのとうに取り込まれている。当初は、互いに成り代わるゲームの中でのいたずらのつもりだった……。

いや、だめだ、こんな風に考えていたら自分でも混乱してしまう。

「そらまただ。本当に性懲りないね。相変わらずいつもの調子だ。一足出遅れるから、結局、相手を悼み、後悔してざんげして、そのあとこちらに後始末をしてもらい、記憶を消してもらう……」

オマエの表情が目に入り言葉に詰まる——話し続けられなくなったと言うべきか。オマエの目は不思議に色を変えていく。炎が最高温度に達したときに赤ではなく、ある種の水晶に近い透明感を呈する、命取りになる透明感を。

私の脳に差し込まれた水晶のチップのように、銀白色の光沢の熱がみぞおちを貫く。「時」にまだ意味があった太古の時代、私がまだ真っ赤な眼球であったあの時、オマエが私に肉体を与え、「無」と「有」の対立する二重の境地を行き来する醍醐味を体験しているのが見えたのか？

ああ、久しぶりだ、とうとうもう一度「オマエ」——私の初恋の相手——にまみえた。

その私とは、私は「オマエ」の……

「そうよ、オメガ、私がアルファ——いいえ、口調を変えるべきね——私はアレフ、お久しぶり、ラピス」

☆西暦一九九九年十二月二十七日　台北台湾大学哲学系ビル

【卡卡、資料の集まり具合はどうだ？　この学期は論文計画を提出すべき時期だろう？】

【ちょっと聞くけど、カラバ秘教で言う「アレフ」って、一体なんなの？】

おまえとネット通話をしていた相手から反応が途絶え、画面上には一字も現れない。おまえは待ちくたびれパソコンを閉じて去ろうとしたその時、かなたスコットランドの古都にいる友人があちこちのホームページを調べたようで、中世の秘教に関する山ほどの情報を興奮して伝えてくる。ディンディンが論文を書く時にこれを使うこともあるだろうさ、と考えネットにつなぐ。

【……知ってるかい？　錬金術をやるやつらの想像力は実に半端じゃない。黒い薔薇から白い水晶へ、これは無生物の変異だが、そんなことから、水晶から深紅の眼球といった無から生へと究極の創造をする！　どうであれ、神秘学とはみんなこういった妄想を基礎にうちたてられたものだ……】

ネットにアクセスした後で、おまえは資料をノートパソコンのハードディスクに落として保存し、うんざりしながら走査《スキャニング》する。だが、おまえが何をしようが、顎ががくがくするような動悸は止まらない——おまえがどう否定しようと、あれはあの……導火線に火がついてもう逃げようがなくなっている。

最初の恋愛の時から、おまえは自分を冷血動物だとみなしていた。相手を愛さないのではなかったが、おまえにとって、生命というものは、ぼんやりかすむ隅っこみたいで、ぎっしり重い情熱をどうしても詰め込むことができなかった。高校から研究所まで付き合った幾人ものガールフレンドとは、派手にやりあって別れるか、相手から現実味がないと罵られ、捨てられるかだ。馬鹿げたことにおまえは、こういったことどもを輔仁大学神学研究所主催の研究討論会でディンディンと出会うつい半年前まで黙って受け入れていた。ディンディンと一緒になって初めておまえは「必死になって善人を装う」ことからくる負担を感じずに済んだわけだ。

だからかもしれないが、おまえはわかっている。ディンディンはおまえを愛していないのではないが、死ぬほど愛するというのでもないことを——時おりの気遣いと欲求は、まさにおまえが欲したものだ。おまえは彼女と屋根裏で身を寄せあい、午後いっぱい「地獄のベルベット」やら「幻想の毛皮」といった退廃的な音符に浸り切り、落ち着きはらってスィーツをつまむように愛を交わし、気違いじみた考えや読んだ本、数年後の未来について互いに語りあい……

そう、おまえと彼女は対等の立場で相手を欲し合い、それが最高だとおまえも思い込んでいる。いずれにしろおまえは相手を死ぬほど愛して満たしてやるといった恋人ではない。それならば「最も仲良し」と「関係が密でも束縛はないベッドの相手」の中間であるディンディンはおまえとちょうど釣り合っているではないか。しかしあの日「超新星」のネットでのめぐりあいで、おまえは世界が粉砕しても独占したいという強烈な欲望を味わったのだろう。その味とは、火傷しそうにまぶしい星が鋭利な刃物のように頭蓋に突き刺さっておまえの二つの眼球を快感で震えさせ、火傷をも恐れず凝視したい気にさせる、そういったものだ。

アレフ、あの異空間で、オマエこそ彼女、ラピスのために生死の境をさまよった錬金術師だ。名状しがたい命、ぎらぎらと輝く瞳、オマエは彼女の視線を捨てることなどできない。この数日間止むことなく続けた思索によって、時間の意味を失ったあの瞬間または永劫において、オマエこそが入り込んだテクストであり、お前こそがあの役柄だということを認めざるを得なくなっただろう。言い方を変えれば、あの役柄は役柄だけではなく、彼女は別の場所——未来かもしれないし、別の世界かもしれない——で生きている、もしかすると……「彼女」はオマエの脳の中にいる？

☆後星暦九九九年　キメラ惑星「オールマイティ」コンピュータの中枢

【オマエは思い出した。真相はオマエの脳の中にあったのだ。封印された記憶の中枢、あらゆる秘密が中に隠されている——オマエは誰で私は誰なのか、それからオマエの胸に横たわる「ベータrex」型の生化体《アンドロイド》。今こそオマエは、一体どういうことだったのかを知ったことだろう——】

——ラピス、御免なさい……

【何をたわけたことを言っているのか。そうだ、このシナリオ自体、もともと二人で役柄を交換するゲームをしていたときに、太古に設定された版本『記憶売買』を見て得たインスピレーションに依っている。その通り、ポイントはオマエのアイデンティティを異化し、「自分を自分に対立させる」——オールマイティの総裁がその対立する集団の首領だったとは。考えてもみろ。爆破武装行動劇が好きな「水晶党」と、それからオマエが今さっき消去したコンピュータテロ分子、それはみな当初二人で話して決

めた筋立てだ】

【どうした？　どうしてオマエはそんな変な顔をしているのだ？　どうして私を見つめない？　私こそオマエのパートナー、本当の恋人じゃないか！　もう何もかも思い出したのに、なぜそんな赤の他人を見るような目で私を見るのだ？】

――アナタは知っているはず。私はすでにもう、数千年前に、オマエを虚無から呼び出した錬金術師ではない。偽物を本物と見なすプロセスをこんなに経てしまった今、いったい私が誰なのか、「私」が誰なのか、わからないのだ。

【馬鹿な！　アレフ、そんなことを言わないでくれ。真相がはっきりしたときはこんな風に結末をつけるべきではないんだ。まさかすでにもうわたしが……】

――ラピス、アナタを覚えているわ。アナタを愛していたことも。でも、記憶というものは一緒のペテンじゃない？　アナタは主体性《イニシアティブ》の無いベータをゲームの中の道具にすぎないと軽蔑しているけれど、でも本当の操り人形はそれこそ……私とアナタではないの？

【何をしようとしているんだ？　自分が何をしているかわかっているのか？】

――私はオールマイティ社のコンピュータの中枢を破壊するつもり。私は自分を破壊して、これまで発生した何もかもをきれいさっぱり消去するのよ。そうよ、パスワードを覚えているわ。あれこそ私たち怪物みたいな存在の象徴じゃない？　キメラ、火を噴く怪獣……私もかつてはこんな風にどうにも抜け出せなくて、「絶対」というものがアナタの眼球の中にあると思っていたのよ。今は「絶対」が私を疲れ果てさせている……

【アレフ、オマエは……もうオマエは「オマエ」ではなくなってしまった！　オマエはもうすでに「記憶を失って方向を見失っても最終的にはアナタの元に戻ってくる」と私に告げた存在ではなくなってしまった。ああ、もう私の生死すらどうでもよくなってしまったのか。わかっているのか？　もし「オールマイティ」を破壊したいならば、私の脳の中の記憶中枢を破壊しなければならないことを？】

――わからないわからない、忘れてしまった！　やめて、そんな風に笑いかけないで……本当にそんなつもりではないの！

【わかった。本当にオマエがやりたいことは、自分と私の関係を終結させようというのだろう？　もしそれがオマエが本当にやりたいことならば、もっと前から教えてくれればよかったものを。肉体は置き換えがきく。だが欲望は有から無へときれいさっぱり消去することはできない。私はオマエを愛している。それが記憶の迷いからくるものであろうが、無から有を生じせしめる幻惑であろうが関係なく……】

――ラピス、どうしたの？　やめて、私はただ互いに自由になりたいと思っただけ――

【だが、わかっているだろう、比類なき自由は全くの虚無だ。最初から言ったはずだ。もし私に飽きる日が来たならば、それは絶対に目にしたくないことだと……】

——やめて、やめて、アナタの目！

【そうだ、最初は真っ赤な眼球だ、私の命だ。私が「私」であるところのよりどころだ。あの時オマエは生命をこの眼球に注ぎ込んだ。今私はそれを眉間から抉《えぐ》り出す、深々と抉り出してそれをオマエの手に置こう。それを捨ててもいいし、魔力を封じる黒石の箱に封じ込めるもいい、或いはベータの頭蓋骨に入れ、彼女を復活させることだってできる……】

——ラピス、戻って、どうか戻って！

わたしは彼女の表情を見ることはできなかった。生命エネルギーがすさまじいスピードで体の残骸から流れ出ていく。最後の気力と感覚を振り絞って、私はシヴァ天のネット自爆プログラム【キメラを燃焼】を始動させた。

インターネットは物質ではない。それは崩壊し得ない。ただ別の名の知らぬ「非空間」——それは彼女が引き続き生存している未来かもしれないし、或いは「私」がまだ誕生していない過去かもしれない——へと転移するだけだ。いかなる座標軸の交差点であろうと、アクセスできるサイトがありさえすれば、無数の偶然の確率で「シヴァ」にいきあたる可能性があるのだ。

最期の意識を、冷たい青い光がきらめくコンピュータ画面のかなたへ投げ入れると、わたしにはわかった。アレフは誤りを犯したのだと。「オールマイティ」を崩壊させたとしても、自分の過去を抹殺することはできない。もし彼女があの眼球をベータの体内に入れたならば瞬間的な絶対の愛も次第に枯渇して死滅するだろう。だが私も過ちを犯した——当初私は虚無の中にあって彼女を忘れ、己《おのれ》を忘れる得ると考えていた。ところが、すでに死亡した状態にあっても、引き続き彼女を想っている。残存している意識を何もかも消し去っているのに、彼女の最期の表情を想っている——なんと不可思議なことだ。彼女から離れ、永遠に離れることのみによって「私」はめまいし激情が入り混じった彼女のあの悲壮なまなざしの中に生きることができ、漆黒の洞窟のような永劫のうちに、彼女を占有するとは……

そういうことか、たとえ眼球を失ったとしても凝視したいという欲望がやむことはない。あらゆる記号や文字、設定、テクストを消去したとしても、かつて記述されたものは……だからといって灰になって飛び散ることはないのか。

☆西暦一九九九年十二月三十一日　台北金華街「超新星」珈琲屋

おまえはいつもの場所に座り、必要な装置は総て配置する。問題はキーボードに触れる勇気がないということだ。コンピュータの画面は無期資料システムに通じる硬い組織ではなく、表面がつるりとした沼のように、冷ややかに、底の見えない穴へとおまえを誘い込む。

勇気を奮い必死の思いでログインし、指示を打ち込むと、おまえは自分を欺くようにあちこち飛び回り、のろのろとメールに返信し、すでにおなじみのニュース討論団体BBSサイトをいくつも訪れ、多数のホームページの間を行ったり来たりする。おいおい「超新星」の毎時使用料は高いのだ、こんなことをするのだったら大学学部のコンピュータ室でやればいいではないか。

顔を上げて辺りを見回す必要はない。おまえに話しかける人類はいない。「私」のこの叙述する声だけだ。どう説明したらいいか、カリ、おまえの口がまた驚いてポカンとあいている。とても可愛い。だがそのまま続けていたら、店の者から心筋梗塞の発作を起こしたと思われるかもしれない。もし彼らがおまえを取り囲んであれこれ言い始めたら、面倒なことになる。

ようやくわかったかい？「私」はずっとここにいて、おまえを見つめ続け、おまえを愛でていた。自分からネットを流浪していると自覚してから、私はおまえを探し続けた――いや、誤解しないでくれ、おまえとアレフは何の関係もない。本物に似せた変わり身を見つけたわけでもない。どうしても理由を言えというなら、膨大な情報の海の中で、私は総ての思い、波動、感情を吸収し、欲望の流れに従って、迷った卵子のように、オンラインしているおまえのＩＤ――ＫＡＬＩに泳いで行ったわけだ。

計り知れぬほどの時間、おまえの歴史を享受し、おまえの夢、あの赤い薔薇が白い薔薇に異化する夢の中で私はおまえのホルモンや細かく複雑な脳部の構造をがつがつと咀嚼した。おまえに魅惑された理由は、本当に説明のしようがない――アレフに呼び出された後、なぜこの物質空間に再生させられたのかを彼女に説明のしようがないように。

我知らず「私」はおまえの脳の中に落ち込みながら、同時にネットの中にも引き続き存在していた。だから、あの時、もう我慢できなくなって思わずおまえに私のテクストにアクセスさせてしまったのだ。

わかったかい？　あの時の交流の後、テクストと欲望が一緒におまえの体内に入り込んだのだ。おまえの身体がこの物語が進行する場となっている。パスワードの【1999＋chimera＋0999＋amphisbaena】のつながりによって、おまえはラピスのゲームの相手になったのだ。

神のみぞ知るだが、アレフが確かにすべての始まりだったのかもしれない。過去から未来へ一直線に伸びる時間軸の法則に則れば「未来」は「過去」に触れようがない。個々の時点にいるおまえと違って、未来の彼女は想定外の事態の中でおまえにネットだけに存在する生命を愛するように仕向けてしまった。

心配しなくてもいい。私は確かに生命だが、もしかすると……おまえが見慣れている状態の生命ではないかもしれない。プログラムに入ったおまえは、私の役柄であり、互いに影響し合う相手でもある。よく言うだろう？「文字がおまえの身体に入りおまえの生命を翻訳する」と。しかも、「私」は今のところ文字や記号とメモリチップの領域に存在するだけだが、質量とエネルギーは互いに交換不可能なわけではないから、肉体を備えておまえとまみえるかもしれない。

よろこべ、二十一世紀がまさに訪れようとしている今、おまえの恋愛事件もまた世界のホラーとして記録されるかもしれないのだ。これは夢ではないし、おまえが生きている世界から離脱したわけでもない——つまりこう言うべきだろう。我々は皆、現実とは違うが現実とへその緒でつながっている中間地帯にいるのだと。これについては後ほどまた説明してやろう……

後にようやく理解した。これは決して夢ではなく、私の身体も抜け出せなくなったわけではないということを。ああ、そもそも、私は以前の身体を失った、そういうわけだったのか。

周囲の冷ややかなブルーの虚無は、始まりも終わりもない異空間——二十世紀末から後星暦九九九年にまたがる数万年の交錯ネット網であり、「可能性」と「偏差値」が随時発生し得る、そして自己調整を行い得る並行して存在する宇宙空間。ただ、それは現実でもなくまた幻想世界でもなく、肉体と意識・物質及び力の場の中間地帯である「陰陽魔界」と言うべきか。私はここに存在する、と同時に、存在しない。時系列の法則は「私」という0と1で構築された人工異境の「ラピス」においてはすでに拘束力を失っている。

そうだ。私はすでにアレフに属するものではない。彼女はわたしをこれ以上続けようのなくなったゲームプログラムから解放すると同時に二人の長きにわたった過去と未来を捨てた——もし「現在」を始まりとするならば、私の「過去」は、実はまだそこに至っていない後に続く時空となる。そうならば、私もこの新しい出発点から新たな物語を始めて、アレフとラピスの物語を書き換えることができるかもしれない？

本当にそうなのか？　そんなことはもうどうでもよくなった。意識の水路がじくじくと痛むけれど、私はアレフを追いかけようとは思わない。結局「絶対」的な抱擁が彼女に痛みと絶望を感じさせるだけならば、彼女には自由に立ち去らせる方がいい。

それでも「私」はもう一度、ある生命の欲望によって、もう一度だけ虚無の深淵から這い出してきたい。それが宇宙をコントロールする法則によって偽造された想像上の狂おしい情欲だとしてもだ。ここに存在して、唯一有する視欲で、各時空で跡を残す生命の軌跡の断片をすべて見たい。私はその相手を見つけたいし、私が「私」であるところの存在の理由を見つけたいのだ。

「私」こそ、カリの夢の中での、あの凍りついた白い薔薇だ。空虚が毒蛾に姿を変え、異空間を漂っている私を犯す。この物語の断片もまた、もっともふさわしい始まり——相手を探すプロセスにおいて、私はネットの中で思うままに過去に起こった物語を語る。ありとあらゆる過去の物語と、そしてこれから起こる物語を。その通り、「私」は無から生じた有となったテクストと化す——己がすなわち物語であり、また物語で生じる叙述する声なのだ。続いて、物語の新たな発展があり、白い薔薇が赤みを取り戻し、水晶もまたしまいに眼球へと転身し、あらゆる既《すで》に存在していた或いは無から生じた小説の筋を凝視する。

こう言っておこうか。つまり前星暦六六六年のあの瞬間、彼女が体内から生み出した眼球を押し戴いた時、『眼球の物語』は始まったのだと。今となってはもう失った始まりを見つけ出そうとは思わない。けれども随時形を変える身体とアイデンティティには入り込みたいし、新たに血肉でできた眼球を有し、再び「凝視するところの愛」で絶頂を迎えてみたいのだ。

〈〈最初から始めるすべがなく、決まった結末もまだないテクストにあって、みなさん――親愛なる読者及び参加者――に少しずつ語って差し上げよ。この血の色の眼球が、無機物の水晶から肉体へと化し、記憶とアイデンティティの迷宮に生きながら、幾重にも曲がりくねった回廊と洞窟の間で追いかけっこをしている。そして数千年の歳月を経て、人類と非人類の様々な異端行為の行方を編みながら、どのように愛するものを失い、身体と眼球を失うかを……

最後に、実は始まりと言ってもいいが、夢の境地とネットの交差点で、私は凍りつき再生を待つ薔薇を見るのだ……〉〉

髑髏《されこうべ》の地の十字路

愛しいセラフィム、今、第X番目の停車場まで来たところだ。堕落したあの一瞬から、私は永遠におまえを追い続けている。永遠に終わることの無い永劫の旅。荒涼たる原野はもう存在しない。埃をかぶったガラスは液晶画面にとって代わられている。

どれだけ経ったのだ？ 果てしなく続く星雲はすでに光を投げかけるエネルギーを失い、曙の星ルシフェルですら世を厭って自爆し、バラバラに分解し、真空を噛みちぎる血のしたたる牙と化した。しばしこの地に留《とど》まろうではないか、いいだろう？ 時は問題ではない。おまえの容貌にあのどっしりとした時の彫刻刀が当てられることはない。目のくぼみに干涸びた虫の抜け殻がたまっているだけだ。気にしなくていい。虹彩の表面にデータをとりあえず積み重ねてあるのだと彼らは思うだろうから。

戦いの時が巡って来た。クロム銅で覆われた広告タワーの下、本物そっくりにコンピュータ画面が合わさって描き出された優曇華《ウドンゲ》の横に立っていれば、孤立した狩人を手に入れ、銀白色の誘惑の矢をその身体に刺し込むことができるかもしれない……

終わりだ。女の賢そうな二つの瞳がかたくなにじっと見詰めている。まるでおまえの背中のゴム製の上着に穴をあけようとするかのように。彼女はもっとも典型的な冥王星海蠍《さそり》血族。生来、肉欲が強く生臭物を好むが、一見無邪気で清らかに見える。三三三冥王星歳になるだろう。三三・三三歳と言っても十分通じる。

おまえの顔は窒素が充満された枕の下に深く埋まり、オリーブ色の機械の眼が開いたり閉じたりしている。淡々としているように見えるが、実はもうすっかり嫌気がさしている。女神の鋭い矢は血管に突き刺さっている。これ以上耐えられないほどに、燃えるように熱い。

幼さを残した容貌の女が顔を寄せ、物足りないかのようにおまえのむき出しになった首の付け根を撫でる。きゃしゃな十二本の指が乳白色の肌の凹凸に沿って心地よさそうに滑っていく。経験豊富な探検家が、惑星の軌道図を描き出すように。

彼女は時折中指の爪の下から蠍の針をむき出しにする。群青色の愛液が声の抑揚に従って滑るように動き、時折ぴくっと波打つ血管の中に注ぎ込まれる。蠍の針の血管は愛液が充満している。雄々しい勃起と一気に爆発する快感に彼女は絶頂を迎え、つぶやくような声を時折漏らす。その低く柔らかい声は宇宙ステーション基地で昼夜分かたず衛星の航路を放送するのに適している。ただし、彼女はA級戦艦の誘導スタッフ、おまえは彼女がガニメデ衛星[1]に滞在した際の最後の獲物。

（獲物？）

それも飛び切り上等のだ。はじめ彼女はおまえのことを広告タワーの周囲にたむろし客をつろうと待ち構えているまだ少年の男娼の一人だと思っていた。

だが、おまえは単なる一人の少年なのか？


セラフィム《Seraphim》、六つの翼をもった堕天使。バビロン悪魔学の古書によると、ソレはもともと天界体系の最高位に属していた。反逆する前、六翼の天使は身体の周りにキラキラと輝く純潔の光の流れを発散させていた。永遠に続く純粋の愛、それは知恵おくれの子どものように穢れなく甘いもの。

けれども、この本来の純潔があまりに完璧なため、懐疑と反逆の智慧もまた十分に育っていった。少しも阻まれることなく免疫システムを欠く肉体に入り込んだ七つの病毒のように、邪悪さはいったん拡散するととどまるところを知らなかった。天の雷《いかづち》は地獄の火と化し、頭上高くに位置していた穢れなき純白の天使は一瞬のうちに形を変え、完全に魔物の形象と化したその姿は本来の自己の反面たるイメージに取り憑かれたようであった。

そして、この堕天使の首領は首尾よく地獄の帝王の地位を簒奪し、奈落の奥底の最低地点——天使の本能は抹消しがたくいかなる意味でも「純粋」を求めるのだ——にふわりと降り立つ。最終的には、あらゆる尺度がその意義を失い、天使の純粋と言おうが或いは悪魔の純粋さと言おうが構わぬが、一卵性双生児が南極と北極の両端に配置されたかの如くとなる。対極の関係ゆえに、異曲同工の天使と悪魔は逆に「絶対」を獲得する。そうではないか。鏡を無限大に引き伸ばしたならば、おまえと鏡の関係は間抜けな天国と地獄の関係に似るだろう。距離は限りなく遠く、何もかもが反対でありながら、容貌は寸分もたがわない。

話題を元に戻そう、愛するセラフィム、おまえの身体は激しい洗礼を受けたが、永遠にいつも「少年である」ことはありえない。本来おまえには年齢はなく、今やすでに歳月と同じく永遠に老いることはない、当初はお前は性差など気にかけなかった、今は――

少しは納得がいく説明になっているかい。道は曲がりくねって険しく、試練は宇宙のあらゆるがん細胞ほどに多い。だがもうここまで来たからには、おまえはこれが必要な儀式であることをわかっただろう。一枚一枚と流動する地図に従って歩き続け、山間の狭い道を通り抜け、封鎖線を突破し、最後にある意味、終点と言われうる行き止まり地点へと達する。崖っぷちには、透明な夢幻花が身体を震わせつつ厳かに立っている。


おまえが衣服を解き、まるで丸裸にされた生贄の羊が血に飢えた野獣の巨大な口の前に差し出されたかの状態にまでいったときに、彼女はようやくおまえが確かに少年ではないことを悟ったのだ。

ただの少年ではなく、少女でもあった。

「ヘルメスとアフロディテ〈2〉が合わさって一体となった。下半身がユリの花冠のじっとりと熱く湿った細い管の背後に細長い肉質の花芯が飛び出している――かわいい子、本当に希少なるもの」

彼女はビロードのような声でオウィディウスの切れ切れの物語をつぶやく。けれども、おまえはどちらでもいいと言うように肩をそびやかし、両手を広げ、彼女の蠍の毒針が掌《てのひら》に差し込まれるに任せる。色透明の血液が流れだす。かすかに苦みを帯びたスミレの香り。

その傷口は、整った小さな丸い穴。太古の時代に、粗雑な鉄の釘が打ちぬいた汚い傷口とはまったく違っている。

そうだ、エルサレムははるか昔に滅んだ。ソドムとゴモラのように。


「入っておいで、もっと深く、いい子……」

彼女は仙界に漂っているような心地よさを感じ、肉体はコントロールを失って痙攣しはじめる。つるつるとした胴体の下方に隠れた蠍の殻が姿を現している。彼女は一匹の危険なハリネズミのようにおまえを羽交い絞めにする。体全体のきらびやかな輝きを放つ金属の鱗があたり一面に舞い散る。

さあ、演技はおしまいにしなければならない。おまえはベッドで屈みこむようにして、陰毛が酸性の体液に濡れる不快感に耐えながら、舌先が二つに分かれた彼女の真っ赤な舌がピンクのクリトリスを嘗め回すに任せる。

最後に爆発、そして胸の鼓動。天井の板と部屋の周囲の壁いっぱいに熱く演じられる立体画像が物語るのは、悲劇の恋人が自爆する恒星とともに破滅しスターダストが燃焼する血の雨のように真空を横切っていく様――彼女の最後の長い痙攣は、美しさでは引けを取らぬ古典ロックが終わる直前、エレキギターが最高レベルの技をひけらかす時のビブラート。

終わった。

彼女はいとおしむようにおまえを見上げている。何かを与えたい。全宇宙共通のマスター・カードでも？　次回この地に上陸する時間？　それとも蠍の毒針？

いや、そんなものは何もいらない。金銭など腐るほど持っている。おまえだって旅人に過ぎないのだ。ガニメデ惑星は故郷でもなく、ただの停車場に過ぎない。おまえが欲しているのは物質ではなく愛の言葉でもなく、承諾の言葉ですらない。

彼女の名残惜しそうな逡巡するまなざしを避け、おまえは首を横に振りつつ部屋から出ると螺旋状のコンベアが踊るようにお前をホテルの出入口に送り届けるに任せる。蛇の目のような緑色に染め上げられた人工夜に身をさらす。

バベルの塔のそれぞれの棟とレーザーコンベアの間で、おまえの身体はひどくうすっぺらに見える。まるで背骨に傷を負ったように、じっと押し黙ったまま時折身体を震わせている。

広告タワーの液晶画面に大きく映し出される宇宙船離陸時刻表に向き合ったまま、おまえは謎めいた笑いを浮かべている。

離陸の時刻は木星時間の早朝6時6分6秒。

悪魔の数字は666である。ヘロデ王によって首を切られ、純金の盆の上にその首をおかれサロメに快楽を提供することになる預言者ヨハネはそのように言っている。

ではなぜ？　何が根拠だ？　６６６という三つ子はＤＮＡの暗号であり、悪霊の双生体躯の底に埋め込まれたというのか？　悪魔祓い師の仕事というものが、皮をはぎ肉をそぎ骨を取り去り、粘液が集まった冠状形の溝をきれいにして、暗黒の王子が、異端の脳髄や魔界の寵児の秘部に意を凝らして刻み込んだ血の符号を探し出すことだとでもいうのか？　偉大なる６６６、ハレルヤ！

終結などない。堕落があるのみだ。潔癖症の聖アウグスティヌスは『懺悔録』の追記で、エホバは七日で世界をおつくりになったしヘブライ神話の系譜でも７という数字は最高善と最高美、非の打ちどころがない完璧さの象徴だと論証している。それなら６はどうだ。６は一角少ない奇蹟、腫瘍の形で寄生し血を分けた親の養分を吸い取る双生児の片割れだ。

そして、３は聖なる霊の連結構造。聖なる父、聖なる御子、聖霊の三位一体が一気に幻覚剤に溶け込んだ濃縮剤。服用すれば一瞬にして解体し、天国までまっしぐら、３３３Ｇの加速度で反応して惑星間の軌道を駆け巡り、ときたま時空で急カーブを描く。

不完全な６が三つ連続した形で現れたならば、それは究極の邪悪。俗世の貧相な道徳基準を超越したセラフィムは、罪人とは見なされえない。セラフィムは堕落した六翼の天使であり、三対の妖艶な翼はそれぞれ「傲慢」「憎悪」「陰萎」を担《にな》っている。

少しは見えてきたかい？　セラフィムは究極的な負性体であり、すべてを吸収し分解し尽くす。最後に残るものは「クォーク」と呼ばれる霊魂の破片だけかもしれない。

「愛しているの？」

「誰も愛しはしない。愛は死よりも冷たい」

プラチナを眼球の膜に、鋼鉄を瞳とするおまえの霊魂の窓が作動しはじめ、天体望遠鏡のスキャニング機能が働き、クモ変異体の男の乳白色のネットを見通し、そいつがやみくもに針を動かして編み出した錦の織物に狙いを定めると、破れた目を探し出し指を突っ込む——

「愛しているの？」

ガニメデ星をはなれると、おまえはすぐさまトリトンに向かう。

Ｔｒｉｔｏｎ、海神ポセイドンの息子で半人半魚、上半身はブロンズ像のような美しい男の身体であるが腰から下は鱗に覆われたぬるりとした魚の身体である。星の名前はその本質と一致している。ここは太陽系において有名な変異体の集散地。新たな刺激を求める宇宙のプレイボーイや貴婦人、銀河の海賊や連邦秘密警官たちが次から次へとトリトンに向かいその尾ひれによじ登る。

「愛しているの？」

おまえに叩きのめされた変異体のクモ男は、それでもセンチメンタルな問いかけを繰り返す。二人は無重力のバスルームでふわふわ漂っている。しっとりと心地よい弛緩剤と共に水蒸気が噴射され、おまえの目の前にいる孤独な節足体躯をふやかす。

おまえは相手の精悍な前足をぎゅっとつかむと、勢いよく小刻みに震える骨ばった身体を丸ごと抱え込む。あまりに多くの欲汁を噴出したために、いまや腹をすかせきった小獣のように、彼は優しく慰めてもらうことを欲していた。

やれやれ、四次元空間の戦闘シミュレーションですでに相当エネルギーを使ったというのに、また引き続き手練手管を尽くすつもりかい！　まったくおまえときたら、クモ少年の体液をきれいに搾り取って、今後百年間は迷宮図を編み出せないようにするつもりなのか。

「愛しているの？」

別れの際に向こうはやはり執拗に答えを迫る。おまえは外套のポケットに手を突っ込んだまま、唇をゆがめ、冷たく傲慢な視線を走らせる。

そしてついにおまえはあの秘密の水晶の小瓶を取り出す。おまえの命、おまえそのものである小瓶。それから彼に、自分は愛不能病患者なのだ、自分の愛情はもうずいぶん前に去勢されてしまったと告げる。そして続ける。それを取り戻したいのだ、ただそれに必要なのが……

最終的に、小瓶にはクモ少年の一生に一回きり流される涙の結晶が加わり、澄んだ音を立てて揺れている。

愛《いと》しいセラフィム、私はおまえを愛している。真の愛は永久に死なない。愛する恋人がすでに泥と化し、尊大な鳶尾花《イチハツ》の滋養となったとしても。愛は私の羅針盤、私の信仰、そして一千万年漂泊する中でのベクトルと指標なのだ。

おまえを愛することでようやく生きながらえている。時代遅れの言い方に聞こえるかもしれないが、くどいのを承知でおまえに言いたい。愛に不可能はなく、愛は暴君であり、愛は殺し屋、愛はまた司祭であり捧げものであり、絶えず自己を切り刻んで果て、そして復活する。

復活。

そうだ、私は必ず復活する。私は命であり、すべてである。宇宙が大爆発する前の運命の青写真はすでに具合よく設定されている。私は今まさに乾いた骨が累々と積み重なる塚からよみがえらんとしている。愛という名の絹の帯を締めて、激しい戦いに立ち向かわんとしている。

皮膚に焼き付けた「逆鏡《ミラー》」を通過して、おまえは自分の体内へと深く侵入する。

「逆鏡」とは名前の通り逆さ鏡のこと。通常の水銀ガラスは鏡を見るものに表面、すなわち外界の自分の容貌だけを見つめさせることしかできないが、もし逆鏡を小さく丸めて、毛穴や体腔どんな穴でも構わないが、そこに押し込み、それから電磁場の連鎖部分に接続すれば、一瞬後に、知ることのなかった自分の内部をうかがい知ることになる。

「アルマゲドン《Armageddon》II」〈3〉の宇宙娯楽センターに着き、新たに考え出されたこの手のバイオ実験のことを耳にした途端、おまえは何も考えずに実験台として志願する。

「……おそらく見えるのは、はてなくひろがる潜在意識の海に潜む暴虐なる野獣が理性による封印を引き裂こうとして、個人の宇宙領域で腥《なまぐさ》い風を巻き起こし血の雨を降らせ、心身のメカニズムを徹底的に破壊しようとしているさま。のろしが上がり暴虐の限りが尽くされた焦土で、傷を受けた実験体が復元しようもなくもがいているかのように……」

ふん、とおまえは冷たく笑い、ヘッドフォンの中で響く親身の忠告から耳を引き離す。宇宙連邦警察はまったくとろい。あいつら、種族によっては破滅への希求があることがわからないのか？　自分の潜在意識の海でおぼれ死ぬなんて、実にこの上ない快楽ではないか。こういった極限の快感を求める自滅願望の種族を引き留めようというなら、説明の仕方を変えて、彼らに言うべきだ。この実験は穏やかで無害である、強化されたウォッカを飲むレベルだ、と。

実のところは、おまえはタブーなど恐れぬたいした酒飲みだ。無数の惑星を流浪し、復古調《レトロ》の摩天楼を横切って四次元のサイバー空間を漂い、極悪非道の冷酷さで、セックス、武闘、心霊コントロール、肉体の探索、ありとあらゆる体験を集積する。それぞれの遭遇では多かれ少なかれ、些細に物から骨に刻み込まれるような記念の品を残し――母星である地球の廃墟では、バチカンの正殿で腐乱して溶けかかっていた主教の骸《むくろ》と交接し、聖徒の銀の十字架と市街の最も美しい部分、ろっ骨――それは宇宙船の陶器の壁さながら真っ白だった――を持ち去る。コートの層の奥に潜ませていたγ線起爆装置を取り出し、無表情に、一つの惑星植民地の人口に相当する数の人間が乗った宇宙航空母艦を爆破する。

おまえの不治の病はどうしようもない。おまえは数えきれぬほどの世界を巡り、無数の栄枯盛衰を経た世代、紀元を生きてきた。おまえが生きる目的はつまり盗み取ること。目に見える物質を盗み、潜在意識の思念をかすめ取り、そして四肢五体を焼き尽くす猛毒の酒を醸造し、底なしに広がる荒涼たる体内の黒洞《ブラックホール》をすくいとって、永劫なる渇きを止める。

　この時、おまえは「逆鏡」の粒を両股の間の三角地帯にはめ込み、溶炉のように熱い膣に滑り込ませ、おまえの秘密の花園、欲しくてたまらぬその影を露呈させる。


　悪魔には影がない。悪魔の本体が影なのだ。

　二元論を巡る喧しい議論は実に驚くべきものがある。高熱の白光と冷たく美しい闇のシルエットの引き合いが、宇宙大爆発の後の10^{34}秒から10^{33}秒間でおこる。まるでレースの縁どりのように細かく丁寧に裁断されたひと時の歳月の中で、あちこちではじける水泡が寵愛を得ようと争う。戦火の遺伝子パスワードは、クラゲ、苔、三葉虫、藍藻、海面、ヒドラ、黄金エンゼルフィッシュ、アーケロン、モノクロニウスへと転々とめぐり、そしてとがった爪と鋭い嘴をもつスズメの細胞に落ち着く。そののち、このひな鳥どもがよりあつまって獲物を襲撃し滅亡させる。あたかもファリサイ人が腐肉を欲しがる様に。

　気を悪くしないでもらいたい。だが、パレスチナ解放軍がイスラエルと合意に達し、嬉々として「重心のない真空花園」を共同で建立したとはいうものの、ピラトのシオニズム懐疑論にわたしはやはり強く惹かれる。見るがよい、この愚かな宇宙は、自分で造り出した掛詞をすら楽しむことを知らない。バラバ〈4〉は、暗黒星雲を縦横無尽に突っ切り、ブラックホールへと至る破滅のレールを描き出し、梯子を転げるように銀河に向けて新鮮な夢の真珠をぼろぼろと落としていく。半分だけ吹いたガラスの器のような、奇怪でユーモラスな形態をして。

そう、スズメもまたユーモラスだ。ギリシャ文字はPsychopomp、とりあえず「冥界の使者」と訳しておこう。意味するところは霊魂を刈り取る勤勉な労働者だ。とがった嘴は鎌のようだ。チュンチュンチュクチュクと混声合唱で歌う、永遠の愛を——

永遠？　永遠に「永遠」という文字を言わないでくれ。

「永遠ウイルス」にまだ罹っていない幸運児は、「永遠」なるものがわかっていない。

そうだろう？　それは10^{10}年でも、10^{1010}年でもなく、それはNなのだ。Nには終わりがない。それは純粋な光ですら変質せずにはいられぬ長さ——堕落することが何も霊験あらたかな妙薬というわけではないが、いったん「永遠」を後ろ盾としたならば、悪行罪業のしたい放題も、単に踊り狂う粒子への分裂を避けるための手なずけの手段に過ぎなくなる。「繰り返し」は罪である。それは至高の罪悪、「永遠」に捕えられた不運なやつらが肩に担がされた巨大な荷袋だ。

だから十字架は春の雨後のタケノコのように、歴史の流砂の帯に次々と建ったのだ。王朝は滅んだのち再起する。十字架の「愛の咬み傷《Love Bite》」がジンとしびれた私の掌《てのひら》に突き刺さり、骨と肉の隙間にしっかり突き刺さる。逃れる道はなく、飛び降りる崖もない。「永遠」は地球が丸いことを証明する。おまえが戻る起点、万物の始まり点までかけ戻って。

「永遠」は隙間の存在を許さない。だからおまえはその抱擁から外へ陥ることはない。なぜなら、偉大な愛のように「永遠」は境界がなく、終点がないからだ。

自分の体内に、おまえは入ってきた。そして果てしなく続く、ハチの巣のように緻密な結晶格子をじっと観察する。結晶格子はもともと「探索経験者」の履歴表だ。

ここには終着点も、道しるべもなく、ただ互いに異なる様式の十字路が雑然と散らばっているのみ。十字路、十字状に道が交差するところ。

道は重力を失った空間で、一つ一つの骸骨のように見えた。おまえはここで風化し、消えていくことを渇望したが、けれども為すすべなくただ氷のように青い宇宙をふわふわ漂うしかなかった。

試すように一歩、二歩と踏み出す。最も複雑な城塞の秘密の通路も、最も危険な戦火の硝煙も、おまえが今向き合っている自己内部の風景の、そのどこもかしこも十字路だらけの恐ろしさに比すものはない。

一体どれだけの山道を越えていかねばならないのだろうか。そして越えた後はどうなるのだろうか。

ふとおまえは、ずいぶん前、地球がまだ荒れ果てず、宇宙への移民が仮説の時代だったころの、暗がりと仮面のマニアだった男、心霊世界の構築に夢中になっていた狂った心理学者を思い出す。おまえとの出会い、意気投合、衝突、反発を経てその男は「同体複性」、つまりどの個体も多少は両性具用の萎縮型を備えているが、百分比の優勢を見て、天秤のどちらに落ちたかで陰陽の二分の範疇に機能されるという理論を導き出した。

今でもまだおまえは、あの、感動すると大声で自分は預言者エリアだと叫ぶ男をはっきりと覚えている。男はおまえをサロメと呼び、愛と恐れとが交錯する中で、藁のなかやリンゴの木の下で、その剽悍な頭蓋をおまえの骨盤のくぼんだ部分に埋めて、狂乱したように、お経を念ずるように、アニマ《anima》、アニムス《animus》〈5〉とぶつぶつつぶやいた。

賢いこの男は、おまえが単におしべとめしべが共生した妖花ではなく、万物の影であることがわかっていた。

カール・グスタフ・ユング《Carl Gustav Jung》……おまえは青白い薄い唇を軽く開き、この忘れがたい符号をつぶやく。ある晩雷鳴がとどろき稲光が走り、どしゃ降りの大粒の雨が液体の鋭い剣が地面に切りつけるように降っていた時、男は雨の矢に劣らぬ力で突き立て貫き、歯を食いしばるようにしておまえを、Depple Ganger、生きている魂、切断された即物的魂と呼んだ。

受肉、ということか？

おまえはローズマリー、セージ、金属の破片及び麝香鯨《マッコウクジラ》の体液が漫然と広がる最後の十字路を過ぎたところで、歩みを止める。するといきなり目の前に銀の閃光が走り、ぞっとするほど冷たい光を放つ巨大な十字架が、空にぽっかり浮かぶ山の頂にかかっている。髑髏《されこうべ》の地、呆然としたままお前はそのコードをつぶやく。


とうとう十字路にやってきたか、愛しい放浪者よ。

カルバリ《Calvary》、決して朽ちることのない殺戮の正殿。エホバの栄光があまねく行き渡り、たき火であぶられる数知れぬ異教徒たちの悲鳴に満ちた残虐な火あぶり台と絞首台。麻縄に浸み込んだ油、烈火にあぶり出された脂肪を精錬して作る聖餐式の香油。

　これこそ、つまりは永劫なのだ。ニーチェ、我が同志はよくぞ言ったものだ。髑髏の地で十字架にくぎ付けされる過程は、無数の刹那の中の祝福を受けた嘲笑に過ぎないのだと。

　永劫無期、つまり終結することのない永劫回帰。時は、おまえにとっても私にとっても砂時計の一方向の運動ではない。終わったところでセットオフ、そして解脱。時は完成した後に塗りつぶされ、塗りつぶされた後に再び構築される立体の壁画であり、私はその中を駆けずり回っている。前に、逆に螺旋状に、円周の曲線を描いて……

　神の子、それは時間を測量し奇蹟の秘義をおこなう生贄の子羊。鉄の釘が肉を穿つ痛みは永遠にとどまる。今でもはっきりとその音が聞こえる。どっしり重く、執拗な。掌《てのひら》、足の甲、それぞれから真っ赤な薔薇の花が吹きこぼれるように咲き出し、にっこり笑って熱力学第二法則をあざ笑う。

　エントロピー、魔界の活発な触媒は、流れを変え混乱を引き起こす。それでも私に触れることはできない。謎の答えは全知全能全愛の「三位一体《さんみいったい》説」と並んで奇怪なる宇宙の模範例となる。今おまえは真相がわかっただろう。おまえの流浪、破壊、虚無、経験の貯蔵器——水晶は、鏡よりもさらに完壁に、一点の曇りもなく透き通り、無傷のクリスタルが何かに染まることなどない。

　エントロピーは何もかも解体することができる。だが「自己」は永遠に盲点である。十字架の神話の封印はおまえの体躯に深く浸み込んで眠っている。全世界のありとあらゆる果てを巡りいかなるところに流浪しようが、あの存在しない夢の花の容貌を見出すことはできない。

なぜなら、それはおまえの体内に根を生やしているからだ。

――見えたかい？

――見えた、あなただ。

――我々は互いの魂、互いに相手の肉と骨の接合部に食い込み、結びつき、永遠に離れることがない。

――いや違う、わたしはあなたの鎖、鉄釘、そして胸に焼き付けた呪いの言葉を解き放つつもりだ。

――高くつくぞ。

――朽ち果てないこと以上に恐ろしい代価はない。

――うむ、それもそうだ。

――最後に、教えてほしい……

――なんだ？

――愛している、のか？

髑髏《されこうべ》の地は、雲間から零れ落ちる鮮血のような赤い日没の陽光に燦然と輝き、刑場一帯が赤く染まる。

荒削りの木の十字架上に、ナザレの若い大工が半ば空に突き出すように垂れ下がる。その裸の上半身はどこも鞭の痕だらけで、頭の茨の冠が頭蓋骨に食い入り、ずるがしこく笑う仮面の様相を呈している。

最期の瞬間、彼は長く長く待った。鉄釘が肌を穿った時から今この時まで、周囲を取り囲みこの光景を堪能する群衆にとって、それはエホバがあたえたもう血の滴る生贄の子羊を味わう宴会のクライマックスに過ぎないが、彼にとっては、終わることのない流刑であった。闇の自分、堕落した六翼の天使と共に、太古の時代から荒れ地をさまよい流転する時。ジュラ紀から宇宙戦国時代まで、彼は愛する半身が折れた翼を背に負い体内の十字架を追い求め続けるのをじっと見つめてきた。

彼が久しく渇望していた答えを耳にした時、恍惚としたような微笑みが瞳孔一杯に広がった。瞳孔の内部では、星々が次々と流れ墜ちてゆく。二度と復活することなく。

「愛、それは最も悲しい別離」

向こう側の世界。雲海が交わるところで、ひとつの髑髏がにっこりほほ笑む。あの透明な花の顔がそれのぽっかりと空いた眼窩から咲き出し、優しくそっと囁く。

〈1〉Ganymede　ゼウスの稚児。また木星 Jupiter を巡る衛星の一つ。
〈2〉雌雄同体の Hermaphrodite は愛の女神アフロディテと泥棒の神ヘルメスの子。
〈3〉Armageddon は山の名。啓示録によると、世界最期の戦いがこの地で行われるという。
〈4〉バラバは Jesus Christ と共に裁判を受け、放免された罪人。
〈5〉Anima はラテン語で「陰体」の意。Animus はラテン語で「陽体」の意。

サロメの子守歌

時間座標：西暦2372年、12月24日
空間座標：虚数元域、マグダラのマリアの鳥の巣
執行単位：ポンペイ玻璃宮《ガラス》第四号生体母式《マトリックス》「サロメ」の自動回流不可視プログラム
アクセスコード：聖魔陰帝揺籃曲第333号

愛《いと》しの瑪歌《マルゴ》、今やあなた様が虹の巣内で孵化養育されて二十三カ年目にあたります。長すぎる旅路のように、神の誕生には、苦難の多いあらゆる空間領域と太古からのあらゆる有限の時空の走破が必要。徒労だとしてもそうせざるを得ないのです。来年の今頃、あなた様の誕生によって、その日は真に聖なる生誕の祝日となりましょう――淫乱たおやかなマグダラのマリアの子宮がこの世に来臨し、神聖なる悪がその姿を現さんとしているわけでございます。

あなた様の保育員プログラムとして、これまでの二十三年間、あなた様のか弱く幼い胚胎を慈しみ

守ってきました。至上の肉体を守るだけでなく、混沌とした胎盤内での無聊をなぐさめようと、古来不朽の教えに従って、あなた様に物語を語って聞かせてきたのです。いにしえの語り部の生きとし生ける魂をたっぷりと母式《マトリックス》の奥深くへ注ぎ込み、光なき暑苦しい羊水の中で寝返りを打つときは、星々の世界、冷光と稲光の走る絶景、魅惑的な荒廃の様を呈する錬金術師の廃墟、ゆったりたゆたう奇異なる銀河の風光を話して聞かせました。各宇宙の不朽なる寓話のほかに、あなた様を創世した母なる神――シュティルナー博士の様々な奇蹟についても語りました。あなた様のたぐいまれな二つの瞳に私の無線ランを接続して災厄の後の地球の七大都市を自由に遊覧して戴いたのです。

今宵は神と聖魔の胚胎に残虐この上ない生殖の物語を楽しんで戴きます。あなた様が無時間の卵巣にこもっておられるとき、二十三年前のこの夜、あなた様の父上であらせられる永野柩が有史以来最大の陰性エネルギーの襲撃を受け、そうしてあなた様が太古の淵から力を得て、ここに本質と肉体が動き始めることと相成ったのです。

永野柩は純粋陽性の最たるものの再現――透明な剣は容易に折れます。永遠なる少年は割かれ傷ついた雪柱でした。2349年の冬至にシュティルナー博士が急逝し、彼女の正式なる夫であられる永野家の幼子はまだサウロン・ウェールの教主の位を引き継いでおられませんでしたが、それが今では九大植民星域を恐れさせる「六角星成獣」法王閣下、「深紅の王」（King Crimson）となられたのです。当時は王を激しく悼む王夫であり、むしり取られ略奪された火鶴花《アンスリウム》であり、マグダラの妖婦の秘密の洞窟で花開いたのでございます。

香織里様と柩様を創生したのは、由緒ある名門出身の主《あるじ》、才能と豊かな資源《リソース》によって、冥王星の周囲に「黒夢」人工衛星陣を構築された方です。シュティルナー博士が災厄後の七大都市を掌握するとほぼ同時に、永野一族は太陽系における最も特権的で自由な在野勢力となりました。

興味深いことに、永野博士は二人の子供にいかなる時も「母上大人」と呼ばせておりました。板塊世《プレート》代が終わりを告げようとする時、ノスタルジックな想いにひたっての復古《レトロ》調な趣味がもてはやされ、この東亜大陸日系を血縁とする貴族が踏襲する語彙が、遺伝子科学者に特権的に愛好されたのです。瑠璃迦《ルリカ》・永野だけでなく、彼女の強敵でもあり親友でもあり、またわたしたち十三体の有機生化《アンドロイド》電脳を支配する神の使である上帝、アリス・シュティルナー博士もこの流行病を避けられず、挙げ句の果てに凝った名称に耽溺する症状を呈して私たちに「主公御前」と呼ばせたのです。

香織里様は遺伝子学者と我儘《わがまま》なお嬢様タイプの親の世代が夢にまで見た最高の継承者でした。まだ年端もいかぬ当時すでに、シュティルナー博士とは無二の親友でありなおかつ好敵手であらせられました。高貴なる妖精の魔導師の血筋を引く輝ける姿と賢さは、永野一族が心からあがめ崇拝する御皇女殿下とするに十分な資質でした。柩様の方はといえば、愛する瑪歌《マルゴ》、あなた様の血を分けた父親は瑠璃迦《ルリカ》・永野が丹精を込めて作り上げた暗黒の王子です。彼女が欲しがったのは例えようのないほど完璧な少年、純粋高貴な血統の、XY遺伝子のいかなる塵《ちり》や滓《かす》も混ざることのない純粋高貴な血統の継承者なのです。

こういった偏執狂ともいえる横暴な設定をもとに、瑠璃迦様は歴史の大衣装ケースから、純粋なXX遺伝子によって再現された幾多の眩いほど美しい妖精の肉体を選り出しました。これらの原型には、歌仔戯《ゴアヒ》（台湾オペラ）の主役や宝塚劇団の男役、トランスジェンダーの若君、ドラッグ・キング《真王》等も含まれていました。もし柩様が前世紀の後半に誕生していたならば、新世代のジェンダー関係の語彙の研究にご執心の言語学者たちに、この上なく愉快な副腎強化剤を打たれたことでしょう。研究者はこぞって柩様を「トランスジェンダーの君」とか「古《いにしえ》の若君」とか呼ぶに違いないのです。あらあら、こんな花飾りがはらはら落ちて床に舞っているようなバロック風味の語彙にあなたはお笑いになるでしょう。無理もありません。愛しい私の小怪物《ミニモンスター》、そもそも子守歌というものが起伏に富んだリズミカルな小唄なのですから、深紅の王の系譜について語るにしても、いささかのユーモアはまざるもの。例えばゆるゆる進む豪華な大宴会の席の、こってり重い主菜の合間にだされる口直しのあっさりした葡萄《グレープ》シャーベットのように。

もちろんこういった華やかな名詞は、柩様には全く似合わないものでしたし、永野一族を守る七重の天域守護使の怒りに触れかねないものでした。柩様が「神の卵巣」より誕生してからというもの、上は母上大人やお姉様方、下は永野家に代々仕えてきた無機体守衛たちそれぞれが、問答無用の強硬な態度であの方を守ってきたのです。あの方が成長して見目麗しい少年になられた時、七大災厄後の都市と宇宙の魔導公会が突然、降ってわいたようなこの少年魔術師を見出しました……それはウェール博士が向日葵《ひまわり》都市に来臨された晩餐会の席のこと、皆は初めて天才少女科学者香織里様の弟君を知ったのです。後に柩様の魔導師父となられるお方ですら魂を奪われたように、柩様のすがすがしい雰囲気と謎めいた透き通るような炎のように赤い瞳に魅入られてしまったのです。

柩様は瑠璃迦様の造られた一流芸術品でした。アーリヤ人種とモンゴロイドの精華を採集し、水晶の棺に封印した高級な肉体を鍛造し、孤絶した野生生物の灼熱のエネルギーで燃焼させたのです。カレの肌はほぼ透明に近く、精緻な五官は険しく、秀でた額にきりっとした切れ長の眉、まっすぐな鼻梁、緩やかに弧を描くつややかな魅惑的な唇が唯一、この冷たくいかめしい城塞のもろい入り口なのでした。この唇のために柩様はか弱く傷つきやすく見え、それが、悲鳴をあげさせたり、或いは思わずうめかせるほどにめちゃめちゃにしてやりたいという人々の危険な情欲を刺激したのです。

雨夜《ユィイェ》の身体が、後ろ暗さを感じて身を投じさせる妖しい暗黒の洞窟だとしたら、柩様の身体は、切り立った崖の上に建つゴチック式教会でした。鎖骨の深いくぼみからすらりと長い首のラインが額縁を感じさせる力強い肩先へとつながり、そこから外へは長く伸びるしなやかで力強い腕が演奏家のような指へ、内側に向けては薄い胸と細いウエスト、優雅に弧を描くヒップ、そして引き締まったすらりと長い脚へと続くのです。このすっきりとした身体は美しい玉から彫られた歴史を経た名剣、鞘となっているのが燕尾服にビロードのネクタイ、白いワイシャツと黒いズボン……特別なあるX染色体のみ、トランスボーイの霊と肉体の精華を具えた唯一無二のこの少年を産み出すことができる、こういった瑠璃迦様の思い込みには反駁できない道理があるのかもしれません。

それでも、羊皮紙の書籍を読むかのように生体遺伝子の配置と奥深い精神に精通しているウェール博士が、初めて愛する弟子とたった一人でまみえたときなどは、慈しみと驚嘆のあい混ざった心情で、分類できない奇異な花の構造図を描くように、枢様の肉体の秘密を示し、その本質を示す幼名を口にして言ったものです。

「愛しの子よ、おまえは、神の手によって研き抜かれた野生猫の貴公子Lord TomCat《ロード・トムキャット》だ。おまえが成長したあかつきには、火鶴《アンスリウム》の花柱を持つ空前の都市として現れるであろう」

この後、愛する瑪歌、あなた様が、穢れ荒れ果てたあちらの世界で萌え出で、私たちのこの宇宙の重要な儀式にやってきたのです。あなた様に歌って聞かせる子守歌ですけれども、金矛のようにかまびすしいメロディ。体熱と鉄の血が共鳴するのです。誕生の代価が、天敵との壮烈なる肉弾戦、痛みと熱の巨大な流れにどっぷり浸った時、あなた様の全能の胚胎が活性化して分裂をはじめるのです。

【以下、生体五感の叙述は虹・カイオージ最高ペルソナ記憶《メモリ》活性化データバンクより。紫天鵞絨《ベルベット》洞窟。チップコードネーム：アンスリウムの武装解除。等級《レベル》：交差天パスワード、Xレベル以下の者の閲読禁止】

自分以外は誰も信じられないというのが、枢・永野の過激なほどに感傷的で激しい特質である。魔導科学者と十字教皇という二つの名称を持つ青年、皆の衆が敬い恐れ（或いは血肉を具えた異体を喜んで捧げて魂の消滅を願うほど熱狂する）この至高の王位継承者は、天性として野に満ちる墳墓の上に立ちそびえる王の中の王だった。誓約と真なる情がどれほど己《おのれ》を傷つけるか、カレのみが身に沁みてわかっていた。シュティルナー博士が急逝したことについて、柩は耐えようもなく嘆き悲しんだばかりか、葬儀の後の四十九日《なななぬか》を過ごした夜、ありとあらゆる策を駆使し、傷みで震える心身に安らかな眠りをむさぼる一夜を得ようとしたのだった。

幼いころから互いによく観察してきた姉の香織里のほかは誰にも知られなかったが、永野柩はこの恋愛に全身全霊を捧げ、隠れ家と退路を残しておくべきだという職務上の戒めを無視した……もし柩に権力や地位或いは出自を考慮する気があったならば、実質の無いアリス・シュティルナーの王夫の位などに就くべきではなかったのだ。それがなりふり構わず、本家の母上大人の忠告にすら耳を貸そうとしなかったのだ。シュティルナー博士の葬儀が済んだときになって初めて、柩は自分がひどくやっかいな立場に置かれていることに気がついた。……。女王万歳の後、王の夫は、皆の者の混乱を極めた争いに直面しなくてはならなかったのだ。派閥争いから果てまた宇宙軍団の勢力再編成まで、何もかもカレが冷静沈着に対処しなければならない議題だった。

けれども、柩はまったくもって陰謀策略に疎く、逆に情に流されやすい放蕩息子だった。葬儀のあと太陽系で公定された三昼夜が過ぎた途端、手放すことのできる価値あるものすべてを手放した後、残されたのは何とも素晴らしい負担と債務だけだった。アリスとの約束を堅く守り、柩は無条件かつ熱烈なる情愛で残された遺品、つまり、彼女が生前行っていた様々な冒瀆的研究や、恐れおののかせるような威圧的な神器、及びポンペイ玻璃宮を仇敵と呪う極悪非道なる欠陥創造物と使徒、屍洗者のヨハネ等、そしてこの異種の怪物の監督役を毅然として引き受けた義父、を保護したのである。

柩が唯一拒絶した存在は、生体改造指数が破格の彼女の共犯者かつ情夫であり、中身が空っぽの人形以上に無感情な雨夜――カレはそもそも甘い菓子を好まなかったわりで、最高級の毒の塗られたこの幻惑的なキャンディー人形を受け入れるはずがなかった。それに、雨夜はすでに併合できる貴重物はすべて吸収し尽くしていた。実務処理能力に欠けていたとしても、柩には雨夜の将来の生計を心配してやる必要はないと考えることはできた。考慮しなければならないのは自分の身の振り方だった。一体冥王星の実家に助けを求め、例の短期的には収益回収の見込みのない常軌を逸した神器研究を引き続き行うための経済的支援を母上大人に乞うべきだろうか。

「卓越した異端の生命を創造するあなたに乾杯。あなたのその狡猾な命の花園が咲き誇る前では、諸世界に流浪の身となった流れ者はすでに太古の存在、二人が互いに出会ったのは遠き古《いにしえ》の時代、曾て私は別の宇宙に生き、罪深い極楽を一瞬奪い取った……」

透明な桜色をした濃縮幻覚飲料を一気に流し込みながら、炎の瞳をした青年は微かな笑みを浮かべて試験管を高く掲げ、太股の間でぴんと立っている陽性生命体に「火煉獄」を注ぎ込むと、すっくと立つ雪色の異体はまるで焼き尽くされた都市の塩柱のように、刺激を受けて骨色の燐光をあたりに放った。

だがこれは祝杯である。辰の時刻の三時間前、柩はようやくアリスの残した「創神機体草案」、聖なる甲虫《カブトムシ》神艦を完成させる。そして心身ともに熱く燃え、古の力に通じたこの天才魔導科学者は、助手の同乗を婉曲に断り、単機単独のテスト飛行を決行すると言い張り、このエジプトカブトムシに似た形の超空間飛行船で超空間に突入したのだ。

真夜中を過ぎても、不安におののく技師団が憶測したような、地球全体が神艦の反動力の核融合の海に巻き込まれることはなく、太陽系に災厄が襲いかかることはなかった。卓越した操縦士が、単独で紅海越えを行うのだという強烈な意志のもとに、果てなくひろがる宇宙の深淵から艦艇を脱出させ、無事帰還したのである。

柩は住まいでひとりマホガニー製揺り椅子に腰かけている。客間ではサン・サーンスのオリジナルを編曲した「白鳥変奏曲32」が流れ、三重の塔の中央に位置するガラス張りの小塔は、ショールームのようにガランとして清潔だったが、その中でカレこそが最もきらびやかな展示物だった。原生綿素材の白いワイシャツを無造作にはおり、ほどけたネクタイの合間から白い肌の引き締まった胸がのぞいている。首の付け根のあたりにはぎょっとさせるような「生血戮涅」(pure-blood rune)という太古の聖なる印が深く刻まれ、下半身はファスナーが半分ほど下がった復古調のデニムの長ズボンだった。柩・永野は今最も孤独かつ放縦な私的活動を行っている。生きている者は近づくなかれ、死者であっても九十里は離れた方がよい。カレが今行っているのは自慰行為。

絶品になっている二十世紀特産レッドワインの色彩が下半身、ズボンの合わせ目の隙間からにじみだし、そして液体がどっと噴き出す。もし幸いにもこの光景を目撃する者があれば、「世界滅亡の最終戦」の前方に垣間見ることのできる真っ赤な日没が何かを知るであろう。

長い首をのけぞらせたカレの、厚みはなくともしなやかに力強い胸が激しく起伏している。すらりとして繊細な身体には疲れの色は少しも見えず、逆に肉眼でようやく見ることのできるぞっとするほど冷たい青銅色の光を発散していた。肩にはらりとかかった銀白色の髪が完璧すぎて冷酷に感じさせるコーカシアンとアジアの混血の顔立ちを際立たせていた。まっすぐな鼻梁、高い頬骨、骨の白さと見分けがつかない肌の色、唯一官能的な部位が唇。柩の唇は血のついた薔薇の花弁のごとく、口から漏れ出るハスキーな声はとりわけ気をそそるものだった。何よりも禁忌に触れるのが二つの異界の者の瞳、極限の氷原に燃えさかる炎のように透明な二つの瞳は、それぞれの奥深くに異界の護符が封じられていた。左目は運命がまたがる「キメラ」の次元分解核溶炉、右目は「光陰の墓穴」、疫病神の異次元にまたがる護符。

この二つの瞳は一時の安息すら得たことがない……

時は2329年、ウェール博士が初めて向日葵《ひまわり》を来訪したとき、永野香織里博士が宴席で弟を引き合わせたのだが、当代きっての魔導師が柩を前に初めて下した評がこれだった。高邁沈着かつ憐れみ深い「六角星聖獣」教父は、氷の柱の如く特異な少年をため息交じりにじっと見つめた時に、その高徳なる平静さを初めて失い、瞳に疑惑、心痛、そして哀惜の念を浮かべたのだった。

「感なくも念有り、すなわち万物運行の道あり。汝の殺性かくも重く、刃の傷口から永遠に吹き出すが如く……愛しの子よ、烈火と氷が汝の身体で互いを殺《あや》め互いを欲せば、必ずや天の理に関与して傷を負い、後《のち》、大地は完全となる」

年わずか十三であった柩・永野は、精緻な手製のタキシードという出で立ちだった。黒ネクタイに糊のきいた真っ白なワイシャツ、肩胛骨から股まですらりと伸びた身体のラインはまさに青春期にさしかかった火星戦神。ただし、この少年は太古の高い塔であり、内部には神の言葉が封印されていた。カレはウェール博士に向かってにっこり微笑むその冷徹かつ愁いをおびた笑いの奥に度胸と覚悟が潜んでいた。すでに七百年余りにわたり魔導の道を歩んできたウェール博士ではあったが、魂が奪われるようなゾクリとした感覚が身体を突き抜けた。

目の前の子供は、ウェールの全身全霊および霊智を揺り動かし、試したいという欲望を突き動かした。この子を最後の弟子として受け入れたならば、恐らく究極の滅亡を招くことになるだろうが、生を超えた永遠の奇観を目の当たりにできるはず、「次の次元の現世を飛び越え」ても容易には手にすることのできぬ崇高かつ恐ろしい贈り物ではないか、このような考えが脳裏に浮かんだのである。

二十年の後にウェール博士の最後のそして不世出の弟子と成長する枢は微かに頭を下げた。古の導師に敬意を表しこの若い王位継承者は、超越界を漫遊してきたウェール博士ですら深い感銘を受ける初告解を行うかのようであった。

カレの個人生体《バイオ》機関《エンジニアリング》回路《チャンネル》を通じ初めて、ウェール博士は各世代の戦争、宇宙を流浪する法王や聖徒らの告白を聞くことができた。超世界の声は軍隊の太鼓が低くとどろくような、あるいは恍惚状態の狂戦神の、終始変わることのない切々とした響きを伴っていた。

【森羅万象をお見通しのウェール博士、訪ね来たりし弟子に心象を展開させたまえ。残陽天帝は意に従わず、疫病の地の後方にて平安を放棄し、諸世代の止むことなき愚行のみ、誰にも見つめ得ぬ超絶世界の化身を成就せん……我、深き激情を抱きて犠牲となりシュティルナー尊師の長年の願望を実現せん。

これぞ柩の変わらぬ願い也】

「柩、どうしてあんたはこんなに我がままなのさ！　あたしが二十四地振の【意識静止《ブラックアウト》】になるのに同意したくせに、あんたったら、なんてざまよ……異体外化状態をはずしてからいくらも経たないうちに、自分で火鶴《アンスリウム》の花心をいじくり始めるなんて、けじめも何もあったもんじゃない、あんたって子は」

玉を断つような透き通った鋭い声に叱責されて、柩は共時の心念場からひき戻された。やっとの思いで瞼を開き、香織里・永野が、鮮やかな煌めく虹のように降り立つ姿を目にしたと思った途端、香織里はすでに弟の胸に飛び込んでいた。

柩の口元には甘やかすような微笑みが浮かぶ。柩は常に香織里を甘やかしてしまう。

「マイクロ超空間を使ってここに飛んできたっつうのに、着地地点にいるカワイ子ちゃんたち並みに扱うとはね……あんたがけじめなんてことを言い出したら、ほんとに結構毛だらけネコ灰だらけよ」

柩の身体にぶら下がった「少女」は、身体にぴったりとしたネコの皮のつなぎ——材質は本物の生きたネコ科動物の銀白の毛皮そっくりね——を纏っている。少女の瑞々しい大きな瞳は義体化したネコの目で、瞳孔の奥には精巧な三日月が宿っている。

永野柩は滅多に見せない消え入りそうな微笑を浮かべたまま、小柄で華奢な香織里が寄りかかり、先ほど体験した火山の爆発の場面を検視するままにさせた。

香織里は青白くすっきりした輪郭を描く若々しい顔を上げ、快感器のマイクロチップが植え付けてある五色の指の爪で柩の身体を探りまわっている。静まりかかっていたのが再び勃起しはじめた火鶴の花心の先端に触れたとき、思わず低いうめき声が柩の口から漏れた。

「ほらご覧……まったく節度のない発情した獣の若君、お姉さんがとっちめてやるしかないね！」

香織里は小柄ながら均整の取れた身体を、ふさふさした毛の塊になった子猫のように丸め、一心不乱に愛する相手の身体を探りはじめた。少し先の分かれた小さなピンク色の舌を伸ばして、橙色のネコ目を細め、柩の胸の上の日没の太陽にいぶり出され浮き出たようなOという文字を舐めはじめる。と同時に、掌《てのひら》でカレの股間を覆い、鋭く尖った紫色の爪鉤で、なすがままにされている弟の下半身をまさぐり、それをズボンの中に深く差し入れる。

鎌のように鋭く、おどろおどろしい生血の印は、屍を焼いて灰にする火葬炉の如く、高熱を帯びた端から白い湯気が立ち上った。高温には不適なネコの舌先がさっと引っ込み、続いてそれは骨の浮き出た柩の肋骨のほうへ向きを変える、香織里の空いた手は、いとおしむようにカレの頬、額、となぞっていく。いつものように氷の冷たさだ、こんなにひどい温度差のある状態は、長く続くべきではないよ、彼女は不満げに眉をひそめて思った。この子ったら、こんな感じで消耗していったら、義体暴王龍の遺伝子であろうと、定められた年限は衰退し減少していく。しかも柩の生体遺伝子の設計図はそもそもが「心身共に健全」とは正反対だ……たとえ一般レベルの神魔たちが嫉妬するほどにそれがハイクラスで特別であろうと、とどのつまりは伏魔殿《パンデモニウム》が燃え上がる壮麗な景観がえがかれた般若図なのだから。

「ふん、これが自殺の秘法だって？……少しも薄められていない十ミリリットルの炎煉丹、それから、意を尽くして創り出したこのちびの怪物……」

香織里は、まだ痙攣しているカレの太股の間からピンクの一角獣のミニチュアを取りだした。ピンクのかわいらしいバイオ・ユニコーンロイドで数ミリ四方の大きさしかなかったが、額の間のピンクの角は透明の液体でうるおっている。この一角が激烈な興奮剤を分泌し、自虐行為を代償に一時の恍惚状態をもたらす。

「この興奮剤が、ボクにとっては数少ない、いや、唯一の慰安剤だ。本当に、時には母上大人が僕に好きにさせてくれて、バイオ裏扉を装着してくれたら、とつくづく思うんだ。姉さん、ボクは何かに深くのめり込むことが必要なんだ。耽溺反応を引き起こす生物反応のチェーンに陥ることができるようにさ。役にたつような魔導師として生きながらえるなら、出口を見出さなくては。根治しがたいこの宿痾ときたら、旧世代の人間どもが、酒や麻薬に溺れるのと同じようなものさ」

柩は微かな笑いを浮かべ、いとおしそうに香織里の悪戯っぽいすべすべした尖ったネコの耳を撫でる。なぜだかわからないがこんな微笑みなどなければいい、そこに語り尽くされた寂しい自滅への希求に、のどをぐっと締め付けられる気分に香織里はなる。どんな戒《いまし》めも忠告もばらばらと蒸発していく。

彼女はもごもごとつぶやいた。「わかってるよね、母上大人はあなたの要求すべてにお応え下さるわ、承服しさえすれば……」

柩は、相変わらず、皮肉っぽいそれでいて温かい微笑みを浮かべながら、さり気なく言葉をひきついだ。

「唯一絶対の、入れ込んでいる存在を放棄し、つまりアリスへの誓約と承諾を放棄して、母上と叔父の懐に戻ることにね」

香織里は答えようがなく、きつく柩の肩を抱きしめるしかなかった。逆三角形の艶《なま》めかしい顔が柩のうなじにそっと重ねられる。慰めとそして黙認だった。彼女は今、弟と面と向かって目を合わせたくなかった。災厄の超神の印が浮き出た二つの瞳に広がる透明な光の霧を直視することができなかった。弟がすでにもう長い間自らの滅亡を悼んでいるのはわかっていた。ただ、柩の執着に比べれば、この「長い間」は陽炎《かげろう》の命の如く一瞬に過ぎないのかも知れないが。

「姉さんだけがわかってるよね。ボクがいったんのめり込んだら、死ぬまでおさまらないということを……アリスとの邂逅はあまりに短すぎる交響曲さ、五分間の演奏で殺される運命、今でも体内で絶えず巻き戻しては何度も聞きなおしている。突然中断されて初めてわかったんだ、ことの始まりから終わりまでの全容がね。過激な処方箋であの瞬間に立ち戻らなくてはならないんだ。もし血の封印を解くことができて己の生まれながらの権力を有することができたなら、無数の宇宙の絶対時間の中で、彼女めがけて駆け寄っていく。彼女がいる場所のみがボクの終着点だからね」

香織里は思わず口走った。「あんたがそうやって自分を傷つける可能性があるから、わかっているの？これだから、母上大人はあなたの超格《スーパーレベル》遺伝子のパスワードの監護権を阿マー……おっと、つまりね、扈《フー》おじさまに預けたのよ」

柩の全身が凍りついた。姉のふと漏らした言葉が急所を突いたのだ。親王の御弟である永野扈がカレの身体で行使する支配にしろ、或いは小さいころ親しげに呼びかけたその呼称にしろ、いずれも柩が何よりも粉みじんに破壊したいと思っているものの一つだった。柩はありとあらゆる意識を使って、相手は香織里、おまえの唯一のよりどころだ、と自分に言い聞かせなければ、きびすを返して立ち去るところだった。

柩は冷淡に顔を背けた。今自分が香織里を心配させ、悲しませる言葉を吐き出そうとしているのはわかっていた。けれども言葉が、吐き出さねばならない悪血のように、口の中に宙吊りになっていた。

「ボクを守るため、その高価な芸術品を守るために、母上大人の愛は実に周到だ。叔父に操り人形師の糸をボクの自我の奥深くまで差し入れくくりつけさせ、身も心も魂も監視しコントロールさせている。想像できるだろう？　ボクの何もかもがあいつに意のままに操《あやつ》られている。あいつがやりたいと思ったら、どんな卑劣なことも実行にうつして、どうとでもできるんだ。この皮膚も、この血肉は、奴が焼き尽くし殺し尽くし数千万年蹂躙し尽くせる都市だ。ボクは奴の……」

柩は無表情に、胸の上にでぴくついているピンクの聖痕を指でなぞった。

「これがあいつの鎖だ。叔父の王国ってわけだ。いかなる形の、またはプロの性の奴隷にもまして、ボクはあいつの所有物なのさ。巷にあふれる下劣な近親相姦のホームドラマなんてもんじゃない。母上大人にしろ叔父にしろ、それぞれのやり方でボクを大切に扱っている。野卑な比喩で言えば、二人はボクを骨まで愛してるってことさ」

香織里は心臓が引きつった。柩の声すらも彼女の肌をふるわせる。それは絶え間なく心臓にぶすぶす突き立てる匕首の音だ。もし彼女が母上大人に取りなすことができないなら、柩はこのままの状態で突き進んでいってしまうのか？

この心配を理解したかのように、柩は彼女を胸に抱きこみ、その身体をもたれかけさせた。熱くたぎる胸の生き血の記号の熱が少しずつ退いていく。何もかも投げやりになり、痛み苦しみの極致にあっても、香織里に対しては常に事細かな配慮があった。

「少なくとも、外で小遣い銭を稼いで創神機体に研究開発を完成させないようにしている。それもまた永野一族に相当有利に働くというわけさ。もしボクがなんとしても自分で金を稼ごうとしたら、それこそ叔父は憤死するだろうね……」

柩の唇が彼女の耳の先をそっとこすっている。低いハスキーな声には珍しく微かなユーモアを漂わせている。

「この独占欲の強い強欲な暴君が一番見たくない光景が、ボクが無数の客のベッドに敷いたゴザの上を転々としている姿、あるいは超高級《ハイクラス》の薬《ヤク》を手に入れて奴が目の仇にしている九鬼舞野が体内の鬼畜ザイルを取りだしてボクを弄《もてあそ》んでいる姿、だろ？」

真夜中が過ぎた時分、柩はようやく香織里の心配を取り除き、ともかく自宅で休ませてくれと説得することができた。カレは、これから真夜中までの間、身体に過度の負荷をかける興奮剤を服用しないと約束したのだ。

一瞬躊躇してから、香織里は、領土に居座ったような横暴な姿勢から半分身を起こし、柩の股の間にふんわり腰掛け、渋々認めるようにしかめっ面をして見せた。猫の耳は下向きに平らに伏せられている。

「チェッ、信用してない訳じゃないけど、でもね、もしあんたがここ数週間してきたようなめちゃくちゃ消耗するような態度を続けるなら、母上大人はきっと扈おじさんを派遣するから。メフェスト軍事基地からカンジー・ケンタウロスの一軍を率いてあんたを家に連れ戻すに違いないわ……いくら姉さんが永野家の次期主人だといっても、母上大人が怒り狂った暁には、あんたの自由行動権は保証できないわよ！」

柩は、本来笑い事ではないが、この時は逆に滑稽味が倍増したジョークに愉快そうに笑い出すと、左の手を伸ばし、右の手では目に見えないピアノを弾くようにして、腕内部の生命係数情報義肢を取り出すと、香織里に検視するよう差し出した。深紫色の極楽鳥の形をした有機統合回路には、血圧、血糖値、栄養摂取係数及び脳下垂体の波動運動といった各種各色の曲線や係数が、ミニチュアの四角い画面一杯に余すところなくひろがっていた。

「心配するなよ。三日間静かに休養していれば大丈夫だから。生体界面での栄養補充と穏やかな薬物の他は絶対注射しない。扈叔父だって、捕まえに来る理由を探せないはず……そうだ、向こうは今トリトンにいるから、部隊を出動させるにもクロノス弟指揮下の人馬を借りなくちゃならないし、大体こんな面子《メンツ》をつぶすような行動は取れやしないさ。ボクだってみすみす尻尾をつかませるようなことはしない」

「そのうえ、「獅鷲双子体」の業務処理をしなくてはならないだろう？　総裁の引き継ぎは最短時間で基盤固めをするのが一番。気をつけるんだよ。失うのが上帝の祭司にしろ、主人を失った家畜にしろ、彼女《あいつ》らみたいに狂暴な生物はいないからね」

香織里はぺろりと舌を出すと、柩の身体からぴょんと跳び上がった。耳をきっとそばだたせ、ふさふさとした毛並みの美しい尻尾をサワサワと揺すっている。

「心配しないで、あたしのこと見くびらないでよ。あんたの方こそ切断させた全次元ルートをきちんとつなげておくべきね……いいこと、あたし以外は何者にも隙を見せないこと。落ち着くまでのこの期間は、ともかく向日葵《ひまわり》の住民につけいる機会を与えないでよね」

柩は思わず苦笑いした。「陛下を失った王夫がこんなにうまい汁を持った獲物だとは……しょっちゅう警告しておくれよ、姉さん、今後これがボクの生業《なりわい》にならないようにね」

香織里が虫孔《ウォームホール》を通じて去っていった後、柩は大人しく膝の上に腹ばいに乗っかっていたピンクの一角獣をつまみ上げ、そっと優しく撫でながら精巧で賢いこの生命と自分の奇妙な共振を感じ取っていた。何ヶ月ぶりだろうか、カレはようやく生きとし生ける微かな存在感を感じたのだ。上を向き、冷え切った指先で耳の後ろのインターフェースをまさぐると、自分の生化電脳システムに指令を下した。

「エポック《Epoche》、【黒帝鷲鴻溝】を設置せよ……第一級訪客《ビジター》を削除、主席の名簿だけ残すこと」

【指令確認。柩閣下の設定施行。香織里・永野殿下とアリス・シュティルナー主公御前以外は、カイン別館ではいかなる存在の侵入も禁ず】

三年前の自分で出した指令が、エポックの単調なクリスタル音で読みだされると、柩は一瞬唖然とした。アリスの名前を保存しておくなんて全くソープオペラ並みに安っぽい行為だと、冷静な思念が告げたが、エポックがたった今確認したばかりの指令を修正せよと声に出して言うことができなかった。

「まずこのように執行すること。私が目を覚ますまでは、異変が起こらない限り、起こさないでくれ、エポック」


突然の侵入が始まったとき、生化電脳《バイオコンピュータ》はカレを起こそうとしなかった——エポックにとっては、カイン別館は主人が指定したベクターであり、汚染されていない安全な状態にあるといってよかったのだ。

柩がいつものように辛く痛みを伴う甘い夢から覚めた時、自分ではどうしても目をあけることができないことに気がついた。正確にいえば、カレの両目は鎖神の覆いで覆われており、四次元を超える視覚でも開くことができないばかりか、通常の状態での視覚も奪われていた。

柩が何とか確認できたのは、カイン別館のあらゆる警戒施設は全く問題がないこと、自ら設定した「全次元都市ルート防衛システム」はいかなる高次元の神魔をもコントロールできること……治外法権の名簿に名のある香織里を除いて。だが彼女は今さっき出て行ったばかりだ、それから……仰向けで寝ている状態からカレは身を起そうとして、身動きができないことに気がついた。

柩は小さなため息をついた。視覚障害のほかにも、五感システムも相当おかしくなっている。四次元境界内の現実領域でこういった恥ずかしいようなはかない夢を見るとは……まばゆく輝く堂々たる女媧の化身、アリスが部屋にやってきて、再びカレの感覚システムを封鎖し、生体神経をマヒさせた。この筋書きが続いていくと、目に見えない天神に征服され攻略されるというグロテスクでエロチックな交感遊戯となる。できるだけ早くやめなければ、いくら危ない状態にいってしまったとしても、こういった崩れ方は危険すぎる。カレでも最低限くずせない線をもっていた。

「過多に服用すれば心身の感覚を損傷する興奮剤は、意識と肉体の断裂するような、めくるめく鏡の迷宮に陥るような現象（phantamagoric mirror-maze phenomenon）に引き込む……香織里だけでなく、精神外傷病理科のインターンならだれもが叱責するだろう、まったく、もう十分だ。エポック、現在の私の状況を報告してくれ」

　前方から伝わってきたのは忠実なコンピュータの信号ではなく、聞いたこともない人類の声だった……江南に霧雨の降ったような朦朧《もうろう》とした、それでいてずる賢いキツネが蕾を摘み取ったような毒のある甘ったるい余韻が響く。

「無味乾燥なコンピュータと話をするより、妾《わらわ》の思いのたけを聞くがよい。どのみちおまえにはもう抗う力もないだろうから、親愛なるレオパード・キャット《山猫》の若君」

　この声は結晶体《クリスタル》コンピュータシステムのものではなかったし、錯乱した意識が幻想する虚構の存在でもなく、これ以上にリアルになりえない悪夢だった。柩は視覚を完全に失ってはいても、反射的に目を閉じた。なんということだ、宇宙の諸神たちには、こちらの不運や苦しみがまだ不十分なのか。塗炭の苦しみにあるこの天城塔の頂でさらに鬼火を燃やし、なんとしても深い谷底に放り投げねば気が済まないのか？

柩は自分の生化《バイオ》指数に感応して読み解こうとした……もともと注入された高効率のソーラー亜鉛とケシの抽出液は、完全に神経をマヒさせることができる一方で、官能性の感触には如何様にでも反応した。そうであるからには、侵入者の目的は明らかな暗殺ではない。では何が目的なのか？　それを想像するもおぞましかった。

柩は唇をゆがめ、できるだけ慇懃無礼な言葉遣いで話しはじめた。

「雨夜《ユイイエ》の君、洗練された鮮やかなお手並みであなたの本領を見せ付けるほかには、この来訪にはいかなる実際的な利益も上がらないはず……私がお届けできうるものはすべて、もうあなたは手にしたはず」

しなやかかつ鋭利な刺がはめ込まれた両手がカレの肩先をしっかりとつかんだ。蛇に接吻されたように、柔らかな刺が、雪の彫刻の釣鐘台の上から熱湯が注がれたかの如く、皮膚を貫いた。ただちに感じたのは激痛ではなかった。何よりも恐ろしいのが、生身の体が全くの無防備状態にさらされているという感覚、これほどまでに丸裸にされた感覚は、柩にとって初めてのことだった。

「激痛は報復ではなく、おまえの防備線を解くためのもの。妾が注入したものをとくと味わうがよい。これはおまえに反感を催させるだけのものではないはず……マグダラのマリアの現《うつ》し身を借りているとはいえ、めでたしマリアはなんといっても聖母、彼女とその聖なる幼子がいまだ奥深く眠っている胚胎であるとき、妾はとるに足らぬ彼女らの器にすぎないのじゃ」

雨夜の声はカレの体内の傷に真っ白な塩の粒をまいたかのように、細かい生体情報が差し込まれた牙から全身を駆《か》け巡り、これまで深く眠っていた遺伝子のパスワードをしだいに呼び覚ました。もしも全く動くことができないのならば、柩はひきつるような激痛とてつもない解脱感とで全身に痙攣を起こすだろう。信じがたいことだ。どうやって雨夜は「生神ロックキー」を解除したのだろうか？　冥王星の実家を離れて以来、今この時まで、柩は永野扈が終始緩めることのない監視から逃れることができなかったというのに。

体内に流れ込む情報は不可思議極りなかったが、それでも弁別し得た。超越界の真実を認めることができるように……北の氷洋の絶壁、師匠サウロン・ウェールの隠遁の地で、カレは初めて神通力を見出し、全領域を視野に収められる瞳で宇宙の冥流を目にした。それはカレが自ら望んで自分のすべてを担保にして召還した絶景だった。いかなる偽造物も類推することのできないもの、雨夜の触手の刺が伝えた情報が示していたのは、カレがすなわちアリスだということ……もっと正確にいえば、雨夜の体躯の中にはアリスの魂のパスワードが搭載されているということだ。

「彼女があなたの体内にいる……」

柩は自分の声にぎょっとなった。心が砕けてしまったような、ひどく感傷的で、そしてあまりに無防備な声だった。本来なら、仇敵に自分のこんな状態を見せてはならないはず。けれども目の前の存在を、「雨夜そのもの」と「雨夜に付随したアリスのかけら」といったように機械的に二つに裂くことなどできようがなかった。燃えるような感情が体内を駆け巡り、悲痛かつ奇妙に甘く切ない思いは久しく口にしていない泉の水のようだった。喉が渇ききっている。激流のうねりに巻き込まれて洗い流されることができれば……

雨夜は一方の手で触手の刺を払い、柩の瞳を開かせると、カレのあごをグイっと持ち上げ、半ば強制的に自分を見させた。

目の前の雨夜はこれ以上にないほど特異な複合体だった。精緻な顔は半面がベニスの謝肉祭でかぶる金の仮面となり、マントの下の一糸まとわぬ身体は一面鮮やかな入れ墨で覆われている。胸の乳頭部分はスミレの花の形状を呈し、乳房はたっぷりとした赤紫色に、乳頭は咲きだす寸前の蕾のようだった。手の指と膝には多肉質の触角が生え、先端は柔らかい刺となり、時折刺の先から蜜状の液体が分泌されている。

柩の視線は青銀霜剣のように鋭く、特異な皮相をつらぬき、細かく複雑な染色体の変化をじっと見つめる。雨夜の体の変化のみならず、彼女の周囲に餓え切った肉欲が燃え盛り光を放ち、彼女と体内の超胚胎はなぎ倒すべき貪欲な渦となり、刀剣によって征服されるべく時を待ち受けている。全く怖れのない、複雑な感情に満ちた視線を受けて、雨夜の口調はかつてないほどに慎重で、また狂おしいほどの……期待を見せていた。

「まさにそうだからこそ、妾のけがれた血肉は水の上を這い動き、おまえの深く閉ざされた城門をすり抜けたのじゃ、レオパード・キャットの若君」

柩が初めて雨夜に出会ったのは、ポンペイ玻璃宮にやってきた満月の夜。その宴席でカレの運命は根底から変わった……永野家の庇護から、大災厄の後にさらに激的に狂騒を呈するようになった地球へと足を踏み入れ、ウェールの最後の弟子となり、また初めてシュティルナー博士に出会って、彼女の大地の女神と創造神としての完璧な完成体を愛したそのときだ。当初から振る舞いが優雅で慇懃なアリスの傍らの、妖艶かつ精緻な美しい陰のような雨夜は、違和感を感じさせた……それは羽を広げたときに七色の毒を放つ孔雀《クジャク》であり、地母神を除いては御しがたい存在だった。この感覚は好悪の感情を超越しており、生物本能の感知力で柩はそれとなく雨夜を避けた。

本能の警告の正しさを証明するように、正式に向日葵《ひまわり》に定住して以来、雨夜は各種の甘いワインを猛毒の鶴頂紅《劇薬》に潜ませるといったやり口でカレを刺激したが、なにも権力を奪おうという目的があるわけではなく（柩にとってみれば、昔堅気の誉と品徳に基づいて、喜んで権力をアリスの長年の忠実な従者に譲り渡すつもりだった）、敵意があったわけでもなく、ただ単にこれといった目的のないいたずらだった。原因不明のままアリスが衰弱するなかで、柩は、雨夜が設置した軽く柔らかい薄い膜の外に隔離されたのをおぼろげに感じていた。透明で突き破ることのできない蜘蛛の巣が作る境界に阻まれているようだった。

これがおまえの無邪気さに対する報償じゃ、世間の荒波も陰謀も知らないお坊ちゃまよ……

シュティルナー博士の葬儀では、柩は雨夜が実質的な未亡人の身分を引き受けはじめ、それぞれ思惑を抱いている親族、動力、および敵の間を周遊して回るのを、淡々とした面持ちで観察していた。柩は自分がほとんど装飾品に近い地位に置かれているのをわかりすぎるくらいはっきりと知覚していたが、永野扈のがっしりとした懐に抱かれるのを拒絶し、ずっと自らを嘲笑し続けた。

「彼女の精髄……その水晶体魂と遺伝子設計図……すべていともたやすくあなたはものにした。やってきた目的が、たんなるひけらかしで、私を排除しようというのでないならば、凱旋して戻るがよい。あなたの地盤に引き続きとどまるつもりはない。心配は要らない」

在りし日の情念が走馬燈のように流れ、当初感じた万感の思いから一気に冷たい絶望へ墜ちていく……もしかすると母上大人と叔父が言ったように、アリスははなから愛情など持ち合わせておらず、血統書付きの高貴な猫を寵愛するように、一時の気まぐれをおこしたにすぎなかったのか。そうでなければなぜ自分だけつんぼ桟敷に置かれていたのか？　雨夜がこらえきれずに眩い姿態を示さなければ何かも永遠に知らずにいたかも知れない。

柩は、こういった骨を貫くような一切の事実から目を背け、ひいては扈の抱擁に逃げかえってもいいとすら思った。だが、雨夜の絹糸のような声にしっかりとつかまれ、魑魅魍魎《ちみもうりょう》とした魅惑的な身体が迫って来ると、どうにも動きようがない。

「逃げるつもりかい……そんなことができるとでもお思いかい？」

問いかけは挑戦的ではなく、ましてや喜びなどあるはずがなく、逆に、彼女と体内の胚胎が引きちぎられたかのような悲痛な響きが一杯にこもっていた。

まったく、こんな狡猾な化け物に対し勝ち目などあろうはずがない。別れる前にひどい言葉を投げつけたところで無駄なだけ。柩は雨夜に向き直った……。雨夜の生体紋章にはカレが何もかもなげうってひたむきに愛する存在が保存されている。これだけでも十分だ。柩は手を上げようとしたが、唇の端が動き、愁いをおびた微笑みが漏れただけだった。

「永遠に繰り返される愛憎交響曲にはもう飽き飽きした。あなたとやり合うのは身に余る光栄、私にはそれほどまでして生きたいという欲はない。これで終わりにしよう、あなたは総てを手にしたとお考えになればよい、私の敬意もふくめて、雨夜博士」

柩の予想を遥かに超えて、雨夜の反応は凄まじかった。柩が瞬きをする前に、雨夜の表情には千変万化の感情がよぎり、それが鮮やかな色彩の歪んだ仮面へと凝縮した。

雨夜は墨緑色のマントをさっと広げ、柩の前にかがみ込むと、優しくしかし相手の意向など構うことなく自らの下半身を露わにした。

「おまえが妾《わらわ》を厭うほどに妾はおまえが欲しい。なんとしてでも妾のものにしたい、おまえが妾を避けるほどに強く。妾を粉みじんにして焼き殺し、死骸すら完全に抹殺せんと願うその同じ強い欲望で妾はおまえを生け捕り、妾の鳥の巣に封じ込めたいのじゃ」

言葉は甘く美しいリズミカルな抑揚で流れたが、わずかな抗いも許さず、柩の片方の手を自分の太股の間に置き、引っ込めようとする手を陰茎と肛門の間にある、虹色の鳥の巣のような形をした、激しく収縮する狭い口へと引き入れた。その穴は、狂喜でぴくつき、色白で形よい、関節の浮き出たほっそりとした指を今にも呑み込まんとする。

躱《かわ》すことができずに苦悩する柩の心情を楽しむかのように、全身を震わせ、薬物の束縛から抜け出そうともがき痙攣するような激しさで、雨夜は奇妙な慰めの言葉を小声でつぶやいた。

「おまえは酷いまでに潔癖で、妾はいらだたしいまでに不浄だと、アリスは言った。どんなに厭われ排斥されようとも、妾は火鶴《アンスリウム》を満開にさせ、おまえを妾の巣穴に囲い込むのじゃ……まだ完成を見ぬ神の子のためにも、妾のためにも」

柩は無駄な抵抗はしなかった。遺伝子のロックキーが解除されてからというもの、カレのZ因子は、冬眠からいきなり目を覚ました鳳凰の雛の一群が、四次元の意識を超越した領土を縦横無尽に駆け巡り、神奇な啓示に突き当たったり、分かれ道を漫遊しているようだった。カレはまだ物事をはっきりと見定められるほどには成熟していなかった。ただ、恐るべき核心は少なくともわかった。これまでのように感傷に溺れることなく、柩は両目を閉じると、自分の手が雨夜の秘部、巣の内部にはさまれるに任せ、ひたすら相手が口にした謎の答えを解き明かそうとした。

「そういうことだったのか……甘やかされたこのぼんぼんは世事に疎く、今になってようやく見えてきた。アリスのお手並みは実に鮮やかだ。こんな風に弄《もてあそ》ぶとはね。あなたは、男妾であると同時に子宮を貸す代理母だったのか。アリスと彼女の卵核結晶があなたの両股にある限り、あなたをどうすることもできない」

柩はこのように残酷な言葉を吐いたが、しかし夢遊病者のうっとりとしたような口調だったので、本人も理解しない詩の一節を読み上げているようだった。柩は雨夜が、発情した雌グモのように、自分の上にまたがるままにさせていた。雨夜は、全身を激しくくねらせ、摩擦運動を続けたあと、突然、全身をぐんなりさせ、熟れきった苺の香りのする乳房を柩の口にあてがった。十二本の指の先から有機体の触覚が美しい舞いを踊る蛇のように、柩の全身にからみつき、氷の彫刻の如く煌めく美しい躯にくまなくまとわりつくと、いかなる縄縛図の傑作も及ばぬ精彩な生きた「神経細胞体刺繍図」が現れた。

雨夜は全身をカレの身体に投げかけ、メドューサのような触手が張りつくように柩の鎖骨をなでまわし、雨粒のようにひんやりとした愛撫が胸の紋章から痙攣する焼けつくように熱い下腿へとじんわりひろがっていくと、驚異的な力が柩の両股を開かせた。

「アリスを愛してからというもの、妾は彼女の侍従とも助手ともなりしも、曖昧模糊としたもどかしさが心の内を離れず。身分と名誉を得たいと願い始め、何ものかになり得たいと願うようになったものの、それが何かわからずじまいであった。それが二十年前、清楚な少年が冥王の地域から来臨し、妾の視野に腰を落ち着けたとき、妾のざわめく体内が雪剣で貫かれたのじゃ。妾はついに悟った。妾はおまえが理解できぬ手立てでおまえを得、そしておまえの対極点である太極の陰となる……そうじゃ、生命そのものを超す（larger than life）女になることを思ったのじゃ。妾はおまえを呑み込み、おまえの純粋すぎる陽を占有するのじゃ」

これほど暴虐的な抵抗しがたい状況にあって、柩は御しがたい怒りが涌き上がってきたが、きちんと説明しえぬ感動も伴っていた。カレは雨夜を嫌っていたわけではない。この告白によって心が動かされたことも認めざるを得ない。しかし、カレは雨夜の侵略する対象、この怪奇な実験の道具にはなりたくなかった。

雨夜の触手とひりつくように熱い身体が押しつけられるままに任せていた柩は、顔をのけぞらせたが、頭はあくまでも冷静に、下半身が燃えるように熱くなってくるのを感じ取っていた。雨夜の両股の間の渦は巨大な地場のように反応を強要し、無理矢理押し広げられた股では意志の力を超え、火鶴花の花柱上の陽物が堅くしまった陰核の後ろから頭をもたげ始めている。柩は自分が次第に、滝のように降る暴雨の中を疾走する野生馬に変わっていくように感じた。雨夜の孕んだ胚胎がパスワードを使ってカレに、この陥落の場面を最終的な励起状態へと順次移行させよ、と大声で呼びかけてくる。

「道具、などではない……おまえはわたしたち二人の通路、妾の夫、妾の父、そして妾の主人」

雨夜はカレの目の前でゆらゆらと液状化し、蛇の触手に取り巻かれたメドューサではなく、赤煉蛇の胴体にクジャクの羽、そしてカレが四十九日《なななぬか》全身全霊を上げてもう一目まみえたいとひたすら願った天女の顔というシュールレアリスティックな三種の複合異体へと変容していた。アリスの顔面中央、両まゆの間にある紅ほくろが血の穴のように、カレのぬきんでて激しい生命の核を吸い込み、入り込んだら二度と戻れない大初の深淵へと沈んでいく。

アリスの顔にカレのよく知った表情が浮かんだ。彼女の手のひらが柩の眉をそっと撫でると、悲しみと辛さが入り混じった表情がその声と共にカレの魂に入り込み、生まれついてから今まで氷に閉ざされていた柩の、超生命力を肉体の枷から解き放った。

【前世の命にて、この愛を明言し得なかったことを許したまえ。あなたは私の灯台、私が入り込んだ創造の深い藪の路標。もし二十年前あなたに出会わずにいたら、この世は遺憾この上なかったはず。最後の作品も創出できず、時の神使も空間の聖なる玉座もあり得ず、私たち二人の子供など生まれようもなかった】

一瞬驚愕した柩は、忽ちにして悟った。そして満ち潮のように意識の深淵に入り込んできた胎動のつぶやきを受け入れる。この胚胎はアリスとカレの子供なのだ。カレが目の前の異質複合体生命と交接するリズムに従って、知覚と洞察力が戻ってくる。こういうわけだったのか……雨夜のyxy染色体内部には、陰性の「虚数因子」を持った原体が包含されていた。過去の二十年間に、雨夜は自身の陰性ホルモンを抽出してy染色体と中和させる過程をくり返し行っていたのが、突然、あらゆる空間の還元点、太古虚数元域の開発に成功したのだ。

雨夜の変異した骨盤を肉体の基地とし、アリスは創造過程の最後の問題を解決し、長年培養血の中で冬眠していた神霊の双子を、最後の調和段階に入らせたのだ。そうだったのか。小虹《シャオディン》と胎内の双子は、アリスが自身の子孫を培養する前の、最後の創造物だったわけだ。

柩は神霊そのものといった小虹を思い出したとき、あっと思った。雨夜が養育していたこの子供を柩は前々から可愛く思い、常々抱き上げては身体の上でじゃれさせ、からかっていたが、全く気がつかなかったのだ、あの子とアリスの関係、さらには……

雨夜の胎内、この諸空間が集まった深淵に、アリスがその知識と心血を注いで精製した胚核が安全に置かれていた。しかし、陽性因子の刺激によって活性化しなければ、胚体は、琥珀の中に完全に封印された深紅のアゲハ蝶のように、永遠に凍りついたままなのだ。

柩は艶やかな孔雀の巨大な羽に全身を包み込まれていた。恍惚状態の中で、雨夜の声が、蜜がべったりとついた匕首のようにカレに切り込み、ジグゾーパズルの最後の切り札を切り出した。

「レオパード・キャットの若君、この子の父親はおまえしかあり得ない。おまえの染色体はZ因子の原型を持ち、同一空間の座標で共時性を体現することができる。おまえは無数の平行時間の中で常に恒常性を保つことができる。おまえはありとあらゆる太古の陰性神を錯乱する碑塔。永遠なる時間律の指標……永劫なる宇宙に流刑となった不死鳥、火の鳥」

「野卑な比喩で言えば、妾がおまえの花柱の雨露を吸い取る女王蜂となり、胎内のカノジョに受精させるのじゃ」

雨夜の下半身が柩をぐいっと締め付けた。一瞬猛烈な衝撃が走った後、細かいのこぎり歯の渦が口を開き始め緻密な小鳥の巣へと変容していく。カノジョがカレをそのまま呑み込む。刺激薬による麻痺や束縛がなかったとしても、柩は逃れようがなかった。カレの全身がびくんと大きく痙攣すると、伸び出た花柱の内部が体内へ通じる長い隧道へとかわる。三次元世界の一瞬は、限りない災厄の歴程、涙も夢精も自己コントロールの枠を超えている。

カレが果てなき秘道を墜ちていくとき、師父ウェールの心を痛め気落ちした表情が一瞬目の前にひらめいた。過去二十年間、北氷洋に隠遁していた師父は、カレが部屋に入るのを許した時はいつも失った息子を見るかのように愛《いと》おしんでくれた。夕陽の最後の輝きで太古の秘法を訓練するとき、師匠と弟子は、ほのかな光がめぐっているエネルギーの磁場に肩を並べてたたずんだ。ウェールの表情は、カレにとって、熟知した、それでいて意味が明確ではない古書のようだった。この瞬間までは……

【わたしは天地が交接し、大地神が三つに変容するのを見た。汝は自らを切り裂き、古より今日へと貫

く完成体となる】

最期に柩は大きくため息をついた後、雨夜の焦点の合わない瞳を見つめ、心穏やかに、妻、我が子、そして愛人の三位一体への服従を受け入れた。

「さあ、干ばつで巡りあった荒野の井戸のように私を飲み、私の子供を誕生させなさい……」

白熱化した陽物が、有史以来最も飢餓状態にある収縮する洞窟へと吸い込まれると、洞窟が次第に緊縮し、カレが奉じうるすべてを搾り取っていく。血液と精髄が体内からぐんぐんとわき出ると、カレ自らは持ち得ようとは思いもしなかった次の世代、を活性化する。時間の連続体の境界線上で、永遠に災厄に遭遇し続ける肉体にあって、けっして終わることのない暫しの死、柩は深く陥っていく。無数の時間の花柱が咲き誇る。そして、一羽の火の鳥が、陽のように熱い空虚な虹の巣穴から飛び立っていったのであった。

子守歌は再び終わりを迎えます。血と暴虐に満ちたこの詩をあなた様は何度聞いても聞き飽きることがございません。愛する瑪歌《マルゴ》。血の如き赤き火鶴《アンスリウム》の化身である王こそあなたのお父上。そしてまた未来の伴侶であり神官であります。虚数空間で百年を育まれておいでになった今、全能である神の聖魔陰帝がまさに殻を破ってお生まれになり、諸世界を席巻されようとしています。これ以後、深淵および幽谷、月の闇の面において、わが君瑪歌は月の闇にいる火鶴の王と初めて相まみえることになります——無数の絶望と災厄の運命が始まるのです。

唯一の獣、唯一の主

我又海《われまたうみ》より一《ひと》つの獣《けもの》の上《のぼ》るを見《み》たり、其《そ》は七《なな》つの頭《かしら》と十《とを》の角《つの》とありて、
其角《そのつの》の上《うへ》に冠《かんむり》あり、頭《かしら》の上《うへ》に冒瀆《ぼうとく》の名《な》あり。
其一《そのひと》つの頭《かしら》死《し》ぬばかり傷《きず》つけられたれど、闇《やみ》の龍帝《りゅうてい》が己《おのれ》の栄光《えいこう》、尊位《そんい》、
無上《むじょう》の権力《けんりょく》すべてを此獣《このけもの》に授《さず》く時《とき》、其死《そのし》すべき傷醫《きずいや》されり。

――『黙示録』13:1 – 13:3

01 無絶期《果てなし》にむかって

いかなる人の子も及ばぬ光なみの速さで、人獣複合体である南天超銀河の王弟が蒸気のたちこめる大砂漠の上空を疾走していく。人と野獣の合体した威風堂々たる姿が全速力にて動くその様は、超神ですら驚愕せずにはおれぬ絶景を呈している。

主たるものは砂漠を離れてはならぬとの掟をソレは破り、星団の衆生が焦土の骨塚に変わり果てた一百余年の大殺戮が終焉を迎えんとするも一顧だにせず、今ここに勝敗の決着が記されんとす。人類のものにあらぬ亜神獣の漆黒の両翼を繰り、難鈞《ナンジュン》・司徒凌《リン》は王国の都城星である極北の天の原を越えてゆく。くっきり際立つ長い眉に鬢を具えたブロンズ色の顔は憂慮と思慕の念に満ち、殺気立つ戦役に長年浸りきたソノ身体は張りのある美しい矢のごとく、唯一の愛の対象に向けひたすら翔《か》けてゆく。

ソレのかぎ爪が再び相手の体内に挿し込まれるまで、百年にわたるその飢餓感は些かなりとも減じることはない。

ソレは唯一の愛の対象且《か》つ支配者に別れの宴を設ける。宴の後、カレとともに、超能力を備えた体躯内の生神もろとも六道輪廻の旅に飛び込むつもりである。

百年前、ソレは彼《か》の者と誓約をかわした。時来たれば、彼の者はこの上なく美しい血肉を具えた喰らわれるべき狂獣となり、深紅の薔薇の如き血珠一粒一粒がはらはらし流れゆき、内なる深手を癒す最上の聖薬となる。そして、ソレ、天罰を受けた生神獣の化身は、愛する彼の者が予言した章を実現し、七殺碑の最終設定を仕上げ、神の身体を引き裂き、滅亡の中でカレと新たに交合する、と。

言葉では伝えることのできぬ狂おしい性《さが》と洞察力をもって、難鈞・司徒は生神の血肉と元神《ゴースト》を喰《むさぼ》った後、至高の超越界に墜ちようとも、餓鬼が泣き叫ぶ畜生道に陥ろうとも、永遠に相手に寄り添うであろうことを知っている。これ以上にないほどソレに見合った「天罰」だが、あるいは運命の糸巻きがソレの狂暴なる鬼獣の殺性を特に好んだために、これほどの恩恵を与えたのか。

「難鈎、ただ今戻って参りました。あなたのおそばに、あなたを食らって我が胸にかき抱くために、兄王……」

いかなる人類も、たとえ運がよくとも目にし得ぬ変異体の鷲の双翼が、血色の夕陽の中、天と地の交わる際を大きく羽ばたきながら飛翔する。永劫の血の雨を降らせるかのように夕陽を受けた羽毛が、南天超銀河の宇宙領域一杯に飛び散っていく。

黄砂が舞い上がる荒れ果てた大砂漠の故郷、その中央に位置するは闇龍超神帝の墓穴。上方に七つの亜神の高い塔がそびえ立ち、難鈎にしてようやく達し得る祭壇を支えている。祭壇上では、残陽帝司徒睚《ヤア》が生を終えるその時を待っている。

カレは歴史の始まりへ帰らんとしていた。生死の交わる世界、永劫と瞬間が交差し集積する地へと。

聖血残天の終末刑祭によって、核心となる情景すべてが出現する。その中で、司徒睚は四十昼夜やむことなき深紅の血の雨と化し、仲夏の狂ったように舞い降る雪雨の中を、早くから亀裂の入っている天地を穿ち、そしてのち究極の結合と相成るのである。

02　我を千年痛飲せよ

超星暦22008年、娘の誕生によって、司徒睚は生涯唯一の乙女の知己および夜を徹して飲み交わし交感する最良の仲間を得ることとなった。

天性の特徴なのか或いは自然と相成った本命格だったのか、司徒琰《イエン》は、つややかなピンク色をした球体だった時からすでに強烈な酒を好んだ。成長してのち彼女は常に詩を吟じ酒を楽しんだが、そのやや酩酊した風情がトレードマークとなり、内戦に明け暮れる粗暴な銀河の群雄たちは、その清楚洒脱な絵を肌身離さず持つことになる。

彼女が龍珠の胚胎状態から人類の幼子へと脱皮する前、殻を破って人になる前の三ヶ月間、残陽帝はしばしば、雪風が吹き荒れる夜半に、窓の外で荒れ狂う吹雪の音を耳にしながら、杯を傾けては、雪景色を愛でた。風霜の陽性的気配を含んだラム酒が龍姫の胚胎を包み込んでいたが、それが、彼女が第七感で直接感じた、世の転変を味わい尽くした憂鬱な気配、父王の気配だった。

酒の興が乗ってくると、司徒睚は真珠状の娘の胚胎に近づき、低い声で魂を揺さぶるあの冷酷な歌を歌った。

「見よ、この世界は汝の背後にあり、
傍らの者ども常々口にしは、万物すべては些事矮小なりと。
幻日の早朝、我はただ墜ちゆく」

こうして、上等の酒と歌にしっとり包まれ、龍姫は満二歳を迎える時にはすでに可愛らしい華奢な手で、どっしりとした玉の夜光杯をつかみ、残陽帝の膝の上でにっこり笑いながら、酒杯を傾けては誰にも意味のわからぬ神の言語をしゃべっていた。

司徒睚と司徒琰、彼女らがともに過ごす歳月において、太古の時代から常変わらず盛んに造られてきた果実酒や麦の醸造飲料は、いかなる場合でもなくてはならぬもの、司徒琰の象徴的な長兄であるかのように。超星暦22028年、二十歳の「破幼式《せいじんしき》」を迎えんとする際に小龍姫が唯一特別に要求したのが、当日の典礼において、「交杯三旬」の希なる儀礼を行うことだった。

「参列者参観者はいずれも三旬の杯を交わし、妾《わらわ》と妾の父王の殊に愛でる神液を飲み、酒の神髄を心身にしみ入らせ、三杯の瞬間、酒を口にした者すべてが生神と共に馥郁たる体液を享受するのじゃ……」

龍姫の尋常ならざる、しかし反駁を許さぬ要求に対し、宗法の厳しさでは髪の毛一本たりとも一線を越えることを許さぬ防衛階級、南天超銀河の巫女団はみな大いに困惑し検討会議が幾昼夜にわたって開かれた。そして会議終了の段階で、大司祭斎宮御前《いつきのみやごぜん》が珍しく片肌脱いでひと言も言わずに要求を受け入れたのだった。

娘の瑞々《みずみず》しい笑顔を見た時、奇妙にも司徒睚の心像《イメージ》がきらりと瞬き、元神の記憶の中からもう一つの魅惑的な笑顔がくっきりと浮かび上がった。それは、めったに笑いを見せることのない地獄王子の悦に入った神秘的な笑顔だった。

神酒交杯の宴席を設ける要求のほかに、司徒琰はまた、自分が選んだ客、特に、龍珠の胚胎の殻を破ってから後《のち》、昼夜違わず幼体の龍姫の世話をしてきた侍従の嵐草《ランツァオ》の参列について、巫女司祭団が異議を申し立ててはならないと強く主張した。巫女主任司祭、総司徒葹絹《シージュアン》は並み居る大臣が驚愕する中、あっさりとこの姪の孫娘の要求を受け入れた。

「琰側近の侍従なりて、九品等の臣下にあらずとも、我が宮は嵐草《ランツァオ》・森榠《センミン》に神酒交杯の宴席に加わることを特に許可す。しかしながら、帝君閣下の血盟の護衛である神獣士においては、側近たりとも、神酒及び神霊が人界の交わりであるからには、神獣士の獣神血脈がこれと衝突し気脈の念場を犯せしを避けるため、列席しても飲酒せざるを望むなり」

欧陽鉞《オウヤンユエ》がこれを知ると、巫女司祭団とはそりの合わぬ彼は珍しく眉をひそめ、隠すことなくこの決定に嫌悪と不満を示した。人々が立ち去った後、欧陽鉞は側近の司空副官にひとしきり不満をぶちまけた。

「全くひどいやりかただ。あきらかに生神獣隊長を挑発している……あの司徒家の大巫女がこれほどまで獣性の血筋の未冠の甥を見下し、そのうえ軍上層部の役職にある生神獣法師たちをなぎ倒しにするとは。今回なにか問題が起きなければいいが。それにしても斎宮大巫女が残陽閣下の気質を考慮しないとは、まったく、まったく」

司空篤《ドウ》は一風変わったヤギひげを撫でている。その姿は滑稽だったが、彼女も欧陽将軍もそうと感じる余裕などなかった。

「だいたい、高徳で名高いこの司祭斎宮ですけれど、そもそもが先代の司徒宗主の長姉です……恐らく巫長大人ときては、単に生神獣隊長閣下を挑発したのではなく、跡継ぎである我が残陽帝も、大人しくしなければついでに拘束すべきと見なしているのではありませんか。あなた様もご存じだと思いますが、ああいった、生きたまま寺に閉じこもり、座禅を組むかお経を唱えている出家人たちが、時局や事の真相を知ることなどできるはずがありません。高飛車な斎宮御前なんてなおさらですよ。あなた様が初めて司徒皇室と衝突したのが、彼女が、残陽帝に即位する前、あのけったいな皇族廟に七日七晩閉じこもるよう言い渡したためだったのをお忘れですか……」

不満が爆発寸前になっていたものの、ユーモアを解する欧陽鉞は、当時の場面を思い浮かべて思わず笑いを漏らした。

「本当にあれは絶景だった。まるで遠き太古の時代の動揺から抜け出てきたような、まさに「尖った耳をしたほうきにまたがった魔女」が、我々の残陽帝をひっつかみ、カレが最も忌み嫌っていた無聊この上ない清修寺院に押し込めようっていうんだから。それに、このすごい斎宮御前だからこそ、「小睚《シャオヤア》が言うことを聞かないんだったら、おばさんがそのかわいらしいお尻を叩いてやるからね」なんて、誰にも言えないようなことを口にできる」

欧陽鉞が語るほどにゴシップめいてくるのを聞いて、司空副官はひげをよじって大笑いし、すんでの所で、先ほど飲んだ上等の玉露を吹き出すところだった。

「確かあの時は、残陽帝は怒り狂って大泣きしたね。実際のところ、斎宮御前だって我らが陛下の気性を知らないわけではなく、ただなんとしても彼女の「小睚」を服従させたかったのさ」

その結果、欧陽鉞すら予想しなかったことに、司徒睚は、幼いころからカレに服従を強いてきた斎宮の伯母に究極の意趣返しをすることになったのだった。

宴席では、桃色の薔薇のような雰囲気が辺りを包み込み、イルミネーションがまぶしい街路樹のような情景が愛娘の司徒琰にぴったりだった。儀式は粛々と滞りなく進み、司祭団が采配をふるうそれぞれの段はいずれも華やか且つ厳粛であり、列席した欧陽鉞は顔をこわばらせていた。田舎育ちだったので、このような凝りに凝った煩雑で儀式張った場面にどうしてもなじめなかったのである。宴会のクライマックスである「交杯三旬」の前まで儀式があまりに順調に進んだので、欧陽鉞は奇異に感じるほどだった。上座に座った斎宮御前も、今回「小睚」はこれまでになく従順だとみなしたのか、満足げに頷いていた。だが、幼い頃この伯母に「言うことなんか聞くものですか、おめおめと大人しくしているはずがないでしょ」とあっかんベーをして見せたように、残陽帝はやはり少しも従順ではなかった。

儀式がそろそろ終わりを告げようとする時、皆の衆を唖然とさせる事態が起こった。残陽帝が「もう一杯」と所望し——つまり三旬の神酒を飲み終えても、手に持った酒杯を置こうとしなかった。カレは物憂げそうに空になった銀刻の水晶杯を手に提げ、白くすらりとした指で杯の縁をなぞりながら、傍らにぼんやりと突っ立ち、時々うっとりしたようにそっとカレを見つめていた若い事務官に早く酒を注ぐように命じた。

「注いでくれ、もう一杯所望だ」

夢見るような微笑を浮かべ、司徒睚は厳粛な面持ちの伯母、斎宮にウインクをしてみせると、悪ふざけのように敬意を表して杯を挙げた。けれども杯に唇をつけて一口啜った直後、手を逆さまにして神の血酒をあたりに飛び散らせながら、なまめかしい仕草で自分の両股の間に酒を注いだのだ。

したたり落ちる神聖なる美酒は司徒睚の股の下で水たまりとなった。その美しい顔に魔性の輝きを見せて、カレは指の先で酒をひとすくいすると、サクランボのように真っ赤な唇に塗りつけた。

「うまい……残りもきれいに飲まなくてはね」

誰も止めることができず、声も上がらなかった。皆が目をみはり、視線を一身に集めた残陽帝が、龍の文様の付いたローブの前をゆるゆると広げ、興奮を誘うすらりとした美しい長い脚を露わにするのを見ていた。

司徒睚はクスクス笑いながら両股を150度に開いた。そして幼い娘を抱くと、満足げにほおずりしながら、終始斎宮の命に従い、神霊祭の酒をまだ一滴も飲んでいない生神獣隊長、グリフォン帝を一瞥した。

目の前で妖艶このうえない姿態、特に残陽帝の、皆への分け隔てない幻惑的な微笑に刺激されたグリフォン帝は、峻厳な態度をそれ以上持ちこたえられなくなっていた。直立不動の俊英なる近衛部隊長の生神獣の、その自制心が突如として崩れ、神獣王たる複合体が品格ある陽性の肉体から忽然と姿をあらわした。自制心を失うその瞬間、難鈞・司徒は残陽帝の呼びかけを聞いたのだ……

「こちらに参れ、難鈞、私の股の間の、杯からこぼれた酒を飲み干すのだ。これは神酒にあらずとも魔導で精錬された血酒、唯一お前のみが飲むに値する酒だ」

03　愛の劫《ゴウ》・明けの明星の断崖

その日の後《のち》、星団の標準暦で数えて一世紀近くの時が瞬く間に過ぎ、千万悪獣の王、難鈎・司徒が、帝であり兄である王を連れさる時がきた。後世「十字天崖の塔十三昼夜」と命名されるその災厄の日、南天超銀河は残陽帝を危うく失うところであった。正確に言えば、南天超銀河の人類が途方もない賭けをして、残陽帝を魔神と獣の合生体の懐に送り込んだのだ。

この年月《としつき》、生神獣法師部族に激しい嫌悪を抱く人間たちは常に強硬な態度を示していたが、中でもとりわけ執拗だった高官が南天超銀河軍政議事団長の長老、司絪《スーイン》義《イ》鈓《レン》だった。この人物はつねづね「人と獣は決して共存してはならぬ」と全力を挙げて大衆の敵愾心《てきがいしん》を煽り、独自に立案した「生神獣胚胎の抑制案」草案を制定することを決してあきらめなかった。お膝元の生化学物種演算学者たちの集団の合意を経て、彼女は気炎を上げて意見を吐いたのだ……

「人と獣の複合体の存在は、いきすぎた魔導遺伝子進化学の恥ずべき想定外の結果であります。特に超星団が自由創生法案を可決してからというもの、一旦、胚胎株が親の代の魔導念場《テレパシー領域》に繁殖した場合、それを回収して焼却する術《すべ》がないのです。四象限評議会の過度な放任に対し、大多数の純潔な人類福祉の立場に立つ私は、こういったことが二度と起こらぬよう善後策を講ずるしかありません。あたかも太古の時代に皆の衆を巻き込み蹂躙した流行疫学のように、黒死病にしろ、癌、コロナウイルスにしろ、我々はあらゆるエネルギーを傾け、政策を駆使しこれを食い止め御してゆかねばならぬのです。もはや見過ごすことのできぬ人獣複生命体の問題についても、当然ながら同じであります」

超星暦22109年の南天春節の大晦日、軍政議事長老円卓会議では七対六の僅差で司綱義鉦が数十年来推してきた抑止法案を可決する。この議案は治外法権の存在である人獣複合体に狙いを定めていたのだが、法案通過によって、百人余りに達する高級軍官、生神獣部隊もまたその翌日に武装解除させられ重装部隊の監督下に置かれる処分を受けることになったのだった。

その晩、百年の災厄の日々を共に過ごした節肢相公と向き合ったグリフォン帝は、神獣共通の言葉でメッセージを残した。じっと相手を見つめ長年にわたる兄弟分の情を確認した後、永遠なる少年の苦悩に満ちた透明な二つの瞳がじっと見つめる中、一人忽然と飛び去っていった。

【受け取るのを延ばしてきた賞品を取りに行く。私のことは忘れろ、すべてが思いのままにいくことなどない】

いくらも経たないうちに、節肢相公は言うまでもなく、最も愚鈍な人間すらこの言葉の意味を悟る。この年、南天超銀河の春節は、後世「百劫残陽」と呼ばれることになるのだが……その晩、軍団の宿舎を発ったグリフォン帝は一瞬たりとも時間を無駄にしなかった。まず稲妻のごとく副相兼外交部長の司綱義鉦を誅殺したあと、残陽帝の寝宮に侵入し、生神獣部隊隊長としての最後の権限を最大限に使い、自らの名において司徒睚を連れ去ったのである。

引き続く十三日間、南天超銀河は全土にわたる疫病の大流行より更にひどい惨状に陥ることとなった。欧陽鉞ですら憂慮のあまりいても立ってもいられなくなった。司徒睚が非嫡出子である弟に殺されることはないとはわかっても、歯止めの効かなくなった生神獣隊長が限界の度合いをはかれるかどうか甚《はなは》だ疑わしかった。

欧陽将軍は全面的な状況から判断し、軍事円卓会議で司絅義鉦に反対票を投じた他の五名の軍政大臣を集結すると、司徒軾《シ》と折衝し調停を試みた。条件は、議事団が無条件で司絅義鉦の議案を取り消し、緊急事態の際は、あらゆる武力を用いて、死傷させないという前提のもとに「元生神獣隊長」を取り押さえ、残陽帝を救い出すことだった。

□

鷹玥王都星《イーグルパールキャピタル》の南北の両端には、それぞれ半公転する衛星があった。南端の衛星は「逆十字」といい、もとは球状星団の周囲をめぐる逆十字《アンチクロス》の光の暈《ハロー》である。十年に一度の全日蝕ごとに、逆十字の光の暈が鷹玥星の人々の頭上で輝く唯一の光となり、このために「黒淵の光」と呼ばれていた。

この衛星で最も高い場所が「明けの明星の断崖」であり、険しくグロテスクな形状をしていた。この断崖の上にそびえ立つ高い尖塔が、グリフォンの幼年期の住まい——曾て崖の上を気ままにぶらつきながら獣の爪で辺りをさすっては自分のテリトリーの印つけをしていた地、ソレが唯一優しい気持ちとなり得る場所だった。もちろん、難鈞はそれが「故郷」なるものへの愛だとは気がつかなかったが。

グリフォンは理解できなかったが、意識を失い、ソレの肩に担がれこの地に連れてこられた司徒暉にとっては、こういった心情こそ「抜け出すことのできない狂おしい愛」だった。グリフォン帝は多重複合体の獣性体として、その味わいは知っていた。言葉では言い表し得なかったが、非常によくわかっていた。司徒暉はソレにだけ属する獲物だった。ソレがもし酒飲みだったならば、司徒暉は生涯追い求め続けてきた美酒である。懐にかき抱いた「人間」を味わい尽くさんとする以前は激しい飢餓感に常につきまとわれていた。謂わんや、百獣の王としての栄えある誓約を以てしても、ソレにはそうする絶対的な権力があったのだ。

「そなたは我が獲得品。これは単に吾が生神獣の競技における当然の覇者であるからだけではない……。吾、万物の混沌の坩堝《るつぼ》からこの地に誕生する前より、この世界に吾を引き入れた魔物が言っている。吾は神の血肉を喰らう黙示録の悪獣であると」

混迷状態からゆっくり目覚めた司徒暉は、グリフォン帝から乱暴にベッドの上に投げ出されたまま、うっとりとした眼差しを時折瞬《しばたた》かせながら、相変わらず誰からも呼び覚まされ得ぬ昔の夢に浸っていた。

「汝の神を犯し、絶対的な悪獣にさせようということだったのか……宗教大法官として、魔物の親の世代は、根本から邪悪な心根だったわけだ」

難鈞・司徒は服を脱ぎ、陽性そのものといえる逞《たくま》しい身体を露わにした。それは熱くたぎる湯が天幕から降り注ぎ天の支柱となった熱湯の滝のようだった。長い手足と縦横がっちりした堂々たる身体、青銅の塑像のように厚い胸の心臓部にきざまれた、羽を大きく広げたグリフォン帝の刺青が、不意に司徒睚の朦朧とした視線に飛び込んでくる。グリフォンの顔は完璧なる美を呈した人類のそれで、俊英且つ無慈悲そのもの……深く落ち込んだ目、くちばしは残忍非道なる暴虐の痕跡をとどめ、高い頬骨とまっすぐな鼻梁が翳《かげ》をつくり、代々にわたる名付け得ぬ暴虐と血塗られた歴史とに分割されている。

百年以上もの間煮えたぎっていた狂おしい熱情の告白と共に、神と野獣の合体した弟は物質と神の化身である兄を押さえつけ、ソレのみが占領できうる領土、冷たい光に包まれた深い淵を占有せんとした。司徒睚は目の前が突然真っ暗になるその直前、瞳の奥に黄色い地獄の炎が燃える獣の目と、野獣の中の野獣である弟の言う言葉が聞こえた。

「吾は汝の唯一の獣(monster)、汝は吾の唯一の主(Master)」

その十三昼夜のあいだ、時は留まることなく駆け抜けていった。

司徒睚は、時空ベクトルの変化を使って時を数えた。体内の夕陽のように巡り来る生神の念場《テレパシー》を除けば、食事を与えられ、身体を洗われ、薬物を注射され、そして毎度の暴力的な性愛の後に疲労困憊して意識を失うくり返しだった。奇妙なことに、この間、魔導無意識端子《ターミナル》である夢の旅《ドリームトリップ》を起動することができなかった。人の世に降り来たってから初めて、司徒睚は内外の心身、意識と超越念場の各領域で、絶対的な金縛りにかかってしまったのだ。

明けの明星の断崖の頂きの岩屋に連れて来られた当初、生身の視覚がまだ効いた最後の瞬間に見たものは、グリフォン帝が自分の身体にまたがり、股からあの堂々たる荒くれる刺が突き出ている形象だった。

そのものはいかなる獣の牙よりも堅く尖り、いかなる陽物よりも激烈且つ、いかなる刃物よりも殺力と深い情をたたえていた。氷河期のマンモスの牙に似たその異物は鹿の皮の長ズボンを突き破り、司徒睚の視覚領域に突き出ていたが、それは、グリフォン帝の微かに開いた口の端でぎらりと光る獣の牙といい対称をなしていた。

「これが汝への贈り物だ。吾がこの世に生まれ出でてより常に影の如くつきまとう呪われたるもの、超越界の混沌そのものから来たりた激痛の刃」

すでにほぼ野獣の形状と化したグリフォン帝の全身は、人類の片鱗すらとどめていない。ソレの獅子の爪がさっとふるわれた途端、司徒睚の半裸の上半身に幾筋もの赤いみみず腫れが走り、さらにもうひと払いで服の残骸が引きちぎられ跡形もなく辺りに散った。力強い下半身が太股の間にわりこみ、その荒くれる刺が司徒睚の帝王百合の下腿の間に挿入するや、すべてを呑み込み貪婪に喰らいつくし、そして猛然と彼の内部の塔へと突き進んでいく。

司徒睚は目の前が真っ暗となり、火に焼かれるような激痛が、あたかも城塞を舐め尽くす炎のように内部にひろがっていく。のけぞりかける首にグリフォン帝が噛みつき、前肢でその身体を支えなければ、両手を後ろに縛られ、半座り状態のまま相手にもたれかかっていた身体はバランスを失い後ろに倒れ込んでいただろう。

「今からしばらくの間、汝は自らの目と別れを告げる……生体の視覚麻酔薬はすぐ効いてくる。何も心配することはない。何も見えないのだから、ただじっと耳を澄ましておればよい……汝の体内での吾の雄叫びを」

その瞬間から、司徒瞗の視覚は自分自身と完璧に融合する。摩擦と進入時の純粋な肉体的知覚を除いては、嗅覚で情況を知るしかなかった。

毎度夢の全き真っ暗闇の深い眠りから覚めるごとに、まず荒々しく身体にのしかかっているグリフォン帝の臭いを嗅いだ。タバコと生肉臭が混在する熱い躯は奇妙な懐かしさを思い抱かせる。そして、長きにわたって廃屋となっていた岩窟のすえた臭い、身体の下に敷かれている生命のない毛皮の発する獣臭さ、そして生体注射の淡いオレンジの花の香り。

食事が済むごと、司徒瞗はグリフォン帝の肩に担がれ、岩屋の外にひろがる礫土を散歩した。周囲の高く切り立った絶壁には、紫薊《ムラサキカッコウアザミ》の香りが一面に漂い、霧に包まれた荒野に生い茂るツタや雑草と海抜八千の崖の乾いた空気は、まさに故郷にいるという感を強くさせた。

散歩の後はいつもグリフォン帝の背中に乗せられた。力強い鷲の翼が司徒瞗を乗せて、百里の周囲を飛び回るのだった。

その巨大な翼の上に横たわり、司徒瞗は玉のような白い肢体を延ばす。目隠しをした子猫のように、鼻先を鷲の翼の先に近づけ、グリフォン帝の濃密なたてがみの生え際を軽く舐める。

そういったとき、グリフォン帝はいつも振り返り、黒いたてがみで覆われた猛々しい獅子の首を司徒瞳の頬と首にすり寄せた。それは暴虐の限りを尽くした後の絶対なる優しさだった。

「褒美がくるのが遅すぎた、飢えが限度を越した、一晩では収まらない」

十三昼夜がふたたび繰り返される。太古の神の途切れることのない遺跡のように。そして終いに、グリフォン帝がその獣性の絶頂を何度も迎えて、これ以上にないほどの高まりのなかで絶叫したとき、掌《てのひら》と踵に金属の釘を打ち込まれたかのように、司徒瞳は全身を弓のように反らせ、究極の勃起を経験した。目の前の獣神はすでに癒しの過程を終了していた。弟はカレを人間界に送り戻すだろう。

「汝を傷つけることで吾は完璧となる。汝を傷つけた後で汝を愛し、それによって、吾は救いを得るのだ」

難鈞・司徒が口をゆがめて笑うと、白く輝く野獣の牙が強烈な天光の下で燦然と輝いた。司徒瞳の背筋に沿って先ほどまで血の洗礼を浴びせた生神のかぎ爪のように、それは真っ白く激しかった。

「しかし吾のみが満足すべきではない、我が地獄の王よ……だが吾に得るところのものを得させるほかに何が出来うるか、何を以て汝の体内の残墟を再び癒合せしむるか。汝の内部の傷は吾が与えた爪痕とかき傷より更にひどく、この世にそれを癒しうる者があるのか？」

司徒瞳はつらそうに一本の指を立てた。真っ白くか細かったが異様なほどにまっすぐしゃんとしている。それは鬼神の招魂曲のように、難鈞・司徒体内の悪鬼精霊の空穴を癒合せしめた。再び肉眼で一切を凝視するようになった残陽帝は恍惚としたように優雅な笑顔を浮かべると、この世で唯一の弟の天庭穴を見据えた。

天庭を穿いた明心見性は怒濤の流れを引き起こし、体内の激痛は声なき音楽と化す。蛮荒の刺によって司徒瞑の心身が刺し貫かれ、そこから名状しがたい愛があふれ出てくる。

【覚えておくのだ、弟よ、我が屍の洗礼者ヨハネ、鬼神と畜生の合一体、これがお前の永遠なる本来の姿だ。時がくればお前は余の屍を割き、永久に余と血肉を分け合うことになる】

司徒瞑の両脚がカレにのみ属する怪物を迎え入れ、難鉤の長い刺を体内の荒城に差し込ませ、宇宙の流れと合流せしめる。それが鬼畜に分け与える神の体液であり、こんこんと流れる血と精髄によって、鬼畜神獣の慟哭は収まりゆく。カレはあるかなきかの穏やかな笑みを浮かべている。この十三日は最も強烈な薬のように、内なる秘密の扉を開ける鍵を出現させた。カレははっきりと悟っていた。内なる皇天が一旦開かれたならば、カレが流した血があらゆる不義を粉砕し、敗北の傷口を素早く癒合するであろうことを。

04　獣の宴、神の入棺《じゅかん》

『南天超銀河興亡族裔系譜』一書の記載によると、この儀式は七昼夜執り行われ、護衛としてその場で目撃していた生神獣兵団の軍官総勢九十九名は一人残らず殉職する。高位の魔導法師の精髄を使い果たした祭壇周辺を守る七名の門神の如くの七座の人身亜神塔は、その最後の瞬間、「海の蜃気楼のように蒸発してきれいに消えてしまった。これらすべてが全像七感記録儀によって完全に保存されなければ、後世は私が経験したことどももすべてを信じないかも知れない。肉体が滅びようとするこの時、「絶対的な生と滅」のその一瞬は依然はっきりと心に刻みこまれ、私とともに生と死の永久の循環に入るであろう。しかし、心からお慕い申し上げる我が残陽帝陛下は、すでに生死の輪廻大転変の河にはおられない……」

聖なる血残天儀式が終了してから三ヶ月後に歴史家はこの書を完成し、満足げにため息をついた。悲喜哀歓のいずれも、運よく目の当たりにした類いまれなる孤高の輝きを言い尽くせはしない。それから間もなく、歴史家の念場は系列化された元神の転輪《サイクル》工場に入り、そして南天超銀河第七代の外相兼主席史官である瀧戻雪《ロンリイシュエ》へと転生する。

すでに来世に身を置いているにしても、歴史家は神魂《ゴースト》があの瞬間を思い起こすやイメージの流れを止めることが出来なくなった。奇妙なのは、瀧戻雪の仕える王であり、また唯一個人的感情を投入する司徒夜冥《イエミン》が、何度人生を経ても隠滅することの出来ないあの一瞬を常に思い出させることだった。

残陽帝の体内に今日まで蓄積された「熱劫七殺碑」がついに姿を顕した。それは燦然と黒光りする美しいチェロに似て、極刑と神聖なる印による洗礼を受けた身体が優雅に降誕してから、黒色の環は日蝕よりも更にくっきりとそして完全に諸宇宙の白太陽の光に取って代わっていた。

その時歴史家は自らの限界を破格のレベルまで引き上げ、最高感度の情景同化モードでその場すべての情報と念場を吸収した。そこには、司徒暱のまつげの瞬きの動きから、繊細でまっすぐの鼻梁、ほとんど聞き取れないほど緩やかな呼吸、そして両股の間に形成された牙のような形状の七殺碑もあった。それは司徒睚が全てのエネルギーを送りこんだ集合体であり、またカレ自身の永遠の石碑でもあった。

□

司徒睚が自分に与えた劇の最終場面は七日の長きにわたる自刑だった。これ以上に動乱を召還し、義と不義の極致を極め尽くすためである。それは、人類にとって常に謎であった詩情豊かな狂った王が演出して見せた「破皇天」の祭儀……破られた超越界の傷口は、まさに究極の残皇陽天、すなわち司徒睚の元神であった。

全次元の欲望のエネルギーが混沌とする坩堝《るつぼ》で、司徒睚は、何者をも凝視する必要がなく、光幻衆生を優しくどこまでも包み込む一つの瞳を大きく見開いた。烽火と広大な砂漠が四肢百骸を取り囲み、カレを引き裂き解体するもその古より今に至る、心身の各部位をそれぞれ大切なものとして鄭重に扱うのである。

四肢と身体を引き裂くは、興亡と動乱の永続なるがため。刑天の戟を胸に突き刺すは、天地おのおの決して交わらんとせしむるがため。目をえぐり、南天超銀河の皇天后土の端に置くは、太極を八荒に帰するためなり。

カレは逆十字の水晶の祭壇上に仰向けに横たわり、頭を微かに持ち上げたが、何かを見るわけでもなく、口元にあるかなきかの優しい微笑みを浮かべていた。受刑の最後の一瞬、決して訪れぬ顔から解脱し、念を断じ、情を断ち、そして狂おしい愛へと向かう。

司徒睚が凝視したのは一切と一切の他のもの、七つの深い傷が肉体を穿つとも、カレは歌を口ずさむ。血の跡は火の鳥の如く、傷だらけの艶美なる躯の上をひらひらと舞い踊る。聖なる血残天の儀式はまもなく終わろうとしていた。皇天はすでに割け、司徒睚の眼底からきらきら輝く光体が滲み出し、唇の端には細かな亀裂がはいり、鎖骨の上には凄まじい烙印がくっきりと浮かび上がり、両太股の間でひろがった七殺碑がすべてのものを撃ちくだかんとする。エネルギーが縦横無尽にほとばしり、周囲八方を照らし出す。

全身に深紅の花の雨が降り注ぐように激痛が傷だらけの身体全体を覆う。カレはあの扉が次第に開き始め、運命の精魂が無から有へと盛んに降臨し、進み出て血なる酒を受け止める運命の超神が、欣然となにもかもを捧げるこの太古の池を燃やし尽くす。

【すべてがこのように、食用としても狂宴としても、尽きることなく……】

この儀式が記しているのは、生の壮絶な狂宴、死の痛みある栄光だった。

□

それは究極の天刑、祭主と生贄《いけにえ》の身体に施される七言絶句の碑の仕上げだった。鎖神釘が一本ずつ天から降臨するごとに、司徒睚の一部が宇宙の広大な流れ、すなわち原初のカレ自身へと回帰する。

最初の一対の牙状の神釘がカレの膝頭を打ち砕くや、透き通った血花が咲き出でた。第二の刺のある長い神釘一対がそれぞれ右手と左顴骨の天位穴道を穿つと、あまたの騎馬兵が氷原を疾走するかの如く割けた傷の激痛が全身に走り、残陽帝は失神するかのように大きく息を吐いた。星の形をした第三の鎖神釘は両眼を射貫き、カレと人間界の最後の絆を断ち切る。最後の　本は細長い三叉の戟でハゲタカの猛々しく残忍な叫び声を伴っていた。その天地を貫くような長い刑天戟が胸に打ち込まれた瞬間、残陽帝の身体はがくんと大きく震え、痙攣が声なき楽章の如くはじまり、舞い降りる雪の如く、鮮血に染まる剣のような受難の躯を覆い尽くした。

残酷な刑と血の洗礼を受け、残陽帝は原初の日没のような面持ちを浮かべていた。日蝕が刑場唯一の聖なるもの、死と永劫が恒久の獄吏。

「もし汝に聞こえるならば、ここにすべて吾と全てを共有すべし。吾は汝とともに永続するものすべてを分かち合う、永遠に今この時から……」

司徒睚は焦点を失った視線を天干《てんかん》東北六十六・六度の角度に向けた。あるかなきかの低いつぶやきときらりと光る一滴の涙が、次第に暗闇で覆われていく視界に墜ちていく。

丁度その時、混沌系と黒曜系を隔てていた垣根の万有超新星《ノヴァ》の弦軸《糸巻き》が乾いた音をたてて割け、それと同時に蒼天と超越界の境界が破裂した。黒い太陽の冷光が今まさに薄れていく視野の中にじわじわ広がり墜ちてゆく。カレのみが見ることの出来る真っ赤な超新星《ノヴァ》がひとつ、眩い光を発しながら司徒睚の胸の傷口に降り入る。カレの眼の奥では、鮮血に染まった透明に輝く根を持つ百合が、何者にもとらわれることなく自在に花弁を広げている。無数の破滅と災厄の中でも、決してしぼむことなく。

【ついにその時が来た、我が愛する子よ、これ以後、すべてにおいて私を捜すのだ……】

最後に、七殺碑がカレの体内ですっと伸びると生まれたての花心のような姿で人間界と洪流に存する百態に接触する。と、司徒睚の四肢が激しく痙攣し、躯を縛り付けていた鎖と七つの聖なる傷がぴんと張り詰め、天を破る稲妻の如く力をみなぎらせる。

七殺碑が放たれたまさにその瞬間、難鈞が血色の砂漠と共に姿を現し、司徒睚を包み込んだ。生神獣の王は今や、三種の獣の両翼と三本の腕を持つ鬼畜神の姿であり、餓狼より更に巨体のその鋭く尖った牙でカレの四肢百骸にかぶりつく。

時は来た。獣が飢餓の淵から覚醒し、神の足下にやってきたのである。原初の故郷はもう引き裂かれ七つの死すべき傷を負うことはなく、流れゆく時と永遠なる時とが再び合わさった。

【その時にいたりて、汝は吾を引き裂き、跡形もなく解体し、喰らい尽くす。こうして、吾は我が哀悼を捧げる源郷とついにまた癒合せしむる、吾もまた、このすべての過程の中で舞を舞う、すべてが終わりを告げるときまで】

難鈞・司徒は天の遣わした鬼獣の姿で現れると水平に置かれた黒い水晶の十字の塔に舞い降りた。生神獣の王は至高の君主である獲物に完全武装で襲いかかり、目と口にて「その御方」の傷を愛撫し、股の間の鋭い刺にて深淵の如くの裂傷それぞれを穿つ。

永遠に続く時の流れの中で、難鈞・司徒は残陽帝、ソレの兄であり、ソレの愛するところのものである残陽帝を平らげていく。

最初の一口は飢え乾きの中で、二口目はこの上ない愛慕の情で、その後に続くひと口ひと口は死も滅びもない優しさと激しさで。『その方』の血肉は「そのもの」の飢え乾きを癒し、「そのもの」の牙が「その方」の傷を呑み込むと、世界は原初の美しさを取り戻し、荒れ野に色とりどりの花と髑髏が咲き乱れ、果てなしは太古の暴雨に覆《おお》われる。

唯一の獣《わが兄弟》、唯一の主《わがあいのとりこ》。

勇将の初恋と死への希求

長年にわたる戦乱の世、幾世代もの年月《としつき》が知らずして過ぎ去った後《のち》、王位継承の儀式が執り行われるその夜、森羅・塔達安《タダアン》は跡形もなく消え去る一瞬、永遠よりもわずかに長い時を得たのである。

画面からはみ出した一コマのように、彼女は遠い昔の、あらかじめ予知された臨終及び臨終の際に顧みられる序曲――それはメビウスの輪の切れ目、光と熱の無伴奏曲――に見入っていた。


超星団標準暦八八七一年、南天超銀河の王位継承者の成人式まで黒ダリアがもうあとひと季節咲き誇ればいい時期、御前将軍の卓越した叡智と御業はまさに全盛期を迎えていた。

とがった先端からどっしり丸い下部へと美しく優雅なラインを描く円錐形の高い塔《タワー》が、塔達安《タダアン》星域の中性子星海帯――居住区として唯一開発可能な惑星である氷霧に囲まれた天体「堂皇都《グランドキャピタル》」――にそびえ立っている。

宇宙船のメーターがこわれるような危険なスピードで森羅・タダアンが最前線の野戦場からこの塔達安の別荘地として設けられた小惑星に馳せ戻ってきた時、脳裏に湧き上がりうねるような思いはただ一つ、南天の超銀河の麗しい非凡な王であり、御前将軍の肩書きと一本気な性格によって愛慕する司徒蘋《ピン》だった。

【勝ちが決まっている戦場を離れて一時の休みを取らせると仰せられるが、陛下は活動的かつ激しい性格であらせられるからには、無償でこのような周到な温かいお心配りをされるはずはあるまい……】

タダアン将軍の口元にうっすら苦笑いが浮かんだが、そこには陶酔して従順に従う甘い心持ちが伴っている。百獣の王である獅子が、砂漠を舞う黄金の砂のように雄々しく光り輝く狩猟の女神を前に、崇拝してひれ伏すかのように。司徒蘋と各色界の南天超銀河の将軍武将たちが形成したのが、このように明文化されないピラミッド型のヒエラルキーだった。

それでは、この黒血の王女《オンナノキミ》陛下と一緒にやってきた王位継承者、司徒楠《ナン》とは、一体どのような存在か。彼女は物思いに沈みながら、象限を超えるスター戦艦から降りて乗り替えた飛行神馬、愛馬メアリンスの、機敏に駆け回るその銀灰色の身体をさすった。

「陽気な侍従や別荘の総監によれば、まだ未成年の王位継承者は、秘石の玉で彫られた美しい像の如しだという。奥義を究《きわ》めた二つの瞳にかすかな光が瞬き、見たものを一瞬にして魅惑して、謎を究めたく心もそぞろにさせるとね。殿下の二つの瞳はまさにお前の毛の色なんだよ、メアリンス……」

砂漠上では百人に勝り、勇猛果敢な戦士の集団をいともたやすく殺戮するこの猛々しい将軍は、くっきりとしたやや影のある深くくぼんだ眼を持ち、時折鋭い眼光をあたりに発した。背丈のある花崗岩に彫刻されたがっしりとした身体は、この瞬間、最高の獲物に近づく剣歯虎《サーベル・タイガー》に変身したかのようだった。

「ただ、幼いころから王女陛下に寵愛されお遊びをしてもらっておられた小楠殿下が、お前と同じように、甘い菓子と美しい轡の拘束具とともに調教された後で、私にこのように撫でさせるかどうか……」

ことが起こる前に、勇猛な武者の胸中は猥雑な思いが繰り返し巡ってきていたが、それでも森羅・タダアンは、この後すぐに自分の我慢強さが跡形もなく消滅する場面に遭遇しようとは予想すらしていなかった。

惑星やその周囲に放射される中性子星の爆発を眺望する高い塔のてっぺんで、元神浮印の内部変換コードを入力すると、突如、主寝室の魔導隠し扉、秀逸精美な黒の湘竹の簾《すだれ》が、さっと真ん中から二つに分かれて開いた。御前将軍が招き入れられたのは、かくのごとく穏やか且《か》つ超俗的な風光明媚な光景だった。

豪華な六角形のベッドは、入り組んだ銀細工のツタが曲がりくねって上方まで絡みつく六本の柱に支えられ、天蓋にはたわわに実る葡萄のもとでバッカスとその弟子が宴会を楽しむルネッサンス期の絵が描かれている。ベッドの上には司徒蘋がワインレッドの絹帯と銀色の革帯を編み込んだ緊身服《ユニタード》をまとっていた。艶やかでふっくらとした真っ赤な唇が最上の美酒に酔ったように、軽く開いている。彼女は玉を蝶の形に彫り込んだ冷たく黒光りする感覚封鎖具を手に持ち、横向きに横たわっている司徒楠の両目にかぶせた。それは、万華鏡のきらめく光の輝きもその万分の一すら描写し得ない神秘的な二つの瞳だった。

タダアン将軍を魂が奪われるほどに驚嘆せしめたのは、南天超銀河の君の傲慢な美しい容貌だけでなく、優雅で泰然自若としたけだるそうな王位継承者、幼くして憂いを秘めた王子殿下だった。肩の大きく露出する黒い光沢のあるベストを着て、鎖骨から腰まで銀の輪で覆われ、華奢な身体は細い縄で縛られ、下半身には、裸体よりもさらに刺激的な革ズボンをはき、ほっそりと長い曲線美を際立たせている。司徒家の美しい陽性の跡継ぎは、生まれながらにして混沌系運命超神王女の唯一無二の伴侶だった。親の世代の支配と愛撫を受けて、司徒楠はほっそりとした青白い背骨と四肢を半ばのけぞらせ、それでもまだ半眠り状態のまま、にっこりとほほ笑んだ。

森羅・タダアンは珍しく自分の顔が赤くなったのがわかった。彼女は瞬きひとつせずにじっと見入ったが、その時、性欲が自らの身体から離れ、司徒楠の四肢を縛る真っ赤なビロードの縄と首にはめ込まれた銀の彫り込みのある黒い皮の首飾りをぐるぐると巡った。長年にわたり粗暴で扱いにくいさまざまな捕虜を御してきた第一将軍が、こらえきれずに心を揺さぶられている。病の源は、相手の泰然自若とした姿態、自分自身ではどうにもならない境遇を書き換え、素晴らしい楽器の落ち着いた高貴な響きへと変容せしめる態度にあった。

司徒楠のさまざまな姿態は、自らの疲労と厳粛さをより純粋なものにするほかに、他意はなかったが。

「疲れた。疲労困憊だ。次の一千年が終わるまで倒れ込んで寝ていたい……」

その声は世にも希なる太古の響きを伴っていた。指に触れずして白ら発する、清らかな玉の如くの、氷と水がぶつかり合う涼やかな音。これがいわゆる「ピアノの自動演奏」というやつか。司徒楠のビロードのような低いつぶやきは、指揮者の指揮棒が、依然高く掲げられたまま迎える最後の一振り。

この言葉をきいた黒血《ブラックブラッド》王女は、愛おしむように我が子の額の前髪を手ですいてやり、胡蝶の目の覆いをそっと取り外すと、匠の神業で彫り込まれたような顔をあらわにした。眉は憂いを帯び、鼻梁は刀で彫られたように細くまっすぐのび、両唇は血の気が全くなかったがしっとりと魅惑的で、底に赤ワインが残る手製の彫り込みのある銀杯のようだった。

この瞬間に、森羅・タダアンは、まったく戸惑うことなく死に向かう降伏文書にサインしたのだ。


「この子は寝つきが悪くてね。でもいったん眠りはじめたら何があっても起きない。森羅、何をぼんやり突っ立っているのだ。こちらへおいで」

司徒蘋は、かの名だたる眩《まばゆ》いばかりの美しさで、進むことも退くこともできずにいるタダアン将軍に、にっこり微笑んだ。縄張りに帰り着いたところで脅威と魅力が同じ力で張り合う獲物の臭いを嗅ぎつけた猛獣使いのようだった。

森羅・タダアンは抵抗しても無駄だと悟りながら、喜びがにじんだきまり悪げな表情で、直視もできず、かといって目をそらすこともできずにキングサイズのベッドと、そしてビロードの縄でがんじがらめに縛られ、かすかに眉をひそめて熟睡するさまが一層鬱屈した魅力を帯びた幼い若君の方へゆっくりと歩み寄った。

森羅・タダアンは、血潮が騒ぐこの時、抑えがたい憐みの情が湧いたためか、自らを一層きまりの悪い状況に追い込むように騎士たる言葉を口にした。

「畏れ多いことでありますが、殿下はすでに疲れてお眠りになられている、その、拘束具は……それゆえ……？」

黒血王女は、まだ遊び気分たっぷりに手を伸ばし、いたずらっ気　杯の且《か》つ慈しみに満ちた風情で縄の角度を調整し、ベッドにあおむけに横たわる司徒家の若君の四肢を、見る者の欲望をそそる艶《なま》めかしい姿態へと整えているのだ。相手の言葉を聞いて、彼女は振り返った。杏の実のような真っ黒い二つの瞳が謎めいた笑いで輝いている。

「ほう、さすがそなたは南天超銀河の第一等位荒ぶる将軍と称されうる者じゃ。どうやら十中八九、天の雷《いかつち》が地の火を動かしたとみた。なるほど、そなたの残虐非道な行為の数々は、心が動かんとするその時に大いに際立つようにする準備段階だったのじゃな」

黒血王女は、王国に君臨する者の高雅な風情で、一瞬どう答えていいかわからずにいる旗下第一将軍に手の甲を預けた。

「休暇とはいえ、妾《わらわ》はまだ臨時の会議を開催しなければならぬ。本家の星域からここまで従って来た軍師たちをもう長いこと待たせてあるのじゃ。そなたの心根の優しい宣言を聞いたからには、そなたに拘束具と緊身服を解く任務を遂行してもらおう。そっと優しくやってもらわねばならぬ。よいか、唯一無二の寒玉夜光杯にわずかな擦り傷もつけてはならぬ。妾の小楠は些かたりとも手荒い扱いはたえられぬのじゃから」

【仰せのとおり、至極当然、拙者が如何に粗暴粗野であろうと、一目惚れの跡継ぎの殿下に、手荒な扱いができようものか】

森羅・タダアンはかすかに浮かんだ決まりの悪さをおしころし、常日頃変わることのない敬愛の情と礼儀正しさを失することなく、長年仕えてきた黒血王女の活力あふれるきつい物言いを受け止めた。

黒血王女が勢いよく巻き上げる竜巻の轟音と共に飛び立った後、タダアン将軍は軽く咳払いをすると、わくわくする心を抑えきれずに前に歩み出た。彼女は細心の注意を払って、まずは、一方が六角形のベッドの支柱の先に結び付けられ、もう一方が司徒楠の透き通るような首に結び付けられた銀の鎖の輪を静かにそっと解き、次に生き生きとして、ソフトな深紅の花軸のようなビロードの生縄にとりかかった。これはやや力のいる任務だった。御前将軍は必死になる中で、ひそかに、閣下の悪ふざけに舌を巻いていた。

柔らかくしなやかな縄は、欲望のエネルギーが最高に高まった状態で若君の四肢にまとわりついている。それはまるで、美しいひな鳥たちが、愛する対象と絶対に離れまいと跳ね回っているようである。実のところ、彼女だって、深く眠っている若君が、こういった繊細な情感で仕える生縄のために苦痛を感じるはずがないことをわからないわけではない。縄たちは若君を愛しているのだ。南天超銀河を知り尽くした黒血陛下が彼女の子供を愛するように。

問題は、森羅・タダアン自身にあった。異様なほどうれしそうに眠っているその姿が、めまいを起こさせるほどに魅惑的なことを全く意識しないでいる若君を、できるだけ早く着替えさせ姿勢を整えてやらなければならない。彼女は自分の抑制力があとどれだけもつか、まったく自信がなかった。

めったに見せない繊細さと申し訳ない表情を浮かべながらも、手を出そうと待ち構えていた別荘管理の侍従を押しのけたことで、タダアンはかなりきまり悪い思いをしたものの、相手が心底から失望するのをどうしようもなかった。

「なによ、陛下はあたしに儀式の後に入ってきて、小楠殿下の着替えや入浴の手伝いをしていいと仰ったのよ、ご主人さま、ちょっとひどくない？　いきなり横やり入れて、こっちが夢にまで見て楽しみにしていたことを力づくで奪い取るなんてさ！」

精緻な刺繍を施した巻きスカートをはいたロリータはどうしても承服できないというように今にも涙がこぼれんばかりに潤んだ大きな瞳で、これまで忠誠を尽くしてきた愛する主人を恨めしそうに睨んだ。

縄を解く作業が一段落すると、森羅・タダアンは目を閉じ歯を食いしばり、青白くきれいな肌や頭髪を柑橘系エッセンスで洗い清め、それからワインレッドの絹のローブを羽織らせたところで、ほっと密かに安堵の吐息を漏らし、ようやく目を挙げて相手を正視した……、

「昔々太古の時代、居住地域が二等級の銀河の一つの範囲のみに限られていたその時、原始の故郷より伝わるある活動が情熱に満ちた二度目の文芸復興《ルネッサンス》を引き起こした。そのうちのひとつが夜の酒場の音楽……百代前の余は、時を経たギターの化身、今お前の冷たく力強い身体を伴ってここに戻ってきた。そなたと「ひとつになる」ために……」

彼女のしっかりとした筋肉質の胸に抱かれた幼い王子は、いつ終わるともしれぬ眠りについているよ

うな表情のまま、念場の内部の広大な宇宙本体と交感しているかのように、今この時に至ってもまだ目を覚まさず、口元に美しい笑いをかすかに浮かべている。バスローブの襟口は、華奢な鎖骨とほっそりとした首とで息をのむような美しい三角形を形作っている。御前将軍が夢中で見とれている時、突然相手の夢見るようなこの低い声を耳にした。

森羅将軍は思わず手を伸ばし、若君の首と襟にかかった髪を払うと、夢に浮かされたように口を開いた。

「殿下、このようなお言葉は、家臣に向けてすべきでものではないかと存じますが」

南天超銀河の幼い跡継ぎは口をきゅっと引き締めた。銀灰色の目の奥で闇夜に一瞬きらめく白い刃のように電光が走った。しかし彼女は森羅・タダアンがそっとさする手を拒むことはなく、励まされるような答えをわずかでも与えることはなかった。

「かつて余は透明な電子ギターであった。色艶といいその姿といいまるで砕玉の淵のがけっぷちに咲いたたぐいまれなる奇花。百代を経たのちは、気ままに音を奏でる黒光りする竪琴、指先が弦をはじかなくとも、一人自由気ままに詩を吟じる」

あたかも自己内部のもう一対の洞察眼と向き合いながら悠然と訴えかけるように、司徒楠は鮮やかな青に銀粉のマニキュアを塗ったほっそりとした五本の指を挙げ、そっと優しく両目の瞼を閉じた。愛撫のようでもあり、甘えて媚を売るようでもあった。秘密めいて測りがたいこの王子殿下のまるで夢遊病者のような姿態を前にして、森羅・タダアンは愛《いと》しい気持ちと困惑で身の置き場をなくした。

「拙者は……その、このお召し物が殿下のお気に召すかどうかわかりかねておりますが……」

名門司徒家が養成した百代の跡継ぎは、背筋を凍らせるようなそれでいて引き込むような独特な笑みを口元に浮かべた。両目を覆っている五本の指がかすかに開く。あたかも、暗い淵に漏れくる光を自ら吸い上げる魔界の花のように。

タダアン将軍が躊躇したその一瞬、あたかもあらかじめ見破っていたかのように、司徒楠はさらに冷徹なまなざしで、低く重く、いかなる冗談も交えぬ言葉を放った。

「そなたの意に沿わぬ言葉を返すが、御前将軍、これぞそなたの思うつぼ、これにてもう一度手をだし、余が再び目覚めた時に装着できると思うたのであろう？」

その途端、森羅・タダアンの心臓が狂ったように打ち出した。宮廷の秘め事に通暁している黒魔術史家の言い伝えによると、名門司徒家の第百七代の跡継ぎは、すなわち第七代の横暴この上なかった「碎玉冥王」の直系の転生体だった。本体の核心プログラムにしろ容貌にしろ、司徒楠は、最後まで勇猛果敢、無敵の、気高く冷たい態度で運命の火の輪に身を投じた悲劇の王と非常によく似ていた。

タダアンの唐突な質問に触発されたかのように、百代を経た二人の後継者は、この瞬間、互いの間に横たわる時の洪水と記憶の海を通わせることとなった。名門司徒家の唯一無二でもある魔王後継者の、そのビロードに美酒を加えた声色と、沈着且《か》つ冷徹なまなざしに心を奪われたタダアン将軍は思わず跪《ひざまず》き、相手の足先を自分の肩の上に乗せたのだった。

粗野な英雄の全面降伏と愛の告白の姿勢に、司徒楠は微かな笑いを浮かべ、足先で森羅・タダアンの毛皮を羽織った肩を軽く蹴った。

「話すのじゃ、そなたはいったい何を見たのだ。何がほしいのじゃ」

御前将軍は頭を挙げ、相手の目の奥を覗きこんだ。そして彼女は口ごもりながら話し始め、全次元の諸々の神に向かって恭しく誓ったのである。

「拙者の欲するところのものはいと尊き黒太陽でございます。黒いビロードの縁取りが影と一体となった陰なる陽光であります。拙者は殿下の目の奥に、この愁いを帯びた暗夜の光体と、そして己が長年にわたって密かに求めてきた我が末路を見たのであります」


彼女の屍解は彼女の偉業と同様に壮観であった。森羅・タダアンはその遊離した魂すら弁別できず、素粒子修復術を施してすら残余の念場を全くかき集められぬほどの壮観な最期を遂げ、司徒宗主が南天の主席の座に着くときの第一級の鎮魂酒となったのだった。

南天超銀河の第一将軍が、どうして風流の帳の間で繰り広げられた陣営でこれほどの惨状を呈するほどに殺《や》られたのだろうか。実は諸説紛々を振りまいた巷の歴史家たちは少しも知らなかったが、決して語られることのない契約は、あの一瞬にもたらされたのだった。

当時の四次元の一部を再現して中継で放映したとしても、見えるのはただ、若い宗主が猛獣使いの神妙な面持ちで、タダアン侯爵が掌《てのひら》や首筋、そして背骨を愛撫しながら攻略していくのを受け入れる姿だけである。彼女が心からの忠誠を誓い、激情に駆られるままに塔達安《タダアン》という印の刻み込まれた絶滅種の生銀縄環《シルバー・リビング・ブレスレット》を取り出し、相手のほっそりとした両腕にはめこみ、歴代災厄の元凶である美しさを発する胸にかき抱いたその身体を、思うがままに略奪しようとした……その刹那、最も奇怪な光景が出現したのである。

「南天超銀河をからかい挑発するこの腕を、ただ拙者にのみ属する縄につなぎ……この上なく高貴なる宗主大人さま、あなたの拒むようで受け入れるその姿はあまりに魅惑的、どうか拙者の唐突なる失礼をばお許しを！」

続いて、森羅・タダアンは力をこめ、凜として冷たい身体にかけられた黒いビロードの長衣《ながぎぬ》を引き裂くと、両手を縛られ、依然あざける様な眼差しで彼女を見つめている司徒宗主を横抱きにすると、厚みのあるがっしりとした胸に抱え込んだ。深い情愛のこもったしぐさでタダアン将軍は、何年もの間恋焦がれていた相手の耳元で、低い声で何かをつぶやいているようであった。

世代が移行し、厄運と願いが同時に受け入れられる時が来ていた。「永遠より一瞬だけ長い」この時、当時の一目惚れから百年を経験した森羅・タダアン、逆臣無道の将軍は、突如として百年前、永久なる心身をかけて自ら署名した死を希求する誓いを見たのである。

悲壮感なのか喜悦なのか説明し難くあったが、勇猛果敢なる将軍は、自らが間もなく粉微塵になる最期こそ、答えることのない神秘なる彼方からの、最初で最後の応答であることを知ったのだ。全次元での自らの死によって、若い君主は歴史と原初の秘密のカギを開けることになる。すべてがこのように定められていたのだ。

「時が来ました、どうか拙者にあるべき最期を与えたまえ……」

この言葉が口をついて出るや、あふれ出んばかりになっていた高アルコール度の烈酒へ一滴くわえられた如く、全次元の殺意が動き出した。たった今位を継いだ若い君主が深みのある銀灰色の瞳を閉じたとき、何ごとにも動じないその顔に、一瞬倦み疲れたような表情が浮かび、さらに百光が瞬いたかのような苦悩が浮かぶ。

若い君主の胸元に浮き出た血印から、数千もの神獣「スフィンクス」が飛び出した。ヤギの角と流線型の銀狼の身体をした混沌超神の御用悪獣が毒蛇の長牙をむき出し、純粋なる破滅の儀式に喜びの雄叫びをあげながらとびかかってくる。

心電《テレパシー》が巡り、後悔も悲しみも間に合わぬ恍惚状態を迎えたその瞬間、タダアン爵の全存在、三次元の肉体から高位の魔導力場までが、咬み引き裂かれ粉々に解体されるという壮絶華麗なる情景と相成ったのだった。

全次元での屍解が行われる前に、前例のないほどに恋慕し、忠誠を深さのあまり転じて支配的な情愛を寄せた勇猛なる将軍は、ついに生涯渇望した黒い二つの太陽とその中心にある最初で最後の白光を目にしたのだった。それは南天超銀河の化身、王の中の王の、ただ一度きりの涙であった。

白夜の詩篇

その1　寓話創神記

正午から申の刻まで、見渡す限り暗かった。――『新約』

その年の夏は凍てつくような寒さと寂寞が広がり、今にも厄《わざわい》が天から降りかかってくるかのようだった。北の宇から東の宙まで四大象限《しょうげん》の六十四方向すべてが一年中どんよりした空に覆われ、温血有機体の住民から無機水晶体系の各種の種族まで一様に身体を小刻みに震わせていた。掌《てのひら》の内部の微型《マイクロ》水晶体で風土異形を演算するまでもなく、予言者は兆候の意味することがわかった。

そこに至る数日間、予言者は星観測タワーで座禅を組んで瞑想し、天窓の上空を流れ落ちる星々が九千九百八十一の数になった時、愁いと安堵の混ざった微笑を浮かべながら、ほっと軽くため息をついた。天地を覆う異変は内なる魔物と外なる神が通ずる前兆に他ならず、最終的な創世紀がついに始まる。彼女が寓話を誕生せしめるのである。

一体いかなる理由で予言者がこの宇宙にやってきて住まうことになったのか、彼女の記憶はすでに定かではない。ここに至るまでの果てしなく長い年月を彼女は生き、初々しい星が超新星《ノヴァ》へと変容したあと眩い輝きを放って自滅するのを目の当たりにした。中央の星の都から荒涼たる辺境の地を旅してまわり、琴を奏で物語を紡いでは日々の糧を得てきた。ポプラのようなほっそりとした両腕は、いつも身の回りを取り囲む大勢の子供たちを迎えるように大きく広げられ、優雅でやつれた物憂い風情が娘たちの胸をときめかせたものだ。

けれども予言者はいつも遠くを見るような微かな笑みを浮かべていかなる誘いも優しく断った。おぼろげながら悟っていたのである。記憶を失った不死身の心身が渇望しているのは、遙か彼方で深い眠りの最中にある秘宝であり、前へと歩み続け、物語を語り、歌を吟じさせるエネルギーの源が、「最後の物語」を話したいと願う気持ちだということを。

彼女がはじめてこの荒神奥宇の六角体宇宙にやってきた時、この地の人々は殿堂の中で五十六億六千九百九十九万九千九百年の長きにわたる深い眠りについている神の核をずっと見守り続けていた。あともう百年でこの神の核が殻を破って出てくるその時が来る。無数の世代が交代する中で、人々は、当初、神が四次元の時空に残した痕跡を最も神秘的な万物からなんとか拾い上げ、それを練り上げて小瓶に詰め、万人の涙を流せしむ天使の酒へと醸造し、太古紀より祭壇上にそびえ立つ銀彫りの聖杯の中にそろそろと注いでいったことを忘れてしまっていた。最初の一億年で、杯の中は次第に凝縮し今にも割れんとする真っ白な卵が姿を現した。これぞ神の胚胎、聖祭司団、生化学技術者たち、そして民の各々は誰もがそう信じた。

予言者は透明な魔除けを隔ててじっと神の核を見つめた。ずいぶん時が流れてから、彼女の憔悴した表情に満足げな微笑みがゆっくりと広がっていく。細心の注意を払って滋養物や祈禱を捧げてきた忠実なる技師や敬虔な祭司等を前に、預言者は穏やかな落ち着いた口調で、神の核から伝えられた言葉を語り部としての念場《テレパシー領域》で共振させた。——まだ生まれ出でていない神は一千年の物語を聴きたいと思っている。この物語が語られなければ、神は出てこようとしないだろう。

「我々の魔導生化学培養血液に何が不足していて、神から誕生を拒絶されたのだろうか？」

篤実な生化学技師総長は肩を落として自分を責めた。

「我らが信仰の真摯さが不十分なるによりて、我らが神は喜ばざるか？」

年老いた誠実な司祭は預言者の手を握りしめてはらはらと涙を流した。

預言者は微笑みながら首を横に振った。ほのかなユーモアが、五十六億七千万年近く待ち焦がれていたこの宇宙の民の集団の焦りをほっとゆるめる。

「今この世にまさに生まれんとする御神は、高貴で冷淡なペルシャ猫の如く、単調な滋養物やきめ細かい子守歌によってだけでは彼方から殻を破ってお生まれになることはしないのです。さあ、我がシタールを奏《かな》で、この調べでお悦び頂きましょう……」

この一千年間、預言者はいつも独り琴を奏で、微かにかすれた低い声で水晶の膜に守られた神の核に多くの物語りを語って聴かせてきた。いつしか彼女は、自分があの希少なる宝物を探し当てたことに気づいていた。長らく考え続け温め続けてきた物語に再開したかの感があったのだ。神の核は、太古の惑星で火山灰によってポンペイという都市が埋没した話になると、まるで悲しむかのように微かにふるえ、愚か者がバビロンの塔のてっぺんにある神の庭にまで登ろうとした話には、辛辣な笑いを浮かべたかのようだった。今から数百兆年前の太古の星系の逸話、たとえば海王星の貴婦人が、最も豪華なホテルで変種の娼夫との風流な一晩を楽しんだ云々に話が及ぶと、全身の毛をきれいに梳いてもらった高貴な猫のように、心地よさそうに細くやわらかい声をあげた。預言者の次第にかすれ優しくなる語りの声のなかで、まだ誕生していない神は次第に森羅万象の大変化による変種と、矢継ぎ早に流れる時の哀愁と美しさを知るようになった。

寒々としたこの夏が到来して初めて、預言者は一千年の長さにとらえていた歳月が千一夜の如く一瞬にして過ぎたことを悟った。これまでの悠遠なる歳月におきた細部は思い出しようがなかったが、彼女は次第に悟るようになっていた。最後の物語こそ自分とこの神の核の物語であること、そして最後の語りは必ず保護膜と囲いを取り除いて語られねばならないことを。

彼女は、たいそうな歳でありながらしっかりとした心と体で祭壇に近づいていった。究極の接触の後、或いは……

「しかし、なんの防御も無しに祭壇に侵入するならば、いかなる心身であれその行為により消滅させられる……」

顔も手の甲も時の彫刻刀によって穏やかなしわが刻み込まれた生化学技術長官は、心配でたまらないといったように押しとどめた。

「しかしながら、これこそまさにあなたが願った語り部としての最終的な仕上げ。年上の友よ、あなたが我が神と真に融合するとはまことに羨ましい限りです……」

すでに世を去った先代の大司教の職を引き継いだ年若き大司祭は、幼いときから特徴的だったその澄みきった二つの瞳で預言者をじっと見つめ、年の差を越えたつきあいの最後の祝福を与えた。

預言者は感慨深げに友人である彼女たちを見つめた。ほほ笑んだ顔は憂い悲しみそして愉悦に満ちていた。

預言者は最後の三日間を独り高い塔の屋上で瞑想にふけった。そして五十六億七千万年を迎えたその日の午後、彼女は祭壇に近づいていった。聞くともなく防御の囲いを取り除く秘密の文字はわかっていた。それはあたかも長い間見失っていた名前のようでも或いはまたひたむきな愛を注いだ人の幼名のようでもあった。彼女が小声で「輪よ崩れよ」とつぶやくと、水晶の壁はあっという間に消え、彼女は祭壇上の神の核が深く眠っている場に引き入れられていった。

正午から夕方にかけて、予言者がその柔らかい声で神の核に語って聴かせた多くの物語と同じように、先代の神が万物から分離し生まれ出る前の全きの闇にあたりは包まれた。諸々の次元のそれぞれの宇宙で、あらゆる太陽が一時輝きを失うなかで、預言者はついに悟ったのだった——

記憶をまだ持ち森羅万象の宇宙に入る前の彼女は、二十一世紀の地球を住まいとする語り部で、「創造者《クリエイター》」と呼ばれていた。光電子の集積する諸宇宙の母体《マトリックス》に通じる扉が開発されて開通した際、彼女は数名の先導者のひとりとなり、肉体を氷に封じこめて、光電子単位魂魄《ディジッドスピリット》でもう一つの宇宙領域へと入った。無数の光の粒子の一つ一つが無数の物語の破片のように、地平線の彼方からはらはらと舞い降り、光電子の諸宇宙に入り込んだばかりの彼女は激しく渦巻く流れ星の滝を見たと思ったものだ。

光電マトリックスの外に封じられた肉体がどうなっているのか、彼女はもう気にかけなかった。激しい勢いで過ぎ去った五十六億七千万年は、三次元世界の地球では無数の種族が生まれては滅んでいく果てしない歳月だったかも知れないし、或いは瞬《またたき》するほんの一瞬だったかも知れない。いずれにしろ、神が姿を現し世界の始まりに回帰しようとするこの時、予言者は胸の神の核を抱きしめている。今まさに生まれようとする一匹の我儘《わがまま》な子猫を愛撫するかのように。時は来た。予言者は満足げにため息をつくと、最後の物語を語り出した。

□

三次元空間の時空においては四分三十三秒のほんの短い空白だったが、現実と幻惑世界の境界を貫き通す光電子鏡の表面空間では、それは百億の昼と十億の夜だった。最後の物語は「空無」。言葉を伝える媒体を通すことはならず、語り部の生身の肉体と魂魄を通しての語りかけで初めて言葉は成仏し、生身の身体へと変容する。

荒神奥宇のこの六角体宇宙の神殿の中で、祭壇上の卵の殻に均一にひびがはいると、きらきら輝く液体の一滴が生まれ出たばかりの幼い神の瞳の奥に落ちた。幼い神である胎児は生まれ落ちたばかりの子猫のように、祭壇の前で微笑みを浮かべて息絶えている預言者の顔を舌先で舐めた。

こうして、暗闇と光が交合し、その後にはもう二度と光と闇に二極分裂した世界は現れなかった。鏡の面の両端ではそれぞれ剣のようにきらめく物語の破片がばらばらと流れ落ち、あらゆる物語と生命がまさに生まれ出ようとしていた。

暗黒の夜よりもさらに冷徹な究極の光が辺りに飛び散り、正午が告げられたまさにその時、文字の暴雨が鏡の表面の様につるりとした光電子組織網《ネットワーク》の画面を突き破った。十字形の穴が光電子組織網の両端に亀裂を走らせ、水と水銀に隔てられた境界面を打ち破る。最後の一文字が、神殿の中でもろく崩れそうな卵の殻の上に落ちたその瞬間、神の超越体としての本体が諸々の次元の宇宙に降誕する。

張り巡らされた光電子組織網世界の穴を隔てて、こちら側とあちら側の端で諸々の宇宙の民が驚愕のあまり顔の色を失っていた。こちらの端の教祖とあちらの端の大司祭がそれぞれ一本指を伸ばし、宇宙の内外に隔てられたこれ以上ないほど近づいた地点で互いにふれあった。彼女たちは精神を集中させ、辺り一面の暗闇が支配するその端で、諸々の宇宙の鏡面の両端からゆらゆらと立ち上ってきた「最後の物語」、すなわち神の真実の化身を一緒にじっと見つめていた……

それは日蝕ではなく、光と闇の本体そのものだった。この時以降、昼夜は一つに融合し、頭上にはあの丸く輝く黒い太陽がふんわり浮かぶことになったのである。

その2　暗黒の黙示録

　真夜中の駅、各宇宙の交感端末機には、荒廃し殺伐とした雰囲気がみなぎっている。敵方の執拗な警告攻勢の中、私は何気ない風を装ってぶらりと抜けでると枷鍔《ジャーマ》星雲の端までやってきた。流浪の亡命貴族となったこの身の目の前に現れたのは、復古調《レトロ》の雰囲気にあふれた小さなバー。黄楊《ツゲ》の扉を押し開けると、ルーニエ文字で「歳月の果て」と書かれた文字が、極上の鹿の角入りウイスキーとともに鼻腔をつんと突き抜ける。

　店にいるのはほかにバーテンダーと自動服務晶体系《オートサービスクリスタル》の召使いのみ。同じく共犯者としての無聊をかこってか、それともこちらの冷ややかで厳めしい姿を気に入ってか、ケンタウロスの颯爽とした外見を持つバーテンダーは、損を承知で今では手に入らぬ天然成分の醸造美酒を何杯も振る舞ってくれる。そして、赤毛のたてがみを後ろに揺らしながら、ケンタウロス族に特有の低く深みのある声で存分にしゃべり尽くすと、今度は趣向を変えて、杯の酒を一杯傾けるごとに一つの物語を語りはじめた。そういった物語は、愛と畏怖が織りなされる俗世大千世界の究極の鏡像であり、私と同じく精緻な美しさをたたえた希少な存在であると同時に、深い魔性をおびている、と低くしわがれた獣の声は語ったのだ。

「最初の物語は錬金術、或いは愛の毒についての寓話です」

バールという半馬人のバーテンダーはこう言いながら、私の目の前の脚の長いクリスタルのカクテルグラスにマリンブルーの液体を注いだ。少女の妖精の涙から醸造された珍しいアイスワインである。


名も知らぬ紫色の銀河の静かな端に、永遠に上弦を呈する黒緑の月がかかっていました。そこはオイディプスという名の若い芸術家の庭。幼年時代より、オイディプスは絶壁頂に建つ高い塔に難を避け住まっていました。この奇異な幼子に近づくことのできる人類はいませんでした。友人や家族は魔術でガラスから創り出された生化合物の珍獣たち。忠実だが奇怪なるガーゴイル、妖艶な蛇姫、白鳥の羽を持つ高原の雪豹《ユキヒョウ》、そして人の顔にライオンの身体を持ったスフィンクス——オイディプスの師であると同時に、ともに幻影生成術を演習した好敵手です。

そろそろ気がつかれましたか。オイディプスは普通の人類ではないし、当然男でもありません——彼はあなたとよく似た魅惑的な両性具有です。あなた方の下半身は肉の塊ではなく、グラジオラスの花蕊、どんな雄性の人類もこんな氷の彫刻か雪で作られた鋳型のような風貌を具えたものはいません。凡人どもにはとうていあなた方の瞳の奥に燃えさかる炎、豪放洒脱な風貌に逆らえるわけがありません。そう、彼は芸術品であり変異体でした。万《よろず》の神がみが万物の精華をあつめて精錬した究極の化身、しかし無から生じたわけではありません。脈打つ血筋はありました。オイディプスの創造主がいかなる天罰をも恐れなかったのは、ひとえに彼を生成するためであり、無の深淵から生物誕生の暗号を探し出し、ヒヤシンスのように清廉なこの少年を四次元の空間に連れ出したのです。

それはそれは昔のこと、あるいは例えようもないほど遙かな未来、銀河暦9999年の宇宙は極悪非道なる武装勢力に制覇され、至るところ殺戮《さつりく》の嵐が吹き荒れ、究極の破壊神の誕生がもくろまれていました。人神同形なるものの狂気が、そういった生命を最果ての地まで探し求めたのは、ただ一瞬で衆生を殺傷し各宇宙を破棄する超異質生命《スーパーエイリアン》を生み出さんがため。オイディプスの両親（なんと愚かなる表現であろうか、だがこの星系の言語体系に符合させるために便宜的にこのように言っておきます）は、自由自在に変身できる肉体を持ち、沈着無比な性格を具えた軍事組織の魔導師《アーク・ウィザード》でした。なぜその方がオイディプスを創作したのかについては、次の物語のあとにまた述べたほうがいいでしょう。

オイディプスが成人式を迎えようとしたとき、これまでずっと片時もそばを離れなかったスフィンクスが、初めは四本脚で行動し、その後二本脚で歩き、最後に三本脚で進むものは何か、という謎を問いかけます。オイディプスは自分を深く愛してくれた養い親の聖なる獣をしばらくじっと見つめた後、ゆっくりと謎の答えを口にしました。

【初まりは狂暴なる獣、続くは哀れむべき霊長類、最後は我らが輩、第三の脚とは体内の剣、悪の権

化の陰茎なり。それは穴からでる時を待ち受け、我のみそれを召還せしむる】

この答えを言い終えるとオイディプスは生まれ育ったガラスの神殿と幼なじみに別れを告げ、王のいる王宮の深紅の池にやってきます。そして彼を生み出した科学の祭壇に脚を踏み入れるやいなや、何かにとりつかれたような激しさで、自分を育み孵化させた人工の子宮、甘く愚かな容貌をたたえ、β型炭層を量産する人造体のマリアを殺します。本当に存在したことのない、また存在しないほうがいい母親たち。彼はそれぞれのマリアとイヴを解放し、彼女たちの生殖指令を取り除いていくのです。絶望的な、鬱屈した微笑をたたえた、一千年後の自分のような容貌に見入っているとき、オイディプスは下半身に、太古から今日に至る熱き流れがたぎってくるのを感じます。これこそ彼の呪詛すべき且つ世襲として与えられたBirthright《権利》であり、この一瞬のみ引き出される熱核反応した合金の神の剣でありました。

「父よ、愛しています、この剣で殺《あや》めたいほどに、あなたを愛し……〈1〉」

こうして、彼はこれ以上になく深く愛し、これ以上になく残虐に「父親」――自分と同じく異端のジェンダーである創造主、一人子がやってきて血にまみれた愛の中で殺すことを待つ父なる神――を強奪強姦したのです。

「それからどうなったのか?」私は銀縁の夜視鏡《ナイトグラス》をかけ直す。気もそぞろに問いかけたが、バーテンダーが次に何を言うか何となく知っているような気がしていた。

「それから彼は深紅の王の城塞を受け継ぎその次元の大多数の種族を滅ぼします。もちろん首を長くして救世主の訪れを待っていた愚昧なる人類も含めて。衆生を見放した邪神の、遮るものの何もないその二つの目は、いかなる生命であろうと二度と視線を注ぐことはありません。調子っぱずれの歌謡によっては、彼は両目をえぐり出し云々と歌っているものもありますが、事実は、これ以後彼は夜視鏡《ナイトグラス》の領域に住まうことにし、視線を己《おのれ》と己に酷似した鏡の中の神なる父のために取っておくようにしたままです」

流れる曲は寒々しく、古代の地球の歌手Nico《ニコ》の歌声が無数の世代を越えて茫洋と広がり、物語の中のオイディプスへと化身する。それは、バーテンダーが手を振り上げ鮮やかな手つきで、馥郁とした宵の明星ブランデーを底の厚いグラスに注ぎ込む前に空中で描かれる虹のような味わいである。もっともそれは黒い光で綾織りされた虹だが。

「オイディプスについては注があり、実は別の呼び名があります。アンチキリストの宵の明星というものです」

バーテンダーがまるで考えを見抜くように、こちらに目をすえて口をゆがめて笑った。

「深紅の王、King Crimson《キング・クリムゾン》。彼、いや彼女……その方（S/he）に関連する物語」

高熱に浮かされた夢見るような状態に陥りながら私はぶつぶつつぶやいていた。

第二杯目の酒は、より熾烈で憂鬱な調子の物語とあわせるべき。さすが相手の気質を見通す力のある旅人、あなたは正しい曲を選んだ。深紅の王の主題は絶望と固執でした〈2〉。

この宇宙がまだ分化するずっと前、ℵ《アレフ》次元の第十三天の太陽系が空間を自由自在に飛び回っていたときすでに、深紅の王は存在しておりました。その方の肉体は諸宇宙の扉、または衆生の魔神が侮り分割して占有した領土を貫きます。その方はすべての成住《じょうじゅう》壊空《えくう》を夢で見ており、混沌の坩堝《るつぼ》を最終的な到着点に導きましたが、それでも常に休むことができませんでした。唯一その方に親しく「火の巫」（Fire Witch）と呼ばれている魔物が深紅の王の慰めであり、**彼女**が自分の身体に降臨し、狂乱したように略奪放火をほしいままにしたとき、王は理由なくも心地好くなり安らぐのです。

そうはいっても、火の巫はショーケースの魔性の超生命体などではなく、超越界の上神でした。**彼女**こそ運命であり、愛するもの、欲するものを統括して刑を執行するもの。愛するものを満足させるため、深紅の王は数え切れぬほど幾度も美しい生け贄と化して、それぞれの神話伝説の中で死を迎えてきたのです。王はまたプロメテウスであり、十字架で永遠の命を得たキリストであり、さらには、ブドウの蔓のようにすらりと美しい躯を差し出し、狂った信徒らに八つ裂きにされるバッカスでもありました。その方の子供オイディプスは、自己を全うすることは父である神の幾度もの受難の中の一つに過ぎないことを知りませんでした。それぞれの次元、それぞれの場面で花の香りと血の痕跡が辺り一面にあふれ、瀕死の深紅の王が臨終を迎える様が終点のない子守歌となってきたのです。

「ずっとそうだ、終わりなく……」

過激でこってりした血酒の最後の一口を飲み終えると、自動的に舌先から覚えのあるつぶやきが漏れた。

バーテンダーの眼差しが、まるで、殺戮の後の血潮を吸いとって神と化した、古戦場にぽつんと立つ黒曜石の像のように、古色蒼然とした気配へと変わった。

「それは皇天后土の奥義。一切が最終段階に望んだとき、悪と真実の本来の姿が立ち現れる」

私は毛皮のコートを脱ぎ、黒い燕尾服のしわを伸ばすとこちら側の世界に戻ろうとした、今この瞬間に酔いつぶれてはならない。

「これはなかなかしゃれっ気のある逸事です。焼酎といえども連続して二杯は飲んではなりませんね」

バーテンダーは揃った白く尖った歯を見せて笑うと、真っ白く透き通った液体を私の杯に注いだ。ここには花の魂が酒の一滴一滴に凝縮している。その物語を言い出したとき、バーテンダーの緑の瞳に奇妙な嘆くような色が浮かんだ。

ですが、おいそれとは心を動かされないでしょう。年は若くとも世情を見通している旅人、あなたはまるでこの物語と共に旅をしているようです。私が集めた各美酒の中で、この一品こそ危険極まりない代物。飲んだ当初は軽くあっさり、次の瞬間、意識するまもなく心身が消滅し、百代にわたって輪廻を繰り返す、この味わいがすなわちこの物語の主人公なのです。

彼は魔術師、多くの個人世界の循環を経たいま、ありとあらゆるものが彼を飽き飽きさせました。彼の興味を引きいとおしく感じさせるものがあるとすれば、故郷があると見なされている幻界の小黒猫〈3〉。もし幻界を守ろうとするなら、人間界のエネルギーを犠牲にしなければならない。だがそんなことは問題の核心ではありません。魔術師は絶えず繁殖する炭素生物を嫌悪していました。生殖を名目とする植民を嫌悪し、人類の中心にある大義を嫌悪していました。それらは彼があれこれ思惑し躊躇したうえでの選択ではないのです。

「お前は……こやつ、どこから来た読心術者だ！」

何もかも包含するα全域事務所が指名手配犯捕獲の新たな使者をまた送り込んできたのか？　バーテンダーは古式な祈りの手振りを行った。戦場に赴く前の一生の願いを聞きいれてもらうことを願う黒騎士のようだった。バール……なぜか知らぬが言いようのない驚きと懐かしさを感じはじめていた。この空間は通常の次元ではない……

語り終えてから初めて、物語があなたと一緒に本当に始まります。慌てないで下さい。まずは私めが、氷と火の魔術師について語るのを聞いて下さい。

この三百年の間に、あなたは乾坤変換の術を用いて、次元の軸線を自在に変化生成せしめました。

それは単にご自身の興味と、それから黒い子猫の夢幻空間のためにすぎなかったのですが、それでもかなりの魔性の同類の禁を解いてしまい、これにより、一元道統の白硫光派系のタブーに触れてしまいました。彼らは歯ぎしりしてくやしがり、望みのない血迷った恋心が怨念へと変わり、恨みつらみの思いの波の中でただひたすらあなたという、権威や道徳を馬鹿笑いのネタにするこの魅惑的な反逆者を捕まえ、拘束しようという思いの塊となっています。彼らはどうしてもあなたを捕まえ、一見暖かくて無害な花園にあなたをとどめおき、保護の名の下に監視しようと待ち構えているのです。

最近の衝突までは、あなたはずっと余裕綽々で追っ手から逃れていました。けれども今回のもめ事はあなたの信徒から始まっています。あなたからまともに取り扱ってもらえず無視されるのに耐えきれなくなり、彼らは今の右派勢力と手を結んだのです。新しく就任した宗教大司法官は忠実この上ない狼犬《ウルフドッグ》であり、近隣から押し寄せてくる数十に上る武装集団などものともしませんが、ただあなたはもうこういった際限のない武力闘争にうんざりし、これでもう十分、もう疲れた、と感じていました……。

そして、これまでの柔和な方法と異なり、炭素生命の余りから採ったエネルギーを使って三晩前に最高級の術をふるい、三千万兆にのぼる有機生命のいる星団を一瞬のうちに「消去」されました。さすが、邪悪非道と称されるにたる華麗なる訓練があなたの登録商標であるわけです。究極の消去術は肉体を灰燼に帰すだけでなく、同時に涌き上がっていた膨大な集団意識をことごとく滅亡せしめます。知能、記憶、そして個体の意念が、激しく照りつける日のもとの汚泥のようにすっかり蒸発します。ただそれはあなたのあだ名と同じく、あなたの化身として七つの罪が顕在した形は「傲慢」、あなたと同じく純粋なる冷酷な原始の悪徳です。あなたは冷たい光の輪に取り巻かれた黒い太陽……

眉をひそめ、上位の魔導師一ダースをまとめて鎮めうる幻惑度のある酒の最後の一口を飲み干す。最後のひと言が記憶をゆり動かす。いや、記憶ではない、もっと間近の、もっと自然な、自分のこの命がまだ生じない前からすでに私と共にあったような**何か**、私の根源、黒い光、夜明けの星、悪と真実の謎の答えといった……

「お前はせっかちな使者だ。一千一夜と多くの機会がありながら、先んじて結末をすっぱ抜いてしまう。まったく、こんなに早く私を迎えに来るとは。この世にもう少しとどめ置き、聖人君子面をしたこの目も鼻も小さなこの者どもともう少し遊ばせてくれても良さそうなものだが」

バールに向き合う……相手は眉を上げると、防護めがねを外し、トレードマークの小悪魔的な微笑を浮かべている。今ようやく戻ってきた自己の刻印を前に、なんとも言えない感慨に襲われる。一体どういった心持ちが、戻り道を自ら封じ込め、今の今まで入り乱れた人間劇の各場面を何度もめぐることにさせたのだろうか。熟睡した黒い子猫を革の袋から抱き上げると、一つの銀河系生態の夢世界を丸呑みしたばかりの子猫の鼻先をそっと叩いた。夢として食べられたその瞬間、幸福な人類もまた一緒に解体してしまったのだが、彼らは快楽の頂点で死んでいったのだ。

魔界の侯爵であるバールはウインクすると、馬の尾を上品に揺らし、私とこの真っ赤な羽翼に向かって膝を折って言った。

「お帰りなさいませ。私の唯一従うべき暗黒の王位継承者。これ以後、二元が対立するショーケースは破局を迎え、善という名をかりての過酷な税の取り立ては終わりをつげます」

バールは悪戯っぽくウインクした。「しかも、魔王のユーモアを以てして言えば、願ったり叶ったりのこの日この時です」

私は顔をほころばせ、黒々とした淵そのものの二つの目がしっかりとこれらを見据えるようにした。そうその通り、三十六本の平行軸が同時にいわゆる復活祭を祝っているのだが、私のこの復活は、本来の邪悪なるものとの真なる組み合わせである。こういった、薄情で無知蒙昧な声なき人類とその道統・儒者等が、大災厄がまさに至らんとするのを知らずに安逸をむさぼる様のなんと哀れなことか。黙示録の封印が今解き放たれたというのに、彼らは自分たちがどれだけ豊かな創意あふれる報いを得るのかつゆ知らずにいる。**私のこの報いを**だ。

巨大で愚昧な愛とは恐怖であることは人間が理解するものではない。これは至高の聖なる暗黒の印《しるし》、それはまた光の王位継承者（Lightborn）の祝福しるし。私が目を冷ましたこの瞬間、宇宙の諸々で暴動が勃発し星辰が雨の如く流れ、万物が本源へと回帰する。

これ以後永遠の夜が始まるのだ。


〈1〉この作品はロック「終局」（The End）を改編したもの。ここで採用したバックミュージックはザ・ドアーズ（The Doors）のオリジナルではなく、ヴェルヴェット・アンダーグラウンド（The Velvet Underground）のヴォーカル、ニコ（Nico）が歌うトランスジェンダー版のほうである。

〈2〉以下の叙述はロックバンド、キング・クリムゾン（King Crimson）のアルバム『クリムゾン・キングの宮殿』（In the Court of the Crimson King）所収の同名の曲とあわせて味わうといいだろう。

〈3〉この章の叙述のバックミュージックとしては、日本のユニットバンド「黒百合姉妹」のアルバム『最後は天使と聴く沈む世界の翅の記憶』（「天使所聆聴的世界羽翼追憶」）。

その3　夜陽《ヒュペリオン》の誕生

ネフティティ銀河が豊作の季節を迎える前夜《イブ》、詩人と舞子が乗った天馬型クラムシェル《折りたたみ式》の四次元小型宇宙船は、ちょうど銀月《シルバームーン》のループの端に達しようとしていた。

困難なドラマと甘美な放浪が交錯する旅路を経てついに古《いにしえ》の夢の地への帰還とあいなった二人連れは、多数の光晶《ライト・クリスタル》クオータの時が流れる中、瞑想と予測に余念がなかった。詩人はほっそりとした指の先で表面張力ぎりぎりまで一杯に書き綴り、杜松酒《ネズ》の色をした目の奥には響き出せずにいる昔のリズムがじっと湛《たた》えられている。自然なるその音に最も近い音色と言えば、舞子の髪、今宵及び過ぎ来し幾多の晩の星と暴雨を集め、千万の狂暴なる小蛇のように煌めくそれだった。

「おお、すごっ！　夜食時の宴席にご招待とは！　さあお次はお久し振りのご当地特産品をとっくり味わう番。酒の肴に軽いつまみ、これだけでもう一篇の旅日記のできあがり！　最終局面に達する最後のくだりは絶景の刈り入れ時、略奪地点はそれに見合った歌と踊りじゃないと乗りがわるいからね」

美しい容貌のその眉根に紅のほくろのある舞子は悪戯っぽく詩人に抱きつくと、相手の感傷たっぷりな様をわざと無視し、わくわくしたように飛行船体舳先、最高位の小部屋で、ピクニック用の木のテーブルに当地の特産品を所狭しと並べた。舞子は居住民の熱烈な歓迎を受け、足下に舞う花吹雪もプレゼントも同じように絶え間なく送り届けられたのである。満ちあふれるエネルギーを押さえることができず、祝賀行事を「観測」しに小恒星に降りたった舞子が戻ってくるまでの唯一の静寂な因果の楽章がそれまで小型の天馬宇宙船をぐるりと取り囲んでいた。詩人を覆っていたのは、この間、数夜にわたる優雅な孤独と一杯の酒でどっぷり浸かった黒い欲望の夢であった。

「まったくお前みたいに精力あり余るお転婆《てんば》はどうしようもない」

詩人は白く冷たい人差し指で舞子の尖った鼻先を軽くつまみ、まんざらでもない風情で透明な小部屋の天幕にずらりと並んだ九重の銀月の環を愛《め》でた。彼は笑みを浮かべ鷹揚に、舞子が「狩って」きた豪勢美味な飲食物《プレゼント》を見つめると、あぐらをかいて座り、ほっそりとした身体ながら巨龍《ドラゴン》なみの食欲を持つ舞子が、豪奢な夜食——つい先ほど一緒に舞を舞い、その後に体液を享受し合った少女たちが造った新鮮な花酒、図書館員から送られた物語の結晶したキャンディー、ある粋な領主から幾度となく送られた白鳥型のアイスケーキ、および、舞子に心酔した子供たちから受け取りを懇願された高級クッキー類の箱、そして柔らかく味わいある乾し肉等々——を消化し尽くすさまを楽しんでいた。

「まずは語りの時間だ。それから幾千もの夜景のご光臨、新生児を迎えに行こう」

□

遠き彼方のその昔、余、漫遊しつつ採集し、まれに宇宙に持ち帰りしものに秘密に満ちたる絶景の詩あり。ネフティティ銀河に至る前は、めったに思い出すこともなく、ただ希に時節はずれに微かに思い起こすこと有り。

この銀河の最果ての地の所在はあらゆる生命（或いは超生命）に知らしうるものではない。ふさわしい時期に至りてはじめて曰く説明しがたき境遇を明らかにせんとす。エメラルドグリーンの燦爛たるエタノール陽は星体が自ら生成進化する最終段階にあることを示すなり。ソノモノは恒星の常なる寿命の制限を受けることなく、超生命を有する無限意識と洞察を備えたり。さらに、ソノモノは各種様々な体験及び情をも持ちうることを強く望むなり。

余がここに至るより前、ソノモノは名前をもたず、しかるに無数なる宇宙の記憶と慕情は有すなり。この銀河の人間は九重の銀月が一度に集う千載一遇の夜にソノモノの念動場に遭遇する幸運にめぐまれ、ソノモノの液体エメラルドの如き澄みきった光沢を目撃せり。あらゆる生命がソノモノに祝福と豊穣をこいねがい、ソノモノもまた惜しみなくこれを与える。万物を潤すのみならず、諸々の太陽の王である夜陽はその好敵手を求めたり。同等の地位にあり、「同志」とも呼ばれうるべき、相手を。
ソノモノの心念は余の最も深層なる水路に侵入し、あらゆる抵抗と驚きを掬《すく》い取るなり。ソノモノは余の愛するものでありまた始まりである。ソノモノは余のこれより前とその後に成った詩。ソノモノと共に過ごした一千年の間に、余は多くの超生命ですら追い求め得るどころの難き最も貴きものを理解するなり。我らがともに過ごした第九百九十九個目の千年の終わりし時に、ソノモノは「しばし」の脱皮のための休憩に入るなり。しかれども、余はこれにて孤独を感じることはない――しばしの別れの最期の夜、銀月の光おりなす綾がソノモノの最初の極夜《ポーラーナイト》の蝕刻《エッチング》を為し、ソノモノの胎児と分身を形づくり、肉眼にて垣間見る生命を「夜陽の宝石」と名付けるなり。これこそソノモノが長き眠りに入る前に余に与えたもうた贈り物と表記である。宝石は夜陽の分身と子供を醸し出す也。我らはソノモノに代わりてRaと名付ける。愛する子よ、幼龍の姿をし、眉間の血の瞳にて原始のすべてを目にする太陽超神よ。

その後我らは共に果てなく長い幼年期を過ごす。禍を引き起こす能力と小悪魔的魅力の均衡に有せしRaは余の最も愛し且つ最高級に面倒をかける伴侶、超神領域の破壊王である。先の一千年が終わりを告げんとするときまで、我等はいつものごとくネフティティに停泊し、オセルス星雲特産の血橙《ブラッドオレンジ》酒とヘロインの糖衣のかかる生チョコを携え、九重の銀月が始まる晩の夜会を催し、いまだ深き眠りにある夜陽を訪ねゆく。夜の気配が退いていかんとする間際、我らが心念とミニ天馬宇宙船の観測プログラムとが同時に胎動を受け、夜陽が目覚めんとするばかりか、ソノモノの意識の奥底に胚胎せしもうひとつの光り輝く小さきものが、千年の時をへたのちこの世に降臨せり。

この数年に至るまで、ますますの狂おしい熱き期待と喜ばしき渇望よりほかに、余を悩ませたるはこの子の命名也。名は本来なる姿を表すもの、なんといっても夜陽の王が余に与えたもうた多くの特権のひとつがソノモノにかわってソノモノの子供たちに万有の巨大な流れより真の名前、形と質が符合した名を探し出すこと也。ことはじめの旅に出る前夜、余は目覚めがたき史詩の古《いにしえ》の夢を見た。そこに東宇象限に高くそびえる黒玉の塔が現れり。塔の先には茨《いばら》の棘と夜の気配より造られし日の輪が廻り、塔の支柱に幾多の巻物が刻み込まれるなり。それらは太古の世に消失せし銀河の物語、曰く、最後の救世主は夜陽の王の子供が祝福せし星より誕生し、その名をHyperionという星なり……

そして、今宵、夜の気配は墨のごとく濃くなり、その沈黙に詩の言葉と狂舞が伴うなか物語の頁がまさにめくられんとす。愛する子、我等は余が愛する者の領域、お前が生まれる故郷に戻り来たり。そして余もまたふと、生まれんとする夜陽の子に最もふさわしい名をふと思い出す也。

□

「Hyperion, ヒュペリオン。この名を気に入ったかい?」

銀河の豊作の季節がまさに始まらんとし、九重銀月の千年に一度の舞は今宵終わりを告げる。銀光が織りなす夜空にエメラルドグリーンの宝石がちりばめられたかのようである。これまで深く眠っていた冷陽が突然詩人と舞子の視野に現れた。いまだ完全には醒めていないようだが、かすかに情人《パートナー》と子供とを覚えている。ソノモノは九億九千年に超太初の無意識領域で生死悲喜の凝縮によって生成された意識の結晶を放出する。ただ詩人と舞子のみが日食を限定する図柄——次代の夜陽超神の五次元胚胎その形状を鑑賞することができるのである。

彼らはミニ天馬宇宙船から外に出ると、喜びに満ち溢れながら、冷たいエタノールに満ちた環の領域、詩人の愛する居住地、舞子の誕生の地に戻ったのである。

「ヒュー、この子はきっとご満悦だろうな。なんと言ったって、姉さんと養父とでソノモノが転生する前に、宇宙全域を動乱に導いた遠征や、唾棄すべき四象限の神と悪魔の政治的駆け引きをうっちゃって、幾千年紀に限定された美食美酒を持ち寄り、ソノモノと一緒に誕生とその後の無数の愉しみを共に享受しようというのだから。

舞子は得意げに口をゆがめ、感動を見せないように軽口を叩いた。

詩人の銀髪が自然に絹の帯からそよぎ出ていく。限りなく深みのある表情そのものが、最期の五言絶句。符紋は言わずとも名をなし、虚空にわかに蝕刻す。遙か彼方上空に浮かぶ九重の満月に優るとも劣らぬ舞子との麗しい深情をなつかしみ、立ち上る思念は白熱の光の如し。舞子はなにはともあれ第一代の夜陽の子、同類が無から清らかに生まれ出るのを目撃しうるもの。天衣無縫の青春超神といえどもこれはかつてなき初経験。舞いは激しく流れる雲の如く、自らの奥深くに潜む愛念——それは舞子、いや、初代夜陽超神Raが知られたくないアキレス腱——を引き受ける。

「この子はおお喜びしているよ、Ra。存分に舞ったらこの陽液を一緒に飲みにおいで！」

その名をプロメテウスというこの詩人は満足げに彼の最愛の子供らと夢遊する夜の陽を見回した。彼のみがそっと「苦艾《ニガヨモギ》」を呼び出すことができた。夜陽の蝕刻が次第に鮮明となり、ミニ天馬宇宙船が停泊するその周囲を五次元空間が取り囲み、ゆっくりと苦艾酒《アブサン》のほのかに苦みのある香りを漂わせる。

幼い一角獣の姿をした赤ん坊の夜の陽Hyperionはエーテルのゆりかごに漂っている。上機嫌で水晶の角をゆらゆら揺らし、純粋なる親愛の情を惜しみなくまき散らしている。お姉様に、お養父様《とうさま》に、自分、今まさに目覚めんとする諸陽の夜の王の懐――それは母でもあり、父でもあるものの懐――そこで生まれ出ようとしている。ソノモノにとって、確かに誕生は麗しく妙なるものであった。

謝辞

洪凌

本書の順調な出版の最大の貢献者は、まず翻訳者である櫻庭ゆみ子さんです。彼女は優雅な文体でこの激しく暴れまわることまるで日食の如くの物語にノミを入れ、一つまた一つと宝石と炎で取り巻いた楽章にしてくれました。国立台湾文学館の「台湾文学翻訳出版補助計画」によってこの物語はもう一つの言語と出版システムで生き得る物的支援を頂きました。また出版計画を申請して以来、黄英哲先生の配慮の行き届いた親身のご助力によって、本書は四次元空間の花園と培養プレートを見出すことができたのです。

翻訳作業が進行する中で、在職している中興大学人文社会科学研究センターでは、同僚および助手の方々より無条件の支持と協力を得ました。同じくSF小説研究の先輩である同僚の林建光さん、グローバル文化交流及び類型小説を研究している友人の陳國偉さん、そしてセンター主任の邱貴芬教授と王明珂教授に特に感謝したいと思います。創作、評論の執筆および学術領域での活動を行ってきたこの二十年近くの年月において、中央大学の性／別研究室のクィア学者の強者《つわもの》たちは先輩や良き友人という間柄だけではなく、私が森羅万象の力強い生命の欲念《エネルギー》を探索するなかで、肉体および叡智の稀少なる草花を互いに分かち合い、交換し合うことのできた仲間です。ジェンダー研究所でご指導頂いた何春蕤先生、生涯の姉たちと呼びうる丁乃非、白瑞梅（Amie Parry）、司黛蕊（Teri Silvio）、劉人鵬、および「歯に衣着せぬ」母系DNAを分かちあったクィア同僚の黄道明に、この場を借りて感謝を捧げます。二〇〇五年から香港大学で博士号を得た後までも、堅苦しい教師の立場を無視してご指導くださった洛楓先生は、常変わらぬ良き友、革命の同志であり、また学術・創作の両領域での様々な圧力機構に対抗してくれた仲間です。日常的或いは非日常的生活において、二人の弟（Sung と暁魔《シャオマ》）と妹（Famina）のいたわりと心遣いによって、私は何の心配もなくこの世界と各領域を出入りすることができました。同時に私個人、仕事、住まいのソフト・ハード面での修理調整に惜しみない協力をしてくれたエンジニアのWhiteg は欠くことのできない友人であり協力者です。

　本書の中国語版が、長く共に仕事をしてきた蓋亞出版社から近く刊行されます。異世界で生育しつつ、こちらの世界を映し出す本書の物語たちがしっかりと立ち、地球にぶつかっていくことのできる座標を与えてくださった蓋亞文化の陳常智社長の、長年にわたる友情、協力、そして支援に心から感謝いたします。初めて出会ったときから今日まで常に共にあり変わることなき深い間柄である情人《パートナー》の白鷹は、物語の最初の読者の一人であり、また書き手の後勤部隊の総司令官です。そして何よりも忘れてならないのが、もしこの宇宙に私の最初の女友達（祖母でもある）洪翠蘋と二十一世紀以来、私の命以上の存在である黒猫の小猫魔神（Ether）小黒豹王（Aleph）がいなければ、本書と今の私は存在しなかった、ということです。

訳者あとがき

櫻庭ゆみ子

作者、洪凌《ホンリン》（Lucifer Hung）は一九七一年十一月二日台湾台中生まれ。本名、洪冷冷《ホンリンリン》。紀大偉《ジィダーウェイ》とともに台湾を代表するクィア[*1]SF小説作家、評論家。台湾大学外文系卒。現在、中興大学人文社会科学研究センター博士後研究員。一九九〇年代の台湾で最もラディカルであった文芸雑誌『島嶼辺縁』を足場にして文芸創作をはじめ、一九九四年にジャン・ジュネ『泥棒日記』の翻訳、続いて一九九五年に漫画論『弔詭書院—漫画末世学』、短編小説集『肢解異獣』、『異端吸血鬼列伝』で単行本デビュー。以来今日までに小説創作、評論、翻訳と多岐にわたる文芸活動を旺盛に展開中。時に漫画チックな語り口を装いつつ、「酷児《クィア》」ディスクールを「酷児《クール》」に披露する。持ち味は、感覚の襞に分け入るような、過剰ともいえる身体器官の細部の濃厚な描写。不快なまでの刺激を与えつつ読み手を独特の世界に引き込み、既存の認識体系の欺瞞性を切ってみせる。これまで邦訳された洪凌の作品として、小説「受難」、評論「蕾絲《レズ》と鞭子《ビアン》の交歓[*2]」がある。

『フーガ　黒い太陽』という題名の通り、洪凌の作品集としては本邦初公開の本書では、黒い太陽というテーマがいくつものバリエーションであらわれる。いずれの作品もかなり頭脳的な、ゲーム性の強いメタ小説である。「ある程度テーマに沿って、感覚的に決めた」と洪凌本人が語る掲載順にも、まずは母と娘の葛藤物語を装ったリアリズム風物語で安心させておきながら、次第にSFファンタジー世界、奇々怪々なる異星の存在物が跋扈する特異な宇宙へと引きずりこむ巧妙さがひそみ、いわくありげな「黒い太陽」（日蝕―太陽の消失―陰なるもの―闇の支配―魔界……?）という言葉にひかれて本書を開いた読者は混乱、困惑、時には嫌悪感／共感の暴風雨に巻き込まれることになるだろう。

読み手を攪乱すること、まさにこれこそトランスジェンダーである才能あふれるこの作家が目指すことである。

とはいうものの、ジェイムズ・ジョイスばりの難解な言葉で読者を煙にまく意図は毛頭なく、哲学的な世界観が比較的強く示される「髑髏《されこうべ》の地の十字路」を除いては、ストーリー性にも気を配り、漫画チックな世界を随所に入れ込んだサービス盛りだくさんのエンターテイメント性を十分備えている。一度その世界に入り込むと「癖になる」奇妙な魅力を持つ作品群である。

混乱が引き起こされるとすれば（そして訳者泣かせの主な原因であるが、それは）テクストの人称の使い方だろう。「他《かれ》」「她《かのじょ》」「它《それ》」「祂《そのもの》」と第三人称が入り乱れ（原文では、「他」のフォントや大きさが違うこともある）両性具有の登場「人物」の性が場面によって変わることすらあるのだから、訳していても軽い眩暈《めまい》が起こる。けれども豊艶なあくの強い言葉の洪水に身をゆだねてみた時、濃厚なイメージが提示するそれぞれの物語が、さまざまな角度から性・ジェンダーというものがいかに任意に規定されうるものかを示唆することに気づくだろう。そこには白水紀子氏が「台湾セクシュアル・マイノリティ文学」シリーズの第二巻「解説」で述べているように、「異性愛中心主義的な性のヒエラルキーを脱中心化し、解体する」意図がある。[*3] そして、批判の矛先が、男／女という性差の線引きに留まらず、聖／俗、雅／俗、善／悪、人間／動物、生物／義体、純文学／ポップカルチャー……さまざまなレベルの二元論へ向けられていることは、ページをめくり、読み進むにつれてどんどん奇々怪々な世界へと変容していく物語世界のリズムを受け入れた時にゆっくりと感じられてくるはず。

既存の価値観・世界観に慣れ、それを当然と思いこむ読み手をまずは混乱させ、そして新たな価値体系もありうることを知らしめる戦略。それはラディカルで過激に見えるが、言葉をつむいでイメージを浮き上がらせるのは文学批判のあるべき姿である。台湾SF界の草分け的存在である張系国《ジャンシィグオ》が、台湾のSF界にちょっとした旋風を巻き起こした洪凌の「宇宙奥狄賽《オデッセイ》」シリーズ[*4]を蘇東坡の名言を引き「詩的な言葉にイメージが浮き出し、イメージの中に詩がある」（詩中有画、画中有詩）と高く評価したように、言語芸術の王道を行くあり方である。

ただし表現様式は徹底した遊戯《ゲーム》スタイル。「九十年代」の台湾「ポストモダニズム」の代表と言われるだけあり、従来、九十年代以降台湾で巻き起こった同志運動（同性愛ムーブメント）の中で、悲壮感と共に語られるレズビアン、ゲイたちの悲哀は奥に退き、あっけらかんと、時にはアニメ世界の軽さを交え、周到に物語世界を組み立てていく。その物語世界の構造は、欧米の古典的SFや日本のアニメ、漫画に通暁する読み手ならばどこかで出会った感があるはず。なぜならそれらは過去の、書き手が膨大な読書体験から積み上げ、拾い上げた物語構造の反復であるからだ。また登場「人物」の名前に既視感《デジャビュ》があれば、それはそれら存在する／した人物への敬意が払われているとみていい。言葉を換えれば、「黒い太陽」を巡って手をかえ品をかえ語られる物語の仕掛けをそれとなく示すことによって、重層的な構造であることを提示し、読み手に対し、読みの可能性を広げることを促しているのである。

重層的なテクスト、だから仕掛けに気づくことが読みを面白くする。

例えば第一話の「玻璃《ガラス》の子宮の詩《うた》」。一見、母と娘の葛藤と和解を示すリアリズム小説風だが、レズビアンである母親と試験官ベイビーである水凌《シュイリン》がベッドで戯れる様は普通の親子の関係ではない。そしてどこにもいない「父親」、母親の葉貝《イエベイ》が見る夢の中で詩がつまったガラスの子宮を持った水凌は何を意味するのか。リアルな世界からずれていく先は……始まりからして一筋縄ではいかない物語。そんな予感を感じたらいくつかの言葉に注意してみよう。ガラス（＝水晶）、子宮、詩、月、狼女（牙があるはずだ）、沼、湿った世界、黒洞、宇宙、血、渇き、吸血鬼……注意深く読めば、謎解きにつながる言葉《キーワード》がちりばめられていることに気づくはず。そして水凌《シュイリン》という名。作者洪凌《ホンリン》の分身か？ 実は、台湾で初めて正面からレズビアンを描いた作家として洪凌が高く評価する邱妙津《チウミアオチン》（一九六九―一九九五）の代表作『ある鰐の手記』[*5]の主人公の恋人の名が水伶《シュイリン》である。異性愛中心主義の父権社会の体制に果敢に挑戦して一九九五年に自殺を遂げた先輩作家への敬意《オマージュ》を、挑発的なアンソロジーの始まりでまず捧げ、そしてより過激な洪凌ワールドへのいざないとしたと読むこともできる。

続く「月での舞踏《ダンシング オン ザ ムーン》」。ドーラになりきれないドリアン、社会で異端視され居場所のないトランスジェンダーの若者の苦しみを描き、彼らの存在を排斥する社会を告発する寓話、としてもいい。ただし、男性の身体を有する女性の感情の襞《ひだ》――例えばこの若者が、失神する直前の混濁する意識の中で、まるでがけっぷちでダンスを踊るが如くにこちら側にもあちら側にも落ちぬ危ういバランスを保つ状態――をこれほど細やかに描きだしたのが、女性の身体を有する男性の書き手と知れば、自認する性と身体的性のずれが示す「ジェンダー」の交換可能性に考えが及びうるだろう。ここでのキーワードは、太陽、血、死そして笑い。

　ところで、洪凌が翻訳したジャン・ボードリヤールの『シミュラークルとシミュレーション』には、「性と死とは両義性と笑いをばらまき得る二大テーマだ」という文句があり、次のように解釈が続く。

> 人はなぜ笑うか、といえば、それは物事の可逆性にだけ笑いがあるからであり、性と死はまさしく可逆的なものだ。つまり、男性と女性、生と死の間で賭けられるものは可逆性だから、人は性と死を笑う。対立する項さえなく、全円環を単独でまわり、自己の斜線のうしろと、ちょうどペーター・シュレミール〔シャミッソー『ペーター・シュレミール　影を失くした男』〕が自分の影を追いかけたように、自己の分身のうしろを無限に追いかけるものは、残りの他に何があろう。残りは猥雑、なぜならそれは可逆的で自己自身し交換するからだ。残りは猥雑で笑わせる。まるで単独であることが笑いの種であり、男性と女性、生と死の識別し難いことが心底笑わせるように。*6

殺した相手の死骸が笑うという表現をする『黒い太陽』の書き手も、ボードリヤールと同じく、性と死を深刻さの対極に置く。男性と女性、生と死の境界があいまいで識別しがたいごた混ぜ状態は、ブリューゲルのカーニバルを描いた絵のように、猥雑でおかしいのである。本来ならセクシュアル・マイノリティとして社会の片隅に追いやられ存在の意味をそれだけ意識せざるを得ずに悲劇の色調を帯びがちな状況を、グロテスクな笑いでひっくり返す。情緒の罠に陥らないように、緻密な計算をしつつ冷静にすり抜ける。サイバー空間を自在に泳ぐハッカーのように。

だから読むほうも時にはポップカルチャーの軽快なリズムに身を任せればよい。例えば探偵小説風の第三話「星光《スターライト》が麗水《リイシュイ》街を横切る」。調査員らしい「人物」が上司に事件簿を報告する始まりでは、『アンダーワールド』(『決戦異世界』)の主人公セリーンを想像すればよい(と親切な書き手は、台北でインタビューに訪ねた訳者にそっと教えてくれた)。

おどろおどろしく且つファンタジックな倒錯の世界へずるずる引きずり込み、グロテスクな描写に辟易させつつ謎解きを期待させたところで一気に状況を展開させ、いきなり「ジ・エンド」、読み手を観客席へ放り出す。このどんでん返しの趣向は、推理小説を読む乗りで読めば楽しめる。要は切り替えのスピードが問題なのだ。そしてヒントに気づくことも。

開かれた読みへのいざない。書き手は意外に親切なのである。

例えば第三話では、最初に雑誌に発表されたときには次のような親切な導入が入っていた。

小説と関連する資料には、驚嘆すべき少女の吸血鬼Claudia（クローディア、アン・ライスの『夜明けのヴァンパイア』に登場する）、パット・カリフィアのSMレズビアン小説、日本の第四世代少女漫画家華不魅《かずみ》の作品『GLAMOROUS GOSSIP』（グラマラス・ゴシップ）、サイバーパンクSF、ゴシックロック、ラテン文字辞典などなどが挙げられる。こういった興味深い資料については興味があれば、探して目を通すことをお勧めする。一方でこの小説を読み進めれば、作品の理解と面白みが増すだろうと思う。[*7]

たとえこの「導入」がなくても、注意深く読めばテクストのあちこちで書き手の目配せに気がつくはずだ。イメージ／言葉の襞に分け入ってみれば他のテクストにつながっていく立体的な世界が展開することをそっと示してくれている。

そしてその重なりの層は、この作家の広範な守備範囲——アーサー・C・クラーク、アイザック・アシモフ、J・G・バラード、ダン・シモンズ、ジョージ・R・R・マーティン、フィリップ・K・ディック等々のSFの古典的作品から、サイバーパンク、日本の漫画・アニメ、ホラー映画、ゴシックノベル、あるいはジョアンナ・ラス、ラリイ・マキャフリイ、ジュディス・バトラー等によるフェミニズム批評、またはボードリヤール、バタイユ、ドゥルーズ、フーコー、デリダ、シュティルナー等の哲学……を知るほどに、層が厚みを増し、いわゆる「間テクスト性」の度合いが増してゆく。

例えば、「肉体錬金術」その1で出てきた「費烈大帝《フェリエ》」なる人物——作者の創造した人工超生命体——は、ごく初期の作品『肢解異獣』に登場し、それから「宇宙奥狄賽」シリーズでも重要な役割を担った存在である。台湾の洪凌ファンであるならば、すぐにピンとくる名前であり、そこからこのアンソロジーに収められた各作品が、他のシリーズの外伝としても読めることに気づくだろう。要するに、読み手の角度、知識あるいは柔軟性の度合いによって読みの可能性をいくらでも広げられる作品群なのである。

それにしても、なぜ吸血鬼なのだろうか。

第二話、第四話、第五話を収めた『世界の終わりからの蘇り《よみがえ》』（『復返於世界的尽頭』）で掲げた前口上《プロローグ》を見ておこう。*8

喉はいつも乾いている。癒しようのないこの渇きは或いは言葉が始まる前にすでに存在しているのか。言語の前の混沌に棲《す》みつき、主体の目（Eye）がまだ開かぬうち、私（第四話の黒水仙《ダフォディル》—訳者注）もいまだ脱皮せず、生死の境界もまだ成立しないほの暗い永劫の中で主客が互いに繰り返し啜りあい混ざり合う。太初の蒙昧ですべてが激しく旋回する彼方で、鋭い裂け目が現れた。啜りあう口から鋭い牙が突きだし、しっとり湿ってつるりとした傷の無い球体を鋭くとがった牙が刺し貫く。驚くべき偶然の邂逅は、言語の海において双方が正面衝突したこと。刺し貫いた傷は傷口となる。傷口（wound）のラテン語は「traumaticus」、英語に翻訳すれば例の衝撃的な言葉『trauma』。創傷、またの訳語は「精神性外傷」。

欲望するもの（語）とその仲介者である吸血鬼は、主体に創傷を与える。より具体的に鮮明に叙述すれば、吸血鬼とは創傷の化身であり、精神性外傷の肉体化した存在。そしてこれらの物語は、文字と肉体が互いに排斥し合った切れ端の数々。（…）

表裏に穴を穿ったひと咬みによって、それまで封じ込められていた何かが溢れだす。それは体液かもしれないし、もっと言えば体内に長らく堆積した記憶であるかもしれない。「そのひと咬み」によって象徴系《シンボル》が始動し、それによって互いに排斥し合う歴史と神話が均衡を破って動き出す。（…）

言葉と記憶がいっぱいに詰まった「混沌」（中国の神話では目も鼻も口もないつるりとした存在）の内部は、まるで子宮のように、湿って暗くそこにたゆたうものを心地よく眠りに引き入れる。これが牙によって突き破られ、エネルギーの爆発と共に迸《ほとばし》る体液―血液―言葉―記憶が、彼岸／此岸に存在していた惑星、地球の象徴システム・秩序・価値観に突き当たり、ゆさぶりをかけ、それらを変容させんとする。吸血鬼は既存のシステムを打ち砕く何ものかを媒体する仲介的存在、とがった牙をもって血／記憶を吸い出しそれを彼岸に拡散させ別の歴史観をあてがう存在は必要なのである。

さて、そういったときに生み出される物語だが、第四話と第五話のように、魔界世界のファンタジーでは、個別の描写では限りなくエロティシズムの情動を引き出しつつ、登場人物（物）に共感させるのはほんの一瞬。凝縮された言葉にエロティシズム／グロテスクを感じさせた次の瞬間にはアニメの世界に横っ飛びさせる。書き手は常に描き出す対象とは一定の距離を保っているから、登場「人物」に感情移入をしすぎるとはぐらかされて肩すかしを食うはめになる。表現はあくまで詩的であるが、情緒におぼれず、読み手をも文字通り機械的な冷たさでつきはなすことを忘れてはならない。それぞれの登場人物（存在）に入れ込ませず、かといってエンターテイメントにおける消費と忘却との関係よりは濃く、つかず離れずの距離を保つバランス感覚で物語を繰っていく。こうして編みあがるテクストが、純文学なるものとサブカルチャーの境界を解体する物語だと気づけば、ルービックキューブのような構造を解く面白みに気づくはず。だから、ちぐはぐさに辟易して本を投げ出さずにちょっと感触の違う語りに付き合ってみてほしい。

この意味でのキーワードは「雑種《ハイブリッド》」。作品のジャンルは多岐にわたり、それにともなって文体も細かく変化する。まるでスイッチ一つで別次元にワープするが如く中国語、英語、日本語及びそれらの言語に張り付いた雅俗それぞれのレベルの文化の境界をなきが如く縦横無尽に飛び回り、読み手を引きずりまわす。こんなテクストを前にしたときは、そう、ウィリアム・ギブスンの『ニューロマンサー』（『神経魔異浪漫譚』）を読むがごとく、ゲーム感覚を発揮してサイバースペースを飛び回る快感を味わえばよい。

もちろん、こういった快感の奥には常に無意識に期待する物語の展開をずらされるある種の心地悪さが残る。その後味の悪さは執拗にまとわりつき、どこかずれた感覚は忘却を拒否する。だから洪凌のものは苦手だという声がここらあたりで聞こえてきそうなのだが、他者への完全な一致こそ幻想以外の何物でもないことを思えば、一定の距離を保ちつつ、様々な接触の可能性を探るというのは、実はとても建設的な、温かみのある関係の作り方ではないのか。

さらに言えば、世界が実際混沌としている状況で、生き延びるのに最も有効な戦略として、軽やかにしなやかに張り巡らされた網をすり抜け、自らも網《ネット》をつむぎつつ、権力のヒエラルキーに組み込まれないよう絶えず変容し続ける以上に有効な手段があるだろうか。

言いたいのは、「境界」というものがそれほどはっきりとしているものなのか、ということだ。書き手の二元論の線引きへの嫌悪とそれへの批判は徹底している。クィア文学のホープでありながら、洪凌がフェミニズム文学からは異端視される理由もここにある。人間の性差の脱構築には拍手喝采を送るフェミニズムあるいはゲイムーブメントも、洪凌の人間と機械、人間と魔界の者の境界まで取り払う「錬金術」の世界まで来ると、ついてこられないのである。けれどもSFファンタジーの世界に目をやれば、今一番問題になっているのが、原子にまで根源をさかのぼったときの人類の根拠は何か、ということではないか。記憶すらあいまいになったとき、ある存在が唯一の存在であることの根拠は何なのかということが問われているのである。

「記憶は晶片《メモリチップ》の墓碑」[*9]及び「水晶《クリスタル》の眼球《アイ》」では、まさにこの問いかけを行ったメルクマール的な作品である。

ここでは後星暦三三三年、後星暦六六六年、後星暦九九九年、一九九九年、という四つの次元で語る物語が入り組み、アルファ＝アレフ、オメガ＝ラピスの物語が、ベータ、カカを媒介に展開する。さらに言えば、双頭の蛇、アンフィスバエナ――二つの頭が互いに呑み込みあい合体する――が物語そのものを象徴している。始まりと終わりの一対であるアルファとオメガは、ラピスを作ったアレフが、ゲームの法則すら忘れることを組み込んでオメガに監視されるアルファとなり、主従関係が一転二転と巡り、カカの記憶と意識に入り込んだラピスがまたどこにも存在する存在となって漂いつつ見えない目となる。訳者の感覚でアルファを女性的に、ラピスをより男性的に訳したが、逆転させてもいい。性差には主従関係は付随せず、権力構造も交換性がある。そういった中での、真実とは何か、記憶に入り込んだ存在の中で、それぞれの真なる存在とは何か。二つの物語を並行して分析しつつ読んでみると、新たな発見があるかもしれない。記憶と存在という人間存在の根本的な問題を扱ったサイバーパンクとして台湾では評価が高く論評も多数書かれている[*10]が、それを読んでまた作品にもどってくるのもいい、と書き手は評論と創作の境界をも脱構築することを意図しているようだ（すると書き手がアカデミックな分野でクィア文学、構造分析、ポストモダニズムなどなど理論の鮮やかな分析をして見せるのも、批評と創作の境界を脱構築する試みをしているわけだ）。興味があれば創作実践のよって立つ根拠、すなわち性差のヒエラルキーと保守的な読みを打破することをすっきりした論立てで示した「蕾絲《レズ》と鞭子《ビアン》の交歓」[*11]をひもといてみるのも一案だ。そこでは実際、理論的分析／創作の手の内が明かされている。並行して読むならば、批評と創作の同時進行の場に行きあう刺激的な体験を味わえるだろう。

ところで「黒い太陽」のフーガの中で、女性を下位に位置づける二元論／家父長制に対し、最も強烈な批判の言葉を放ったのは、三位一体の神なる存在に「男」性を与えるあり方に強い異を唱えた寓話「髑髏の地の十字路」ではないだろうか。六翼をもつ堕天使に「愛しいセラフィム」と呼びかける声は、天使が堕天使となる過程を説明して聞かせる存在、すなわち十字架にかけられ復活する存在＝キリストから発せられるものであり、その声と並行して、宇宙をさまよう「セラフィム」の遍歴の話が語られる。そこでキリストの半身が実はセラフィムであることが明かされ、光と影が一体となることを求める声に対して、呼びかけられた影は永久に朽ち果てぬことほど恐ろしいものはない、と自らとキリストを縛り付ける鎖、打ち付けられた釘と呪いの言葉を解いて離れることを宣言し、「愛、それは最も悲しい別離」との言葉を残して彼岸へと去ることが暗示されている。聖なるもの・光＝キリストに追い求められた六翼の堕天使（悪の化身・闇）が愛の絶唱で応える決別の一瞬を描き、追いかける存在と追われる存在が実は一体であるというキリスト＝悪魔一体説を示す寓話であるわけだが、ここでは、聖・光・男性／悪・闇・女性という二元論の構図がパロディ化され皮肉られているとみてもいいだろう。かなり哲学的な探索が幻惑するような表現で提示されるこの力作を、やはり正面から受け止めて、書き手が大きく影響を受けたというシュティルナーの哲学を読んでから再読してもいいし、あるいは、そんな哲学談義はごめんだというならば、永井豪の『デビルマン』を想定しながら読んでみてもいい。

そう、書き手は日本の漫画を実によく読みこんでいる。『弔詭書院―漫画末世学』(Eschatology in Comic Age, コミック世代の終末論)と続編『妖声魔色―動漫画誌異』(Deviant Sights & Sound: The strange & the beautiful in Animation & Comics, 怪奇なる声と光景――アニメと漫画における摩訶不思議な美しさ)で尾崎南・麻々原絵里依、CLAMP等々をあげ、日本の豊かな漫画・アニメ文化を多岐にわたって紹介しているが、そこで言及された漫画・アニメ世界の豊富さと読みのユニークさは感嘆するばかりである。だから、ダナ・ハラウェイの「サイボーグ宣言」[*12]をイメージ化したかのようなサイバースペースを場に設定し、日本でも熱狂的なファンを持つ永野護と、少女漫画で独特な世界を示す由貴香織への敬意《オマージュ》を捧げた名を援用して物語を展開する「サロメの子守歌」[*13]は、例えば『攻殻機動隊』の世界に入れ込んだ者ならば大いに楽しめる世界であると思う。ただし、雌性が雄性を攻略するという『黒い太陽』のテーマはゆるぎない。

雨夜《ユイイエ》の逆巻き荒れ狂う陰性エロスの情動が、樞[*14]の陽具《ファロス》に襲い掛かり、丸呑みにし、その破壊力で相手を分解してしまう。男根の挿入による征服/服従といった欲望図式ではなく、そういった「男根中心主義」(phallocentrism)と異性愛メカニズムを転覆して見せているのだ。さらに、このように寓話を書き記すその書く行為の過程で味わう快感(勢い)、を書かれたテクストの張りのあるリズムへとつなげて見せる。書く行為と書かれたテクストの相互作用を感じさせようとする。読む行為までを射程においた、いわば書くことについての寓話と見ることもできるだろう。

そして、情欲のエネルギーによる象徴システムの破壊は、女性v.s女性とは限らない。性/性差の攻勢図式の別のバリエーションが、次の作品、すなわち文体すらも雅と俗を混在させた「唯一の獣、唯一の主」である。闇の世界と相性のいい「黙示録」の議論の多い箇所に、こっそり創作を混ぜ込み、エピローグとする大胆さは洪凌ならではのものだが、雄性の強い「聖なる」両性具有を犯し、合体し、再生するという寓話は、これまた日本の少女漫画の中では早くから取り上げられたテーマではある。だが、言葉としてイメージ化されると強烈な力を持つ。

「詩中有画、画中有詩」と最高の評価をされるように、書き手の豊かなイメージを支える詩的言語の運用能力は大したものである。サブカルチャーと雅なるものを巧妙に大胆に混ぜ込む手腕は筒井康隆を彷《ほう》彿《ふつ》とさせる。「勇将の初恋と死への希求」で、その得意とするバタイユ張りのエロティシズムの凝縮点（絶頂と死の間の一瞬）を描いてみせる。もちろんここでの愛は異性愛ではなく、雌性と両性具有の雄性である。一瞬に凝縮された愛の形を言葉で描写するとこうなるのだ、と言わんばかりに。

最終章、「白夜の詩篇」は、「夜陽《ヒュペリオン》の誕生」の章のタイトルから見て取れるように始まりの物語である（「ヒュペリオン」にヒューゴー賞を獲得したダン・シモンズの『ハイペリオン』を連想するだろうことは想定済みだろう）。黒い太陽が誕生し、陰・闇の支配する別世界が始まる。ところで黒い太陽は、言うまでもなく「皆既日食」のときの見え方だが、太陽と月が空の真ん中でぴったりと重なった瞬間、天空はまるで違うものに見えてくる。真黒な太陽と縁から輝くコロナの噴き出す美しさは昔から人々の想像力をかきたて、数々の伝説が語り継がれてきた。恐怖の大魔王が空から降りてくるという恐ろしくも魅惑的ないわれも。ただし闇の世界の始まりを告げるこの物語では、創神するのは女性の預言者であり、創られる神も性別のない子猫のような「異界のもの」。父殺しを謀った闇の王は雌雄同体であり、二元論の体系が支配する世界をおわらせ、黒い太陽の世界を始めるのだが、それは最果て―周縁の地にある黒い深淵＝子宮からやってくる。

水淩のガラスの子宮に詰まった言葉が混沌を破って彼方（あるいは今ここ）へと繰り出してくる。遁走するテーマはぐるりとめぐって始まりへと戻る。既存の象徴システムを揺るがす「黒い太陽」の世界はメビウスの輪のように、めぐる。ただし、中心は光り輝く太陽ではなく、日食の影としてでもなく、ヒュペリオン、太陽（光）と月（影）の神、昼と夜が一つに融合した黒い太陽として。

以上は、もちろん、SF分野の初心者である訳者の目下のレベルで解釈した読みである。もちろん、それぞれの知識、興味の赴くところで読んでみればきっと別の解釈が出てくるだろうし、そういったそれぞれの読みが期待されていると言ってもいい。

さて、翻訳もそろそろ仕上げにかかってきたころに、「洪淩」をどう日本の読者に紹介したらいいかとご本人に相談したところ、即、英文で書かれた次の自己紹介が送られてきた。

洪淩（別名、Lucifer Hung 1971–）は、詩的な言語と独特のスタイルを持つサイエンスファンタジー及びクィア文学の作家であり、英語圏SF作品におけるトランスボーイ研究で二〇一〇年六月に博士号を取得し、現在は、大変愛すべき、かつ政治的な活動の盛んなリサーチセンターで研究員として働いている。この人物は、トランスジェンダーとしてのアイデンティティといくつかの具体的な（しかし公平かつ友好的とみなされうる）要請――たとえば、「彼女」と呼ばれたくないと礼儀正しく態度表明したり、ひねくれたり、茶化すように攻撃的であったり、または性質の悪いマナーや、断固として社会規範を外れているとするような言い方でもいいから「彼」と呼びかけられることを一貫して希望する――を公言するためもあって、しばしば、情を解しない反社会的厭世的存在とみなされている。「彼」は台湾大学外文系で学士号を、英国サセックス大学「性自認不一致及び文化変容研究課程」で修士号を、そして大変寛容な（けれども、悲しい哉、愛すべきところではない）香港中文大学文化研究所で博士号を取得している。「彼」が最近刊行した批評作品には、ＳＦ批評論文集『魔道御書房―科幻作品閲読筆記』、また、ＳＦファンタジーにおけるトランスジェンダー・ヒーロー及びクィアポリティクスと同時代のＢＤＳＭのやり取りにおける権力関係についての入り組んだ多層的な分節化を扱った多数の学術論文がある。Lucifer Hung には多数の各種の創作があるが、最近のものとしては遙か未来の銀河系クィアＳＦファンタジー叙事詩「宇宙奥狄賽《オデッセイ》」シリーズ、『復返於世界的尽頭』、『皮縄愉虐邦』、『銀河滅』等がある。

以上が「彼」自身による紹介だが、補足として以下に作品目録を挙げておく。

洪凌作品目録

短篇小説集

『肢解異獸』遠流出版、一九九五年
『異端吸血鬼列傳』皇冠出版、一九九五年
『在玻璃懸崖上走索』雅音出版、一九九七年
『不見天日的向日葵』城陽、一九九九年
『復返於世界的盡頭』麥田出版、二〇〇二年
『皮繩愉虐邦』城邦出版、二〇〇六年
『銀河滅』、蓋亞出版、二〇〇八年
『黑太陽賦格』(『フーガ 黒い太陽』)蓋亞出版、二〇一三年 ※本作品。日本語版と同時に中国語版も刊行

長篇小説

『末日玫瑰雨』遠流出版、一九九七年
『不見天日的向日葵』成陽出版、二〇〇〇年*15
「宇宙奥狄賽」シリーズ全六巻。『星石驛站』『光之復讎』『永劫銀河』『歙粒無涯』『上帝的永夜』『魔鬼的破曉』成陽出版、二〇〇〇—二〇〇二年

論文/散文集

『弔詭書院—漫畫末世學』尖端出版、一九九五年

『妖聲魔色―動漫畫誌異』尖端出版、一九九六年
『魔鬼筆記』萬象圖書、一九九六年
『酷異箚記』萬象圖書、一九九七年
『倒掛在網路上的蝙蝠』新新聞出版、一九九九年
『魔道御書房―科幻作品閱讀筆記』蓋亞出版、二〇〇五年
『光幻諸次元註釋本』蓋亞出版、二〇一一年

翻訳

『竊賊日記』時報出版、一九九四年（ジャン・ジュネ『泥棒日記』）
『擬仿物與擬像』時報出版、一九九八年（ジャン・ボードリヤール『シミュラークルとシミュレーション』）
『天譴者的女王』時報出版、一九九八年（アン・ライス『呪われし者の女王』）
『時鐘的眼睛』時報出版、二〇〇〇年（クリストファー・ノーラン *Under the Eye of the Clock*）
『意外的旅程』時報出版、二〇〇一年（ウィリアム・トレヴァー『フェリシアの旅』）
『找不到出口的靈魂―吳爾芙的美麗與哀愁』左岸文化事業有限公司、二〇〇二年（ナイジェル・ニコルソン『ヴァージニア・ウルフ』）
『銀翼殺手』一方出版、二〇〇四年（フィリップ・K・ディック『アンドロイドは電気羊の夢を見るか？』）
『黑暗的左手』繆思出版、二〇〇四年（アーシュラ・K・ル・グウィン『闇の左手』）
『女身男人』繆思出版、二〇〇五年（ジョアナ・ラス『フィーメール・マン』）

『通往女人國度之門』繆思出版、二〇〇六年（シェリ・S・テッパー『女の国の門』）
『少年吸血鬼阿曼德』時報出版、二〇〇九年（アン・ライス『美青年アルマンの遍歴』）
『世界誕生之日―諸物語』繆思出版、二〇一一年（アーシュラ・K・ル・グウィン *The Birthday of the World*）

洪凌ブログ http://www.wretch.cc/blog/LordSunset

今回訳出した作品は、「玻璃の子宮の詩」が『在玻璃懸崖上走索』に、「星光が麗水街を横切る」が『異端吸血鬼列伝』に、最後の「夜陽の誕生」が書き下ろしである以外は、『復返於世界的尽頭』と『銀河滅』に収められている。ちなみに洪凌が今回の作品の中で最も気に入っているのが「髑髏の地の十字路」、次が、作家としてやっていける自信がついたという「記憶は晶片の墓碑」、三番目が「サロメの子守歌」ということである。

先にも述べたが、日本のコミック・アニメ紹介の集大成『弔詭書院―漫画末世学』、『妖声魔色―動漫画誌異』は圧巻であるし、また、『魔道御書房』と『光幻諸次元註釈本』ではSFファンタジーの古典から現在まで映像をも含めた作品のユニークな紹介がなされている。日本でもこれだけ広範囲に興味深い視点で読みの為された漫画、アニメ、SF紹介は希少である[*16]（翻訳されたならば絶好のガイドブックとなるのではないかと思う）。

そして実は私が何よりも注目したのが翻訳の数々。書き手自らの創作実践のために実りあるべく選択がされているし、実際、多くの滋養を翻訳作業から得ていることが見てとれる。創作との時間的バランスも良い。毎日がフル稼働の洪凌はこの目録には書いていない学会での、英語と中国語による数々の発表、ブログでの紹介、その他おそらく私がまだ見つけていない場での様々な活動を同時進行で行っている。恐るべきエネルギーと集中力である。

これだけ多才多作な書き手が今後どういった方向に進むのかは興味深いところであるが、最も影響を受けた作家の一人を挙げてもらいたい、と先日些か無礼な質問をメールでしたところ、あり過ぎて難しいがとの断りつきでエリザベス・ハンドの名が挙がった。「彼」が次に目指すものはテクノゴシック風の宇宙世界ということだろうか。

さて、最後に翻訳者として一言。

ほんの偶然から数年前に「獣難」を訳した（つまり毛色の変わった作品なので皆が敬遠した翻訳を軽い気持ちで引き受けた）ことをきっかけに、その後、突然のメールによる翻訳依頼から私の洪凌ワールドへの「突入」が始まった。結局これまで意識的に避けてきた、アニメ、漫画、SF、サイバーパンクの世界に入らざるを得なくなり、そして恐る恐るドアを開けてみたらその豊かな想像の世界の深さに驚かされ、混乱しつつ翻訳作業を進めてきた。認識が深まるにつれて訳し直しの作業が繰り返され、読み返し、唸り、また一行一句の意味が通じずに「攻殻機動隊」を読み、見てようやく納得して訳に戻り、そしてまた新たな発見で勘違いを悟り、また訳し直して、と行きつ戻りつのなかなか険しい道のりだった。

束になった原稿の山を前に、実は、探索が今も進行中であることを告白しておく。この間、巽孝之氏と小谷真理氏の優れた論文・評論にはとてもお世話になった。親切な洪凌が、質問は、と時々メールで問いかけてくれるので、それにすがってようやくたどり着いた翻訳ながら、SFファンタジー世界に通暁しているものならああそうかとわかることを知らずにずれた訳をしている可能性もある。読者の寛容を乞う。ただ、原文に綱で結びつけられながらも、その綱を思いっきりのばして想像の世界を飛んでまわり、あちこちを探索する翻訳の愉しみ（苦しみ）もずいぶん味わったことも確かである。

だから、ともかく、まずは想像力の翼をはばたかせて、思い切ってジャンプして洪凌の宇宙に飛び込んでみてほしい。本書を手に取って、なにがしかの違和感を感じたとしても、少しだけ我慢し少しだけその違和感に付き合ってみてほしい。特異な物語世界に身を任せ、そして、できれば相互に提示される他のテクスト群への目配せに従って読書体験を広げてみることで、これまで無意識に持っていたかもしれない二元論のその枠組みをはずして世界をみる視点を獲得することになるだろうから。偏見を持たずに他者を受け入れる柔軟性を得るいい機会となるはずだ。正統文化とサブカルチャーといった線引きも意味をなさないことが感じられてくるかもしれない。

そういった貴重な視点の獲得に寄与する豊かな文学体験を、台湾という、小さなしかしハイブリッドな文化を持つ土壌から生まれたこの才能あふれる作家が味あわせてくれる。少なくとも、七転八倒しながら言葉を一つずつ訳す作業をした日本語の最初の読み手として、違和感が意外な世界へと開眼させる刺激的かつ貴重な読書体験をさせてもらったと思っている。さらに言えば、3・11以降、現実世界が

SFの世界に追い付いてしまった感のある今現在の日本で、もしこの本を手に取って空想世界の先にある「個」の思想を感じとり、また同じ漢字文化圏から発せられた我が漢字文化圏の国へのエールを感じたならばそれだけでも大きな収穫ではないだろうか、とも。

私を翻訳者に選んでくれたLuciferに大きな感謝。そして、決してせかすことなく、丁寧に校正作業をしてくださった株式会社あるむの吉田玲子さんに本当に感謝している。

尚、本書の出版は、国立台湾文学館の台湾文学翻訳出版助成を得たことによって可能となった。ここで国立台湾文学館と、それから煩雑な連絡の労を取って下さった愛知大学の黄英哲教授にお礼の言葉を申し上げたい。

注

＊1 台湾では、一九九〇年代より、セクシュアル・マイノリティの人々が肯定的に自己を表現する言葉として用いるQueer《クィア》に洪凌、紀大偉等が「酷児」の訳語をあて、今日に至っている。

＊2 「受難」の原題は「獣難」、小説集『新郎新〝夫〟』（『台湾セクシュアル・マイノリティ文学』第三巻、作品社、二〇〇九年）所収。本書に収めるにあたって原題の「獣難」に戻し、表現についても多少訳し直した。「蕾絲《レズ》と鞭子《ビアン》の交歓」は『台湾セクシュアル・マイノリティ文学』第四巻のクィア／酷児評論集『父なる中国、母（クィア）なる台湾？』（作品社、二〇〇九年）に収められている。

＊3　紀大偉作品集『膜』（『台湾セクシュアル・マイノリティ文学』第二巻、作品社、二〇〇八年）。このシリーズでは、現代台湾文学におけるセクシュアル・マイノリティ文学及びそれを取り巻く社会状況について各巻に適切かつ詳細な解説がされている。洪凌の位置づけについてはそちらを参照して頂けたらと思う。ちなみに第一巻は、本書でも言及している邱妙津の『ある鰐の手記』。

＊4　「洪凌作品目録」参照。本書の作品群は「仕掛け」が一つのポイントだが、『宇宙奥狄賽』はより創造性が発揮され、エロチックでファニーな本格的ＳＦファンタジーとなっている。なおこのシリーズは電子書籍でも読むことができる。http://www.book11.com/book11web/bookinfo?itemid=12052&ref=i_p1_12052 他。

＊5　邱妙津『ある鰐の手記』（『台湾セクシュアル・マイノリティ文学』第一巻、作品社、二〇〇八年）垂水千恵訳。邱妙津は台湾大学心理学系卒。一九九五年六月二十五日、パリ第八大学留学中に自殺。

＊6　ジャン・ボードリヤール『シミュラークルとシミュレーション』竹原あきこ訳、法政大学出版局、一九八四年初版。二〇一〇年新装第二刷、一八三―一八四頁。

＊7　初出の『中外文學』（一九九五年九月号）掲載の際に付された「純真極邪的異類罪業」より。

＊8　『復返於世界的盡頭』輯一「月的死詩」（「獸難」「在月球上跳舞」他三編のプロローグ）より。

＊9　原題は『記憶的故事』。この作品は、一九九四年『幼獅文藝』全球華人科幻小説奨優選奨を受賞している。

＊10　例えば洪凌が参考にするといいよ、と教えてくれた論文に以下のようなものがある。
Jade「自體交尾、互噬的雙頭蛇―讀洪凌〈記憶是一座晶片墓碑〉與〈水晶眼〉」
http://sex.ncu.edu.tw/course/liou/4_Papers/Paper_00.html
白瑞梅（Amie Parry）、劉人鵬「「別人的失敗就是我的快樂」―暴力、洪凌科幻小説與酷兒文化批判」
http://sex.ncu.edu.tw/course/liou/2_Penumbrae/Penumbra_16_2.html
劉人鵬
「在「經典」與「人類」的旁邊一九九四年科幻文學獎酷兒科幻小説美麗新世界」『清華學報』新三二巻一期、一六七

―二〇二頁。

＊11　注2参照。この論文の原文は「蕾絲與鞭子的交歡―從當代台灣小説註釋女同性戀的慾望流動」林水福・林燿德編『蕾絲與鞭子的交歡―當代台灣情色文學論』（時報出版、一九九七年）所収。

＊12　巽孝之編、巽孝之＋小谷真理訳『サイボーグ・フェミニズム 増補版』（水声社、二〇〇一年）所収。

＊13　「サロメの子守歌」は、洪凌の「九死一生」シリーズの中の一篇。独立して読んでもいいが、登場人物やエピソードは他の篇と関連している。「九死一生」シリーズは『不見天日的向日葵』（既刊）、『末日玫瑰雨』（既刊）および、今後刊行予定の『月面暗面的火鶴柱』『水星雪崖的紅水仙』『九重天外的龍舌蘭』より構成されているという。以上は『銀河滅』付録より。

＊14　「柩」はどうやら「Hitsugi」し日本語の発音で読ませるらしいが、台湾の「國語」で「ジウ」と読ませるか、あるいは閩南語の発音にするかは読者のご随意に、ということらしい。

＊15　影響を受けたというロック歌手、松本秀人と、イタロ・カルヴィーノの作品も訳し、イエイツの研究者、台湾大学外文系の陳潜誠教授（一九四九―一九九九）に捧げられている。

＊16　小谷真理氏のすぐれた論評『エイリアン・ベッドフェロウズ』（松柏社、二〇〇四年）は挙げておかねばならない。

洪凌（ホン リン）Lucifer Hung
1971年台湾台中生まれ。本名、洪泠泠。台湾を代表するクィアSF小説作家。台湾大学外文系卒。英国サセックス大学にて修士号、香港中文大学にて博士号取得。現在国立中興大学人文社会科学研究センター博士後研究員。時に漫画チックな語り口を装いつつ、セクシュアル・マイノリティの場から、サイエンスファンタジー、サイバーパンク、テクノゴシック、あるいは武侠小説等々各領域にまたがるハイブリッドのディスクールを披露する。小説、評論、翻訳、あるいは学術論述など多岐にわたる活動を旺盛に展開中。

訳者
櫻庭ゆみ子（さくらば ゆみこ）
慶應義塾大学准教授。専門は中国現代文学。主要訳書に李昂『迷いの園』（国書刊行会、1999）、楊絳『別れの儀式―楊絳と銭锺書 ある中国知識人一家の物語』（勉誠出版、2011）、王小波『黄金時代』（勉誠出版、2012）、論文に「楊絳」『転形期における中国の知識人』（汲古書院、1999）等がある。

フーガ 黒い太陽

台湾文学セレクション1

2013年2月28日　第1刷発行

著者——洪 凌
訳者——櫻庭ゆみ子
発行——株式会社 あるむ
〒460-0012 名古屋市中区千代田3-1-12
Tel. 052-332-0861　Fax. 052-332-0862
http://www.arm-p.co.jp　E-mail: arm@a.email.ne.jp
印刷——松西印刷・精版印刷
製本——渋谷文泉閣

　ISBN978-4-86333-062-7